浮かぶ瀬もあれ

新・病《わくら》葉《ば》流れて

白川　道

幻冬舎文庫

浮かぶ瀬もあれ

新・病葉《わくらば》流れて

1

砂押《すなおし》が他界したとの報を受けたのは、四月の連休がはじまる三日前のことだった。会社に、堂上《どううえ》から電話がかかってきたのだ。

報告する彼女の声は落ち着いていたし、聞く私の胸も静かだった。砂押は、私が葉山の療養所を訪ねた二日後に息を引き取り、すでに密葬を済ませたとのことだった。

私は人事部の小野《おの》部長の席に顔を出し、そのことを教えた。

「そうか……。すこしずつ、戦争が遠くなるな」

もしかしたら、部長は砂押の病のことを知っていたのかもしれない。一瞬目を細め、ならきみは頑張らないとな、と小さくつぶやいた。

頑張る、の意味が、この会社で頑張るということなのか、世の中で頑張る、ということなのか、よくわからなかったが、私は無言でうなずいた。

人事部を後にしてエレベーターを待っていると、追ってきたベティに声をかけられた。

「ねえ、なにがあったの？　人事に顔を出すなんて珍しいじゃない」

「なんでもないよ。個人的なことだ」

「まさか、もう辞めるとかじゃないんでしょうね」

「かもね」

笑って、冗談だよ、と私は彼女に言った。

「梨田《なしだ》クンて、冗談に聞こえないから怖いわ。ところで、今夜、なにか予定ある？」

「いや、特には」

水穂《みずほ》は、部の飲み会だと言っていた。それに、たった今の堂上からの電話で、今夜は、砂押への弔い酒をひとりで飲むつもりだった。

「だったら、一緒に夕食をしたあと、どこかに飲みに行かない？」

「二人でかい？」

「二人じゃ、嫌なの？」

ベティが口を尖《とが》らした。

「わかった。いいよ」

井の頭線の渋谷駅の前で六時、との約束をして私はエレベーターに乗った。

自席に戻ったが、私はボンヤリとしていた。すでに覚悟もしていたので堂上の電話を受けたときは平静だったが、急に悲しみに襲われた。

学生時代から、いろいろな人種と交わってきたが、砂押はそのなかでも特異な人物だった。

ただの一度も働いたことはない、と言っていたが、私には、むしろ彼のほうが、まっとうな人間、まっとうな人生を歩んできたようにおもえた。

今の私たちの世代は、砂押たちの犠牲の上に成り立っている。そんな気がした。

通行人調査の段取りはすべて終えていて、集めたアルバイトへのオリエンテーションは連休明けに予定している。差し当たって、やることはもうなかった。

五時半を回ったころ、デスクを整理して、私はベティとの待ち合わせ場所にむかった。

2

駅前は帰宅時間のために混雑していた。そんななかで、周囲をキョロキョロと見回すベティの姿は、ちょっとだけ輝いて見えた。

会社には女子社員の制服というものはない。皆それぞれが私服で仕事をするのだが、裏を返せば、その私服姿から、彼女たちの経済状況とか、センスとかをうかがい知ることができる。

ベティの服装は、他の女子社員の派手めなそれと比べると、いつもシンプルで清楚《せいそ》だったが、決して安物でないことは見てとれた。ごくふつうの、ブラウスにスカート姿。しかし、それはそれで、彼女の育ちの良さが滲《にじ》み出ていた。

「やあ、待ったかい？」

ベティと目を合わせた私は、軽く手を上げた。

「たった今、来たばかりよ。まさか、仕事を切り上げてきたわけじゃないんでしょ？」

「そんなに忙しい部署じゃないよ、マーケティングなんて」

「それもそうね」

笑ったベティが、なにをご馳走《ちそう》してくれるの？　と訊《き》いた。

「同期は、割勘じゃないのかい？」

「セコいこと言わないの。梨田クン、金持ちだって噂《うわさ》よ」

「誰がそんなこと言ってるんだい？」

「誰だっていいじゃない。噂、ということ」

薄々察しがついた。たぶん佐々木《ささき》あたりが発信源にちがいない。

「じゃ、原宿に行こう。旨《うま》い鉄板焼き屋があるんだ」

この前、水穂と一緒に顔を出したその店は、こぢんまりとしていて、とても落ち着いた雰囲気だった。砂押の訃報《ふほう》を耳にした今夜、あまりチャラチャラした店で食事する気にはなれなかった。まさか、水穂とバッティングすることもないだろう。

　タクシーを拾おうとした私に、ベティが首を振る。

「原宿なんて、すぐそこじゃない。歩こうよ。同期の連中も皆そうだけど、安月給のくせにすぐにタクシーに乗りたがるなんて、社会人失格よ」

「ふ〜ん」

　しかたなく、私は渋々と、彼女と肩を並べて歩きはじめた。

　たしか彼女は、他の同期の連中とはちがって、正規の試験を受けて入社した、と言っていた。裕福な家庭出身のはずの彼女だったら、試験なんて受けることもなく、簡単に入社できたのではないだろうか。

「ひとつ、訊いていいかい？」

　歩きながら、私はベティに声をかけた。

「ひとつでも、ふたつでも、いいわよ」

「きみのお父さんは、なにをしてる人なんだい？」

　ベティが足を止めて、マジマジと私を見た。

「なんか、ガッカリね。てっきり、わたしの趣味とか、休みにはなにをしてるのか、とか、音楽はなにが好きなのか、とか、そんな質問だとおもったのに」

「じゃ、撤回するよ」

「いいわ。どうせ、わかっちゃうことだし……」

わたしの父は、大明製菓の社長よ、とベティが言った。

大明製菓の社長？　私は胸でつぶやき、無言で、また歩きはじめた。

裕福な家の出身だろう、とは推測していたが、想像以上だ。大明製菓といえば、日本でも屈指の大手菓子メーカーで、たしかうちの会社でも広告を取り扱ってるはずだ。つまりベティは、大切なクライアントのお嬢ということになる。

「なによ。黙っちゃって。訊いたのは、梨田クンじゃない。それに、父とは親娘《おやこ》というだけで、わたしの私生活とは関係ないわ」

ベティがいきなり、私に腕を絡ませてきた。

「よせよ。まるで、恋人同士みたいに見られちゃうじゃないか」

「若い男女の、他人行儀な顔での行進なんて味気ないでしょ。それに、わたしは、そう見られたって、ヘッチャラだもの。言ったでしょ？　わたし、梨田クンの彼女に立候補しようかな、って」

「それは賛成しないな。なにしろ俺は、きみとはちがって、どこの馬の骨かもわからない男だから」

「馬の骨？　いいじゃない。わたし、好きよ、馬の骨。中身もなんもない、親の七光を鼻にかける人間なんかより、ずう～っとね」

　ベティが絡めた腕に益々《ますます》力を込めた。

3

　鉄板焼き屋は、原宿の交差点の裏通りにある。水穂とこの前来たときは、私も知っている某プロ野球の監督が隣の席に座っていた。つまり、食通の間では知られた隠れ名店なのだろう。水穂の友だちの、裕福なお嬢が通うA学院の学生がいかにも知っていそうな店だ。
　七、八人も入れば満席になるが、幸い客は二人いるだけだった。
　カウンターの前に鉄板が設置され、もんぺ姿の女性従業員が目の前で焼いてくれる。

「梨田クンて、いいお店知ってるのね」

「知り合いに、一度、連れてこられただけさ」

「ふ～ん」

　ベティはそれ以上訊かなかった。

　ビールを頼み、ベティとグラスをぶつけ合った。

「乾盃《かんぱい》」

ベティが言った。

「なんに、乾盃だい？」

「わたしは、わたしなりの乾盃よ。梨田クンは梨田クンで決めればいいわ」

「なるほど」

私は、乾盃と言って、ビールをひと息で飲み干した。

ほんとうは、砂押の冥福《めいふく》のために、と言いたかったが、胸のなかでつぶやくことで我慢した。

料理は店で決めたひとコースがあるだけで、すべては、もんぺ姿の従業員に任せる。大きなドンブリ鉢《ばち》が前に置かれた。そのなかには、溢《あふ》れるほどに大根おろしが入っている。

「焼き上がったのを、この大根おろしに浸《つ》けて食べるんだよ」

「大根のジアスターゼは、若い女の子の身体《からだ》にとてもいいのよ」

ナイス、と言って、ベティが指先をパチンと鳴らした。

「ねぇ、梨田クン。この間のフォルクスワーゲンの女性《ひと》、梨田クンの彼女？」

焼き上がった海老《えび》を頬張《ほおば》りながらベティがさりげなく訊いた。

やはりきたか。私は内心苦笑しながら、ビールを口にした。

「微妙だな」

「微妙？　微妙ってなによ」

「彼女かもしれないし、彼女でないかもしれない。俺って、すべてが微妙なんだ。勤め人かどうかも微妙だし、会社にいつまでいるかどうかも微妙。真面目《まじめ》かどうかも微妙だし、つまり、風任せで、何事も、自分ひとりで、こうだ、と決められないんだ」

「それって、男として最低じゃない？」

「そう。だから、俺の彼女になろうなんて考え、放棄したほうがいいよ」

　思案するように、ベティが首を傾《かし》げた。

「でも、わたし、梨田クンのような男《ひと》、初めて見たから興味ある。その結論は、まだ先に延ばすわ」

　海老の次には、ステーキとテンコ盛りの野菜。ベティのいいところは、食欲が旺盛《おうせい》なのと、人の目を気にすることなく、ほんとうにおいしそうに食べる点だ。

「正規の入社試験なんて受けなくたって、きみなら、アッサリと入社できただろうに、どうしてだい？」

「コネで入社すれば、ずっとそんな目で見られるじゃない。わたし、人事部に配属されたの、不本意なのよ。だから、営業への転属願を出すつもり。だって、広告会社に入社したのよ。広告の仕事に就けないなんて馬鹿げてるわ。梨田クンだって、今の部署、不満でしょ？」

「まあ、ね。でも、広告のイロハから学ぶのも悪くない」

最後に、白いご飯としじみの味噌《みそ》椀《わん》、おしんこが出た。

すべてをきれいに平らげると、ベティが満足そうに微笑《ほほえ》んだ。

「ああ、おいしかった。お礼に、次のバーに招待するわ。それに、会社情報の提供もね。人事にいると、いろいろわかるのよ」

「バーには魅力がある。でも、会社情報には、さほど魅力はないな」

「知ってて損なことはないわ」

ご馳走さまでした、ともんぺ姿の女性従業員に頭を下げ、ベティが腰を上げる。

勘定を済ませて店を出ると、ベティが腕を絡めてきた。

「男性と一緒のときはいつもそんなに馴《な》れ馴《な》れしいのかい？」

「馬鹿ね。誰にでもするわけないじゃない。ホント、梨田クンて、鈍感なんだから」

タクシーに乗って連れて行かれたのは、表参道の裏のバーだった。洒落《しゃれ》た造りで、バーテンは蝶《ちょう》ネクタイをしている。

「この店、わたしが学生のころから通っている馴染《なじ》みなの。でも、会社の人で連れてきたのは、梨田クンが初めてよ」

「それは光栄だね」

ベティは、ブルーの妙ちくりんな名称のカクテル、私はソルティードッグを注文した。

「梨田クン。下北沢に住んでるのよね？　あの街、居心地好《い》い？」

カクテルを口元に運びながら、ベティが訊いた。

「なんで知ってんだ、と言いたいところだが、人事にいりゃ、当然か」

私は笑って、ただ寝に帰っているだけだから街のことなんてなにも知らない、と笑った。

「じゃ、どうして、あそこを選んだの？」

「渋谷に来るのに便利だし、他にはなんの意味もないよ」

「以前は、白金《しろかね》だったじゃない。なぜ、急に引っ越したの？」

「まるで尋問だな。人生にはいろいろあるよ。ベティ——いや、きみは——」

「いいわよ、ベティで。その渾名《あだな》、嫌いじゃないから」

ベティがカクテルをなめ、笑った。

「じゃ、ベティ。きみはどこに住んでるんだい？」

「つまんない質問ね。嫌味に聞こえるかもしれないけど、田園調布よ。だって、しかたないでしょ？　そこで生まれ育ったのは、わたしが選択したわけじゃないんだし」

田園調布といえば、誰もが知っている都内でも屈指の最高級住宅街だ。陽気でお喋《しゃべ》りとはいえ、お世辞ではなく、ベティにはうなずける雰囲気がある。

「嫌味じゃないけど」

ベティの言葉を真似《まね》て、私は言った。

「そんなお嬢のベティが、なんだって、こんなチャラチャラした広告会社に勤める気になったんだい？」

「わたし、両親へのサービスは終わったとおもっているの」

「両親へのサービス？」

「そう。小さいころから、両親に言われるままに、嫌な顔もせずにいろいろな習い事をしてきたし、大学だって、両親の希望どおりの、お嬢さん大学に入った。でも、サービスはそこまで。わたしは三人きょうだいの一番下。これからは、自分の好きなように生きよう、と決めたの。来年、うちの会社の引っ越しに合わせて、わたしも家を出て、アパート住まいすることに決めてるのよ」

「会社の引っ越し？」

私は怪訝《けげん》な目をベティにむけた。

「そう。まだ内緒だけど、うちの会社、来年早々に赤坂に引っ越すのよ。今はフロアの間借りだけど、今度は、貸切りのビル。今建設中だわ」

「ふ〜ん」

　私はソルティードッグのお替わりを注文した。

「所帯も大きくなったし、なんといったって、広告屋は見栄《みえ》が一番。来年は、新卒を大量採用するみたい。つまり、社内の生き残りバトルも激しくなるということ」

「だから、生き残るための情報を俺に教えよう、ってわけかい？」

「まあ、ね。どう？　食事のお礼としては、なかなかでしょ？」

「でも、その情報は、きっと宝の持ち腐れだな。俺には情報を上手《うま》く利用しようという気なんて、まったくないからね」

「梨田クンのそういうところが、わたし好きなの」

　ベティがにっこりと笑って、カクテルを口に含んだ。

「ねえ、梨田クン」

　ちょっと真面目な顔に戻して、ベティが訊いた。

「梨田クンが途中入社してきたのは、どういうイキサツからなの？」

「ある人物の紹介だよ」

「その人、って、小野部長と親しいわけ？」

「どうしてだい？　それがなにか重要な意味でも？」

私はテーブルに置かれたピスタチオを二粒、口に放り込んだ。

「たぶん、あるとおもうわ」

ベティも私に倣《なら》って、ピスタチオに手を伸ばした。

「そもそも、どうしてうちのグループが、広告業に乗り出したか、わかる？」

「グループの傘下には、多種多様な企業がたくさんある。その企業の広告を他の代理店に任せるぐらいだったら、仲間内でやっちゃえ、ってことだろ？　企業秘密が外部に洩《も》れる心配もないからな」

ちがうかい？　と私はベティに笑ってみせた。

「大旨《おおむね》、そんなところ。でも、もうひとつ、大きな見地から言うと、グループ全体の方向性を決めたり、チェックしたり、という狙《ねら》いもあるわ。早い話が、グループの頭脳的役割を果たす、ということよ」

「なるほど。狙いはわかるが、見たところ、頭脳と言えるほどの人材には、まだお目にかかっちゃいないな。悪く言えば、遊び人集団で、ポンコツの寄せ集めみたいなもんだ」

「ピンポーン」

笑って、ベティがピスタチオにまた手を伸ばした。

「でもね。今は、土台を作るためにしかたないのよ。いずれ、ポンコツ、ガラクタは淘汰《とうた》されていくわ。それを陰で操ってる人物、誰だかわかる？」

「わかるわけないだろ。まだ入社して、一ヶ月だぜ、それに、その手のことに、俺はまったくと言っていいほど、関心がないんだ」

「じゃ、これを機会に、関心を持ちなさいよ。出世するために、じゃないわ。面倒臭《くさ》いことに巻き込まれないためによ」

「なるほど……。で、誰なんだい？　そのキーパーソンというのは？」

　私は残りのソルティードッグを飲み干し、もう一杯お替わりを頼んだ。

「梨田クンもよく知っている人よ」

「俺が知ってる？」

　誰のことを言っているのだろう。会社に入って知ったお偉いさんなんて、かぎられている。新木《あらき》局長と小野部長ぐらいのものだ。

「今、頭に浮かんだでしょ。新木局長よ。そしてその右腕は、小野部長」

　ベティが、あっさりと言って、微笑んだ。

「ほんとうなのかい？　その話」

　小野部長は本社の電鉄から派遣された人事の部長だから、なんとなくわかる。しかし新木局長というのは、どうもピンとこない。いつも、少々カン高い声で話す姿は、どこか飄々《ひょうひょう》としていて、そんなイメージとは程遠い。

「新木局長、って、見た目はあんなだけど、とてもキレ者なのよ。そもそもが、電鉄の会長がスカウトしてきて、最初は本社の会長付の人だったんだから」

「ふ～ん」

私はうなずきながら、新木局長の顔をおもい浮かべた。しかしなかなか、彼の顔の焦点が合わなかった。それも無理はない。面接の折に一度挨拶《あいさつ》して以来、新木局長と顔を合わせたのは、このひと月で数えるぐらいしかない。なぜなら、新木局長はほとんど自席にいないからだ。

「あの人、マーケティングの本を書くぐらいに、その道には明るいし、今でも本社筋からの信頼は絶大なのよ。わたしの見るところ、いずれ将来は、うちの社長になるんじゃないかしら」

「なるほど。まあ、誰が社長になったって、俺にはどうでもいいことだけど、それが俺にどんな重要な意味があるというんだい？」

ベティがカクテルを飲み干し、私と同じソルティードッグを注文した。

「酔うぜ。もっと軽いのにしたら？」

「ヘッチャラよ。だって、きょうは気分がいいんだもの。これから話すのは、わたしの独り言よ。いい？」

「女の独り言を盗み聞きするほど、俺は悪趣味じゃないけどな」

私は笑って、ピスタチオを口に放り込んだ。

会社、ってヤアね……。わたし、小さいころから父の姿を見てきたから、よくわかるの。父が悩んでたのは、自社製品のことじゃなかったわ。いつも、人の問題よ。誰でも、家族やなんやと、守らねばならない人を抱えているから、会社で生き残るために必死。だから、強い力のある人になびいてしまう……。

ベティがソルティードッグの塩を舌先でペロリとなめた。赤い舌先はそれまでのベティを否定するほどに、女っぽかった。

でも、強い力なんて、永遠じゃないわ。やがては、力を失ってしまう。特に外様《とざま》は哀れね。都合のよいときはチヤホヤされるけど、用がなくなったら、ポイ。本社筋の主流派と外様の一団。赤坂城の攻防や、いかに……？

「なんちゃって、ね」

ベティが私を見て、赤い舌先をペロリと出した。

「なるほど……」

私もベティを真似て、舌先で上唇をペロリとなめた。

聞きかじりの知識では、今の会社の実権は、松尾《まつお》専務が握っているらしい。その松尾専務は、広告業立ち上げのために、スカウトされてきた外様だ。つまり、会社の土台が固まるにしたがって、本社筋からは目の上のコブ的存在になってきたということなのだろう。

ベティが、紹介者が小野部長と親しいか、と訊いたのは、そんな背景があってのことだろう。

急におかしくなって、私は声を出して笑った。

「俺は風来坊、と言ったろ？　それに、俺の存在なんて、会社ではゴミよりも小さいよ」

それから一時間ほど、ベティはソルティードッグを数杯お替わりしながら、社内事情を喋りつづけた。口調がしだいに怪しくなる。

「有村《ありむら》部長、って、社内金融をしてるらしいのよ。なぜだか、わかる？　金利を稼ごう、なんてケチな狙いじゃないのよ。お金を用立ててあげて、自分の意のままになる社員を増やすのが目的。だから、絶対に、有村部長からお金を借りたら駄目よ。もし必要だったら、このベティさんに言いなさい。少々の金額だったら、相談に乗るわ」

ベティの目はトロンとしていた。酔うからもっと軽いものにしろ、と言ったのに、ソルティードッグを立てつづけに飲んだせいだ。

「ほう。さすがに、お嬢さんの言うことはちがうね。で、少々の金額、って、どのくらいのことなんだい？」

「限度は、百万。わたし、父から、まとまった額の通帳を渡されてるのよ。どう？　梨田クン、わたし麻雀《マージャン》で言う、一翻《イーファン》、ついてるでしょ？」

「なんだい、そりゃ、売り込みかい？」

「そうよ。だってわたし、梨田クンに、ひと目惚《ぼ》れなんだモン」

ニッコリと笑って、ベティがピスタチオを嚙《か》んだ。

「そいつは、ありがたい話だけど、有村部長にも、きみにも、まったく借りる気はないね。多少の蓄えはあるから」

「多少、って、どのくらいよ」

私は笑って、答えなかった。聞けば、ベティは目を剝《む》くだろう。

「でも、有村部長は、なんでそんなにお金を持ってるんだい？　大金持ちの息子なのかい？」

ベティが、ちょっとちがう顔をした。そして、これは噂だけど、絶対に口外しないように、と断ってから、言った。

「部長の家は、千葉の貧しい農家だったみたい。大学だって、学費免除の特待生。そのせいか、異常に出世欲が強いのよ。人に貸すほどお金があるのは……」

ベティがまた迷う顔をして、これは噂よ、と、念を押した。

「知り合いを社長にした、広告制作の子会社をいくつか持ってるんですって。あの人の立場だったら、会社の仕事をいくらでも流せるでしょ？」

「つまり、トンネル会社を経由して、懐を潤してる、ってことかい？」

「これは、噂よ」

ベティが、大きな目の瞼《まぶた》を瞬《しばたた》かせた。

なるほど、そういうカラクリか。「ほめっこクラブ」にしろ、社内金融にしろ、ベティが言うように、有村部長の出世欲は相当なものなのだろう。

「でも、悪いことをすれば、いずれバレるわ。このわたしにですら、そんな噂が耳に入るんだから」

ベティが、またソルティードッグのお替わりをしようとした。

「やめなよ、もう。俺、女の子の酔っぱらいって、あまり好きじゃないんだ」

「じゃ、やめる」

その替わり、家まで送ってよ、とベティが言った。

バーの勘定は、宣言どおり、ベティが奢《おご》ってくれた。

店を出てから、私は彼女に言った。

「ゴメンな、ベティ。じつは、きょう、知り合いが亡くなったという知らせが入ったんだ。さっき話した、俺を会社に入れてくれた人だよ。小野部長に会いに行ったのは、そのことを伝えるためだったんだ。だから今夜は、ひとりで弔い酒を飲むつもりだった」

今度は送るよ、と私はベティに頭を下げた。

意外にも、ベティは、ありがとう、と言った。

「そんな重要な日だったのに、わたしにつき合ってくれたんだ……」

「寂《さび》しい人だったから、きみとお酒を飲んだことを喜んでいるとおもう」

いきなりベティが、私の頰《ほお》にキスをした。

「これは、わたしのお礼のしるし。でも、梨田クン、覚悟しといて。わたし、本気になっちゃうかもしれないから」

空車に手を上げ、ベティが乗り込む。そして彼女が私に手を振った瞬間、タクシーは走りだした。

その夜、私は見ず知らずのバーを何軒かはしごして、赤坂のシティホテルに宿泊した。下北沢のアパートの部屋では、寂しすぎるようにおもえたからだ。

4

翌日の午後、水穂から会社に電話があり、夕刻の六時に、渋谷駅前の喫茶店で会う約束をした。電話では、砂押が亡くなったことは教えなかった。

帰り仕度をしていると、局の入り口から、佐々木が私を手招きした。

「なんだい？」

席を立ち、佐々木に近づくなり、私は訊いた。

「あさってから連休だし、有村部長が、つまないか、と言ってるんだ」

佐々木が牌《ハイ》を自摸《ツモ》るしぐさをした。

「部長、どうやら、おまえが気に入ったようなんだ」

どうだ？　うれしいだろう、とでも言いたげな表情だった。

「残念だけど、先約があるんだ。それと、ひとつ言っておくと、俺はあの手の麻雀は好きじゃない。オール伏せ牌《フパイ》のガチンコ勝負しかやりたくない、と俺が言っていた、と伝えてくれ」

佐々木がムッとした顔をした。

「そんなこと言ったら、部長、怒るぜ。あの人は敵に回さないほうがいい」

「敵になろうと、一向に構わないよ。嫌なモンは嫌なんだ」

「ふ〜ん」

不服そうにつぶやき、わかった、と言うと、佐々木はエレベーターのほうに背をむけた。

エレベーターのドアが開き、なかから出てきたのは、新木局長だった。

私を見るなり、新木局長がカン高い声をかけた。

「どうだい？　仕事、慣れたかい？」

「ええ、まあ……」

局長は、砂押が亡くなったことを知ってるのだろうか。砂押のことを、先生、と呼んでいたくらいだから、それなりの親しさだったはずだ。

佐々木が新木局長に小さく頭を下げ、そそくさとエレベーターに乗って消えた。

「局長。砂押先生が亡くなられたことはご存じですか？」

私は小声で、新木局長に訊いた。

「きのう、小野部長から聞いたよ。きみから報告があった、と言ってね。なかなかユニークな人物だったけど、ああいう人は早死にしてしまうんだ。寂しいよね」

口とは裏腹に、新木局長の顔は、それほど寂しそうには見えなかった。

「ところで、佐々木クンとは仲良いのかい？」

「仲が良いとまでは……。いちおう同期入社という形になってますから」

「そうか、そうだったね」

去年入社した、部署もちがう営業の一社員である佐々木のことを、新木局長が知っていることに、私はちょっと意外な気がした。

「麻雀の誘いだったのかい？」

お見通しだと言わんばかりに、新木局長が笑った。

「ええ、まあ……。でも、断りました。他に約束がありましたから」

「私も麻雀は好きだけど、会社勤めをちゃんとやるつもりなら、遊びの範囲にしてたほうがいいよ」

新木局長はそう言うと、セカセカした足取りで、自席のほうにむかった。

局長と個人的な話をしたのは、入社以来、初めてだった。たぶん、佐々木や有村部長たちの麻雀のレートを知っているのだ。でなければ、あんな忠告めいたことを言うわけがない。

一度席に戻り、デスクに座る新木局長のほうを見たが、局長はもう私のことなど関心がなさそうに、書類に目を通していた。

デスクの上を片づけ、私はエレベーターに乗った。

四階でエレベーターが止まり、佐々木と有村部長が乗ってきた。目が合った佐々木が、バツの悪そうな顔をしている。

エレベーターのドアが閉まると、有村部長が私の顔も見ずに、言った。

「佐々木から聞いたよ。ガチンコ勝負、オモシロい提案だな。今度、やろう」

一階でエレベーターを降りると、私を無視するように、有村部長は佐々木を連れて、円山《まるやま》町のほうに歩み去った。他のメンバーを集めて、例の麻雀屋に顔を出すのだろう。

どうやら私は、有村部長のカンにさわったらしい。しかし、まったく気にしなかった。

5

待ち合わせの喫茶店に、水穂はすでに来ていた。珍しく、ジーンズ姿だ。

「きょうはまた、ラフだな」

テーブルに座るなり、私は彼女の全身に目を走らせて、笑った。

「お姉さんの命令よ。あとで、部屋の整理をしに行かなくちゃならないの」

「部屋の整理？　どこの部屋だい？」

「新しいギャンブル場よ」

口をへの字に曲げて、水穂が顔いっぱいに、不満の表情を滲ませた。

狸穴《まみあな》のマンションは、佳代《かよ》ママの部屋だけを残して、他はすべて解約したらしい。

「つまり、今度の部屋は、麻雀をするためだけ、ってことかい？」

「そうよ。三日前に姉が契約したの。場所は麻布十番よ。でも、マー君には教えたくなかったから黙ってたの。だって、あんな馬鹿げた金額の麻雀には、加わってほしくなかったから」

しかし、姉の佳代ママから、私に伝えるよう、きつく言われたとのことだ。

「心配してくれるのはありがたいけど、麻雀をやる、やらないは、俺が決めるよ。ミホには、ひとつハッキリと言っておく。俺は、自分の行動をあれこれと指図されることが、一番嫌いなんだ」

香澄《かすみ》と同棲《どうせい》していたとき、私は彼女の顔色をうかがうようにして行動していた。麻雀をするのにも気を遣った。だがそれは、自分勝手なやさしさでしかなかった。彼女はかえってそれを負担に感じ、結局心を病んで、自ら命を絶ってしまった。

以来私は、女へのやさしさは、ありのままの自分の姿を晒《さら》して、隠し事なく行動することだとおもうようになった。もしそれで破局するなら、互いの相性が合わないか、人生観の問題なのだ。

「なによ、それ。まるでわたしが、マー君を束縛してるかのように、聞こえるじゃない」

水穂がふくれっ面《つら》をして、コーヒーをひと口飲んだ。

「こういうことは、ハッキリさせておいたほうがいいんだよ。お互いのために、ね」

私はなだめるように、水穂に笑ってみせた。

「まあ……、いいけど……」

不服そうにつぶやき、だから夕食のあとは、新しい部屋の整理に行かなくてはいけないのよ、と水穂が言った。

「だって、姉は夜は銀座に出なきゃならないんだし。まさか、マー君、部屋の整理、手伝ってなんてくれないわよね」

「そんな心の余裕はないね。じつは……」

私は砂押が亡くなったことを、水穂に初めて教えた。

「えっ、ホントなの？　いつ？」

「堂上さんから、電話があったんだ」

たばこに火を点《つ》けながら、私は詳細を話した。

「だから、昨夜は、ひとりで弔い酒を飲んだ。ミホに教えようとおもったんだが、ミホと師匠とは、それほど親しい間柄でもないから、やめといたんだ」

昨夜、ベティと食事――それも水穂に教えられた鉄板焼き屋を使い、そのあとでバーで飲んだなんて、言えるわけがない。

「そうなんだ……。師匠、亡くなったんだ……。でも、マー君、そんなに悲しそうにも見えない」

「きのう、ありったけの涙を流したからな。これ以上、悲しんだら、師匠は喜ばないとおもう」

それは、半分私の本心で、半分は昨夜のことについての水穂に対する後ろめたさだった。

この間の鉄板焼きの店に行きたいわ、と水穂が言った。

「あそこ、おいしかったでしょ？」

「ああ、とてもね、でも、きょうはそんな気分じゃないんだ。じつは、俺が師匠に初めて奢ってもらった店は、梅田のガード下の一杯飲み屋だった……。師匠、焼き鳥とネギヌタが好物で、それを肴《さかな》に、熱燗《あつかん》を引っかけるんだ」

私は砂押を真似て、猪口《ちょこ》を傾けるしぐさをしながら、言った。

「以前から、ちょっと気になってる飲み屋横丁がある」

通行人調査のための下見に行ったときに見つけた。

国電渋谷駅のガード横にある、チッポケな飲み屋街。線路と平行して細長く延びる路地には、一間ほどの間口の小さな店が軒を並べてひしめいている。外から見ただけだが、どこも、カウンターに止まり木だけという、安普請《やすぶしん》の店だ。

「『のんべい横丁』、なんて看板が出てたよ」

「そこで、食べよう、って……？」

水穂が不服そうな顔をした。

「あそこなら、焼き鳥やネギヌタなんてのもありそうだし」

「わたし、まだ二十一歳の学生よ。そこって、おじさん連中の溜《たま》り場でしょ？」

「嫌なら、いいよ。俺の今夜の気分は、そうなんだ」

私は突き放したように、言った。

「自分の行動を、あれこれと指図されるのは嫌いなんだものね」

口を尖らしてから、水穂が急に笑った。

「まったく……、マー君、って、不良と子供が同居してるような性格ね。いいわ、つき合ってあげる。でも、こんな可愛《かわい》い子が一緒だったら、おじさん連中に睨《にら》まれるわよ」

喫茶店を出て、「のんべい横丁」のほうにむかった。

水穂が承諾してくれたことに、内心私はホッとしていた。もし鉄板焼き屋に顔を出して、もんぺ姿のおばさんから、きのうのお礼など言われようものなら目も当てられない。しかしそれは別にしても、電車の走る音を聞きながら酒を飲みたい、というのも偽らざる気持ちだった。

ハチ公前の広場を通り過ぎようとしたとき、雑踏のなかから、私を呼ぶ声が聞こえたような気がした。

声のほうを見た瞬間、私はちょっと狼狽《ろうばい》した。ベティだった。

雑踏のせいで水穂は私の数歩後ろにいる。ベティはそれに気づかなかったようだ。

私の横に来た水穂が、怪訝な顔をし、次に不機嫌な表情を顕《あらわ》にした。

「この女性《ひと》、マー君の知り合い？」

「ああ。会社の同僚だよ」

私は動揺を隠して、さりげなく言った。

ベティを見る水穂の表情が動いた。

「貴女《あなた》、あのときの女性《ひと》ね」

「あのときの？」

意味がわからないとでも言うように、ベティが首を傾げた。

「ほら、十日ほど前の、雨の降った土曜日よ」

水穂が言った。

「もう、いいじゃないか」

　これ以上話をつづけさせると、トバッチリを受けそうだった。私は水穂の口を塞《ふさ》ぐように、行こう、と言った。

「待ってよ、梨田クン」

　私を引き止め、ベティが水穂に訊く。

「なんのことを言ってるの？　わたし、なにもわからないわ」

　あのとき水穂は運転席にいた。だからベティには、水穂の顔までは見えなかったにちがいない。

「あの日の午後、わたしフォルクスワーゲンに乗って、会社の近くまで、マー君を迎えに行ったのよ。そのとき、貴女《あなた》とマー君が、道路脇《わき》でお喋りしていた」

　おもい出した？　とでも言うように、水穂がベティを見つめる。

　私の耳には、水穂がことさらに、フォルクスワーゲンとマー君という言葉に力を込めたように聞こえた。

「ああ……、あのときの……」

　合点がいったように、ベティが目を見開かせ、そして突然、私を見て笑った。

「梨田クンって、マー君って、呼ばれてるんだ」

「どうでもいいだろ。そんなこと」

少々面倒になり、私はふぅ、と小さく嘆息した。

「ねぇ、マー君。せっかくだから、紹介してよ」

水穂がそう言って、わたしは、服部《はっとり》水穂というの、とベティに顔をむける。

しかたなく私は、彼女は人事部の、藤沢《ふじさわ》めぐみさんだよ、と水穂に教えた。

よろしくね、とベティが水穂に会釈を送る。

「と、いうわけだ。じゃあ、な、ベティ」

歩こうとした私の腕を、水穂が摑《つか》んだ。

「待ってよ、マー君。ベティ、って、なによ」

「彼女の愛称だよ。会社の皆から、そう呼ばれている」

女ってのは、どうしてこう面倒臭いんだろう。私はもう一度、ふぅ、と嘆息した。

「そうなの？　藤沢さん」

水穂がベティの顔色をうかがう。

「ちがうわ。誰でもじゃない。先輩社員と、一部の同期社員だけよ。だって、そんな呼び方、わたしに失礼でしょ？　こう見えても、レディーなんだから」

「つまり、マー君には許してるんだ？」

「おい、ミホ。いいかげんにしろよ」

うんざりして、私は水穂への口調を強めた。

「そうなんだ。貴女《あなた》は、ミホ、と呼ばれてるんだ」

ベティが水穂をじっと見る。

「そうよ」

うなずいた水穂が、ところで藤沢さんは、これから帰るところ？　と訊いた。

「わたしとマー君、これからすぐ先のお店で、焼き鳥をつまむつもりなの。もしなにも予定がないんだったら、一緒に、どうかしら？」

私は三度目の嘆息を、今度は胸のなかで洩らした。

「梨田クン、お邪魔じゃない？」

私に訊くベティの目は、ちょっと笑っていた。

「マー君ってそんなに度量の狭い男《ひと》じゃないわ」

ねぇマー君、と私の顔をのぞき込む水穂の目は、ベティとはちがって、笑っていなかった。

「二人がいいなら、俺は一向に」

なるようになれ、だ。私は無関心を装って、つぶやいた。

「じゃ、決まり。藤沢さん、行きましょ」

水穂がベティを促す。

私が先頭に立ち、二人があとにつづく。二人は無言だった。

妙な成り行きに、私は閉口していた。

もし水穂が、昨夜ベティと一緒にあの鉄板焼き屋に行ったことを知ったら、どんな顔をするだろう。それを考えただけで、うんざりした気分になった。

山手線のガードをくぐると、頭上から、電車の通過するガタン、ゴトン、という大きな音が響いた。

「のんべい横丁」の看板の前で、私は立ち止まった。

「逃げるんなら、今だぜ。ここで飲んでる客の大半は、中年すぎのオッサンばかりだとおもう。間違ったって、二十歳《はたち》を出たばかりの、可愛いおネエちゃんなんていない」

「いいわよ」

水穂とベティが、まるで打ち合わせたかのように、声を揃《そろ》える。

路地に入ると、すぐ先の電信柱の陰で、立小便をしているスーツ姿のオッサンがいた。まだ七時をすこし回ったばかりなのに、すでにだいぶ酔ってるようだった。

後ろを振り返ると、水穂もベティも、知らんぷりを決め込んで、ソッポをむいていた。

ベティと目が合った。私は彼女に片目を瞑《つぶ》ってみせた。了解、とばかりに、ベティもウインクを返してきた。

お嬢なのに、なかなか呑《の》み込みがいい。昨夜のことは内緒にしておけ、という私のシグナルを理解したにちがいない。

私の気持ちは急に軽くなった。

「どの店も似たようなモンだろうけど、こうしよう」

私はベティと水穂に、好きな数をひとつ言うよう、言った。

「わたしは、7よ」

ラッキーセブンは、自分のための数字とでも言わんばかりに、水穂が先手を打った。

「わたしは、8」

8は末広がりで、縁起がいいの、とベティ。

「じゃ、二つの数字を合わせて、角から数えて十五番目の店に突入する」

線路に沿ったこの路地の裏にも、もうひとつ路地がある。たぶん十五番目の店はそのなかだろう。
1、2、3、4……。数えながら歩く、ベティと水穂は、さっきの角の立った雰囲気を忘れたかのように、楽しそうな顔をしている。
おもったとおり、十五番目は、一本裏の路地に入ったところにある店だった。

「マー君、ここよ」

水穂が私を振り返った。

ガラス戸越しに見える店内には、カウンターのなかにいる絣《かすり》の着物姿の六十絡みのおばさんと、五十絡みのスーツ姿の客がひとりいるだけだった。

戸口の上には、「ちょうちん」と書かれた、文字どおりの提灯《ちょうちん》がひとつ、吊《つ》るされている。

ガラス戸を開けると、おばさんと客、二人が同時に、私たちを見た。

「スミマセン。初めてなんですけど、いいですか？」

「うちは商売で店を開けてるから、別にいいけど……」

おばさんが、私の後ろの、ベティと水穂に目をむける。

「おたくはどうってことはないだろうけど、後ろの可愛いお嬢さんたちもいいのかい？　うちは混《こ》んでくると、こんなオッサンみたいな客ばっかりだよ」

おばさんが、スツールに座る客に顎《あご》をしゃくる。

「おい、おバア、こんなオッサンはねえだろ」

客が苦笑いしている。いくらか、くたびれたスーツにネクタイ。どこかの勤め人だろう。

「お嬢さんなんて、とんでもない。ちょっと鼻っ柱が強いだけの、ただの学生と会社員ですよ。あっ、学生といっても、未成年じゃありませんから」

じゃ、どうぞ、とおばさんが、カウンターの隅から三つに座るよう、言った。

ベティと水穂が好奇心に駆られた目で、店内をキョロキョロと見回している。

「なんに、すんの？　うちは高級な酒はないよ。あるのは、ビールにホッピー、焼酎《しょうちゅう》に国産ウィスキー、ウィスキーといったって、ダルマが最高級だからね」

「日本酒もあるんでしょ？」

「バカだね。日本酒を置かない飲み屋があったら、お目にかかりたいよ」

おばさんが初めて笑った。笑うと、辛辣《しんらつ》な口調がうそのように愛嬌《あいきょう》がある。

「じゃ、俺は熱燗を」

ベティと水穂に、なににする？　と私は訊いた。

二人共、声を揃えて、私と同じでいい、と言う。

「もう、こんなに暖かくなったのに、熱燗なのかい？　別に構わないけど……」

おばさんが首を傾げた。

「ちょっと想い出があるんですよ」

「想い出、ねえ。その若さで、もう、想い出なんて言ってちゃ、出世しないよ。このオッサンを見なさいよ」

おばさんが、白い歯を見せた。

「お客さん、このおバア、口が悪いから、気をつけたほうがいいよ」

オッサン呼ばわりされることに怒るふうもなく、男が笑った。

私は熱燗の用意をするおばさんに、ネギヌタと、焼き鳥はできる？　と訊いた。

「ネギヌタ？　若いのに、注文が渋いねぇ」

できるよ、とおばさんが笑った。

「焼き鳥は、うちでもできるけど三軒隣が専門店だから、電話したげるよ。なにがいいんだい？」

「適当に混ぜ合わせてよ。五人前ほど」

「五人前？」

「よく食うんですよ、このお嬢たち」

ひとり分は、隣のおじさんに奢るつもりだった。

熱燗の徳利《とっくり》が置かれた。

一瞬迷ったが、先にベティに、次に水穂の猪口に注《つ》いでやった。

「年長者を立てなきゃな」

私は水穂に、ベティは俺と同い年なんだ、と教えた。

「俺は手酌《てじゃく》が好きなんだ」

徳利に同時に手を伸ばした、ベティと水穂に、私は首を振った。

ベティとは寝たわけではない。なにもそこまで気を遣う必要はないのだが、きのうのことがある。

胸の嘆息を隠し、私は二人に、乾盃と言って、熱燗を飲み干した。すぐに手酌で、注ぎ足す。

「なんか、酔っ払っちゃいそう。やっぱり、わたし、ウィスキー割りにするわ」

猪口を空けたベティが、ハイボールはできますか？　とおばさんに訊いた。

「もちろん。売るほど、できるわよ」

おばさんが笑うと、水穂も、わたしにもお願い、と言う。

「あんたたち、男の顔色ばかりうかがってる人生やると、あたしみたいになっちゃうわよ」

グラスに氷と炭酸を注ぎながら、おばさんが、ベティと水穂に交互に目をやって笑った。

「だ、そうよ。藤沢さん」と、水穂。

「そっくりお返しするわ」と、ベティ。

「二人共、失礼なやつだな」

私はおばさんに、スミマセン、と言って頭を下げた。

「ごめんなさい。そういうつもりで言ったんじゃありません」

ベティが謝ると、水穂もつられたように、ごめんなさい、とつぶやく。

「若い子は、いいねえ。清々《すがすが》しくて。羨《うらや》ましいわ」

娘を見るような目のおばさんに、私は酒を勧めた。

「じゃ、遠慮なくビールをいただくわ」

おばさんがネギヌタを三皿、私たちの前に置くと、ビールの栓を抜く。

「ところで、貴女《あなた》、学生だったの？」

ベティが水穂に訊いた。

「そうよ。でも、もうれっきとした大人の女性ですからね」

「そんなこと訊いてないわ」

ベティが苦笑して、どこの学生？　と更に訊く。

「どうしてそんなこと、いちいち教えなければならないの？」

たまらず私は横から口を挟んだ。

「いやな、彼女は、A学院の三年生で、今度うちの仕事を手伝ってもらうことになってるんだ」

「なに？　それ……」

ベティが、私と水穂に、交互に目をむけた。

「彼女、大学では、広告研究会のサークルに入ってるんだ」

そう言って、私はこれから行う予定の、通行人調査の一件をベティに簡単に説明した。

しかし、それを説明する私の口調は、まるで水穂との関係は、社員と単なるアルバイト、とでも言うようで、自分ながら白々しさを覚えてしまった。

ガタン、ゴトン――。山手線の電車の通過する音が響く。まるで私の詭弁《きべん》を非難するかのようだった。

「なんだ、そうゆうことなんだ」

ベティの機嫌が急によくなった。

お待ちどお――。ドアが開き、中年の親爺《おやじ》が焼き鳥を持ってきた。

「いくら？」

私は言われた料金を親爺に渡してから、こちらのお客さんにも分けてあげてください、とおばさんに言った。

「あら、気前がいいのね。年長者に礼を尽くすところなんて、気に入ったわ」

じゃ、ご馳走になります、と言って、ちょっとクタびれぎみのおじさん客は、素直に私の好意を受けてくれた。

じつは、焼き鳥が届いたのは、絶妙のタイミングだった。ベティに水穂との関係を説明するにつれて、しだいに水穂が不機嫌な顔をしはじめていたからだ。

私は、二人に焼き鳥を勧め、先にひと口、頬張った。おばさんが推奨したとおり、タレといい、焼き具合といい、絶好な旨さだった。

「ねえ、梨田クン。想い出、って、言ってたけど、なんのこと？」

「誰にでも喋れる話じゃないよ。大切な想い出、ってのは、そんなもんだろ？」

うっかり喋ったら大変なことになる。きのうベティには、入社の仲介をしてくれた恩人が亡くなった、と話した。砂押のことを持ち出したら、水穂に疑われてしまう。

「そうよ。人は誰でも、胸に収《しま》っておきたいことのひとつやふたつ、抱えてるものよ。なんでもかんでも訊きたがるのは、よくないとおもう」

どうやら水穂は、私の胸の内を勘違いしてくれたようだ。私は、素知らぬ顔で酒を飲んだ。

それを機に、水穂が機嫌を直して、ベティにいろいろと質問する。

「ねえ、広告会社勤務、って楽しい？」

「広告会社といったって、わたし、人事部だもの。ふつうの会社勤めと一緒よ。でも、自由な雰囲気だから、楽しくない、と言ったら、うそになる」

「いい男も、いっぱい、いるんでしょ？」

「遊び人と、見栄っ張りばかりよ。間違っても、広告会社の男となんてつき合わないほうがいいわよ」

「じゃ、ベティさんの彼氏は、広告関係の男《ひと》じゃないんだ」

ハイボールをグイと飲み、水穂がベティの顔をのぞき込む。

「わたしのことなんてどうでもいいじゃない。一般論としてアドバイスしただけよ」

ベティがソッポをむいた。

「一般論？　じゃ、ベティさんは気にしないということ？」

水穂が頰をふくらませる。

「理性と感情、って、別モンでしょ？　好きになっちゃったら、それはそれで、しょうがないじゃない」

「ふ〜ん」

水穂が、疑わしげな目で、チラリと私を見た。

「そうだ、貴女《あなた》に、うちの会社で言われていることを、ひとつ教えてあげる」

ベティがハイボールのお替わりをおばさんに頼んでから、言った。

「広告会社に勤める男《ひと》は、遊び人で、見栄っ張りが多い、と言ったでしょ？　でも、それはそれで、しかたがない面もあるのよ。だって、スポンサー仕事だから、なにかと相手を接待しなくちゃならない。地味で、遊びも知らない男だったら、スポンサーの人たち、退屈しちゃうでしょ？　だけど、ここが問題なのよ」

　ベティが新しいハイボールに口をつける。

「会社には接待費というものがあるけど、いくらでも使えるわけじゃない。なぜ会社が、大企業の偉いさんの息子とか、裕福な家の出身者を優先的に入社させるか、わかる？」

「スポンサー筋の人のほうが、会社にとって有益だからでしょ？　取引も強化できるし」

「むろん、それもあるわ。でも、そういう連中って、大半がボンクラよ。それでも目を瞑るのは、ね……」

　ちょっと迷い顔をしてから、ベティが言った。

「うちの会社って、ズルいのよ。お金持ちの息子だったら、身銭を切るでしょ？　見栄っ張りだから」

　パパ、ママ、お金がないんだ――。男口調で言って、ベティが笑った。

「うちの会社では、四十歳までは身銭を切って、その回収は四十すぎから――、というのが、営業マンたちの暗黙の了解事項なのよ。四十をすぎたら、ある程度の役職に就けるし、まあまあの給料だって入るようになる。会社で落とせる接待費枠も大きくなる。つまり男性社員は、それぐらいの年齢まではじっと耐えなければならないのよ。それに耐えられない人は、アウト、ってわけ」

「ホントなの？　その話」

水穂が目を瞬かせた。

「ホントよ。貴女《あなた》、わたしたちのお給料、いくらだか知ってる？　わずか、六万円、七万円の世界なのよ。そのお金で、住まいを借りて、食べて飲んで、場合によったら自腹を切って仕事しなくちゃならない……。だから同僚の男の子たち、いつもピーピーしてるわ。そして借金がたまりにたまったら、実家に泣きつくわけ。こんな彼氏とつき合うと大変でしょ？」

私はベティの話に、腹のなかで苦笑していた。

ベティは大企業の社長の御令嬢だ。水穂への話は、つまるところ、自分の家は金持ちだから任せて、と私に暗にアピールしているようなものだ。

「俺は、どんなにピーピーしたって、家になんて泣きつかないね。同期の鼻タレ小僧とはちがうから」

私は熱燗をグイと飲み、声を出して笑った。

「そうよ。マー君なら、心配御無用。ビックリするぐらいのお金持ちだもの」

ベティの話に、いささかカチンときていたのだろう。水穂が自分のことのように、誇ってみせた。

「あら、そうなの？　梨田クン。お金持ちだという噂、やっぱりほんとうだったの？」

「冗談に決まってるだろ。そんな金、あるわけない。四十まで食っていける、と言ったのは、なにをやったって、食っていく自信があるって意味だよ」

私はベティに気づかれないように、水穂の足を軽く蹴《け》った。

カウンターの背後の酒棚から、かすかに流れてくるのは有線放送のようだった。

クタびれたふうの五十絡みの客と話していたおばさんが、あら、ひばりだわ、とつぶやいて、ボリュームをちょっと上げた。

曲は、三年ぐらい前に大ヒットした、美空ひばりの「悲しい酒」だった。

「ふぅ〜ん。なるほどねぇ……」

ハイボールを飲みながら、ベティがつぶやく。

「なにが、なるほど、なんだ？」

私はネギヌタを口に放り込み、ベティに訊いた。

「別世界だな、とおもって。同期の連中、間違っても——」

ベティが声をひそめて、こういうお店には来ないわ、と言った。

「だから、言ったろ？　逃げるんなら、今のうちだ、って。まさか、ＢＧＭにビートルズを期待してたんじゃないだろうな」

私が笑うと、ちょっと肩をすくめてから、ベティが焼き鳥の串《くし》を一本つまんだ。

高校生時代の私は、日本の歌謡曲には見向きもしなかった。というより、歌謡曲を聴くと、友人仲間からバカにされる空気があった。

だから受験勉強のかたわら、ラジオで聴いていたのは、もっぱら洋楽だった。ポール・アンカ、ニール・セダカ、コニー・フランシス、リッキー・ネルソン――。なかでも一番のご贔屓《ひいき》は、プレスリーだった。プレスリーの映画は、友だちと連れ立って、欠かさず観に行ったほどだ。しかしビートルズが出現したころから、私の洋楽熱はしだいに冷めていった。

受験戦争を勝ち抜いて、良い大学に入り、そして大企業に就職する――。敷かれたレールの上を走る、そんな人生に疑問を抱くようになってしまっていたからだ。そんな人生になんの意味があるのだろう……。

「どうしたのよ？　急に黙り込んで」

水穂が私の顔をのぞき込む。

「わたしのせいなの？」

ベティが気拙《きまず》い顔をした。

「なに、むかしのことをちょっとおもい出しただけさ」

「むかしのこと？　梨田クン、って、いったい、いくつなのよ。それじゃ、まるで――」

ベティが、隣のクタびれたおじさん客を見て、言葉を濁した。

「まるで——、なんだい？」

私は笑った。隣のクタびれたおじさんと一緒じゃない、と言いたいのだろう。

「二人共——」

私は、ベティと水穂に交互に目をやった。

「お嬢の大学に入ったし、しかも女だから、わかりゃしないよ」

「なによ、それ。男尊女卑に聞こえる。女をバカにしてない？」

「たぶん、してる」

私は笑って、猪口を口にしながら、はぐらかした。

受験勉強に疑問を抱きながらも、世間では優秀と評されている大学に入学した。そんな私が陥穽《かんせい》にはまるのに時間はかからなかった。

仲間の学生の誰もが、同じ顔に見えた。ちがっているのは、身長と体重だけで、笑い方までが同じに見えた。

顔ばかりじゃない。口にする言葉や行動までが、同じようにおもえた。自由の謳歌《おうか》を声高《こわだか》に叫ぶやつにかぎって、自由のほんとうの意味を理解してないようにおもえたし、人民とか闘争とか革命なんて言葉を好む学生活動家にかぎって、上から目線で人を見て、闘争心はそぶりだけで、本気で革命のことを考えているようにはおもえなかった。

そんなとき、麻雀と出会った。夜の巷《ちまた》を覚えた。そこに集う人間たちには、仲間の学生たちのように、頭デッカチの知識はなかったが、自分の呼吸《ペース》で息をし、目の前の金しか信じないという、ひたむきさがあった。

こんなことを、ベティや水穂に話したところで、わかるわけがない。しかし、砂押は、そんな私の心を見抜いていた。戦争から帰ってきた彼はきっと、私と同じような気持ちで、変わりゆく日本の姿を見ていたにちがいない。

――人の役に立とう、なんて考えることはねえよ。腐葉土には腐葉土なりの、役立つことがあるからな。

私は水穂を見て、言った。

「時間はいいのかい？　部屋の整理があるんだろ？」

「まだ、だいじょうぶよ。追い返そうとしたって、そうはいかないんだから」

そのとき、店のドアが開いた。新しい客だとおもったのだが、入ってきたのは、ギターを抱えたジャケット姿の男だった。

「お客さん、なんでも歌えますよ」

男がおばさんに頭を下げてから、「流しの新一」です、と私たちに言った。

「うわぁ～、ほんとうに、流しの人、っているんだ」

ベティがはしゃいだ声を上げる。

「なに、言ってるの。あの、北島のサブちゃんだって、むかしは、この界隈《かいわい》で流してたことがあるんだから」

カウンターのなかからおばさんが誇らしげに言った。

「へぇ〜。そうなんだ」

ベティが目を丸くしている。そして流しに、料金はいくらなんですか？　と訊いた。

「三曲、三百円ですよ」

「じゃ、ひとり、一曲ずつリクエストしよう」

私は財布から三千円を取り出し、チップ込みだよ、と言って、「流しの新一」に渡した。

ベティは、今年に入ってから流行《はや》りはじめているビリー・バンバンの「白いブランコ」。

水穂はちょっと考えたあとで、カルメン・マキも歌える？　と「流しの新一」に訊いた。

「もちろん。『時には母のない子のように』ですか？」

水穂がチラリと私を見て、そうよ、とうなずく。私への目配せは、よけいなことは喋るな、という意味なのだろう。

「若者の歌ばかりじゃ、おばさんや、こちらのお客さんに悪いから——」

私はそう言って笑い、「岸壁の母」をリクエストした。

「梨田クン、って、ほんとうに二十三なの？」

笑いを噛み殺すように、ベティがハイボールのお替わりを頼んだ。

ほんとうは、四郎さんの「蛍花」をリクエストしたかったのだが、砂押を偲《しの》ぶには、この歌のほうがピッタリだろう。

「流しの新一」は、さすがにプロだけあって、ギターの腕もたしかなら、歌声にも味がある。

私は彼の歌を聴きながら、四郎《しろう》さんと香澄のことをおもい出していた。

四郎さんは元気にしているのだろうか。「蛍花」がヒットしたあと、あまり彼の歌を耳にすることがなくなっている。しかし演歌歌手というのは、ヒット曲がひとつあれば仕事に困ることはないらしいから、地方を巡業しているのかもしれない。

姫子《ひめこ》が四郎さんと別れたあと、一度、姫子に、彼のようすを訊いたことがある。しかし姫子は、終わったことを振り返ってもしかたがないじゃない、一切の連絡は絶っている、と笑っていた。そして、わたしやマー君というのは、そういう人種なのよ、とも言った。

たしかに姫子の言うとおりだとおもった。香澄が死んだとき、悲しみのドン底に陥ったのに、今の私は、あのときの悲しみなど忘れたかのようにこうして生きている。

たぶん、砂押のことだってそうだろう。いずれは、彼の記憶も、遠いところに行ってしまうにちがいない。

「岸壁の母」を歌い終えると、「流しの新一」は一礼してから、店を出て行った。

「ねぇ、梨田クン。あなたって、いつもあんな渋い歌、聴いてるの？」

ちょっと呂律《ろれつ》のおかしくなった口調で、ベティが訊いた。

「そんなわきゃ、ねえだろ」

私は笑って、俺の家は中国からの引き揚げ家族だから、リクエストしたんだよ、と教えた。

「へぇ〜。そうなんだ」

「俺は、引揚船のなかで一度、死にかけたらしい。だから、少々のことではクタばらないようにできてる。会社のなかでの小っちゃなトラブルなんて、俺にとっちゃ、屁《へ》でもないのさ」

「なにか、あったの？」

水穂が心配げな顔で訊いた。

「なにもないよ」

夕刻の有村部長の一件なんて、話す気にもならなかった。

私はおばさんに、お勘定をしてくれるよう、言った。

「もう帰るの？」

ベティが物足りなさそうな表情を浮かべた。

「俺が帰ると言わないと、ミホが腰を上げそうにないからな」

私の言葉に、水穂がソッポをむいた。

あさってからはゴールデンウィークに突入する。そのせいか、社内には、もう仕事そっちのけのノンビリムードが漂っていた。

他の同僚は、同時進行で二つ、三つ、仕事を抱えている者もいるが、私はまだ新参者で、連休明けの、通行人調査の仕事しか任せられていない。その仕事だって、段取りは大方終えているので、他にこれといってすべきこともない。

他の部署がどうかは知らないが、考えようによっては、このマーケティング局ほど暇なところはない。大学を卒業して初めて就職したS電機とは雲泥の差だ。

6

昨夜、ベティと水穂の二人と別れたあと、砂押の家と堂上のほうに電話した。そろそろ線香の一本も、と考えたからだ。しかし、どちらも電話のコール音が響くだけで、なんの反応もなかった。

しかたなく、久々に新宿のフリー雀荘《ジャンソウ》をのぞく気になった。昼間、佐々木から麻雀に誘われたことが呼び水になっていたからだ。二時間ほど、遊びのレートでの安麻雀で時間潰《つぶ》しをしてから、下北沢のアパートに帰った。

しかし、目が冴《さ》えて、なかなか寝つけなかった。原因はわかっていた。勤め人生活の日常に、そろそろ倦怠《けんたい》感の虫が蠢《うごめ》きはじめていて、刺激を欲している自分がいるのだ。

寝酒を飲みながら、連休をどうすごすかに頭を巡らせた。

水穂はこの二、三日をかけて、姉の佳代ママと一緒に、新しい麻雀部屋に諸々《もろもろ》の設備を搬入しての整理仕事をしなくてはならない、と言っていた。そしてそれが終わると、新潟へ、やはり佳代ママと一緒に帰るらしい。お盆での墓参りは、親戚や知人と顔を合わせてしまう。佳代ママはそれが嫌で、毎年この連休を利用して、ひと足早い墓参りをするのが慣《なら》わしなのだという。

夜中の二時ごろ、姫子から電話があった。

この連休は、店の従業員数人を連れて、群馬の伊香保《いかほ》に数日間の温泉旅行に出掛けるのだという。私も行かないか、と誘われたが断った。姫子と二人だけというなら心も動くが、数人での旅行ともなると、私の最も苦手とするところだ。姫子は笑って、休み明けにでも飲みに来ない？　と言って、あっさりと電話は切れた。

眠りについたのは、空が白みはじめたころで、なんとか出社はしたものの、デスクに座る私の頭は、まだボウッとしていた。

内線電話の音に受話器を耳に当てると、佐々木からだった。会社の裏の喫茶店からだという。有村部長も一緒とのことだった。

私はモヤモヤした頭を抱えて、喫茶店にむかった。

店の隅のテーブルにいる、有村部長と佐々木の前に、私は腰を下ろした。

「なんですか？」

私はたばこに火を点けながら、二人の顔をうかがった。

「話が、二つあるんだ」

切り出したのは、有村部長だった。

私は無言で、部長を見つめた。

「ひとつは、この前話した、例の『ほめっこクラブ』。考えてみてくれたかい？」

「あの話、ですか……」

私はたばこの灰を払い、キッパリとした口調で言った。

「なんか、よく理解してないですけど、僕は遠慮しときますよ。ガキのころから、誉《ほ》められたことなんて、一度もなかったし、この年をして、今さら、ほめっこしたってね。それに、誉めてもらって仕事ができなかったら、格好が悪い」

「なるほど。一匹狼《いっぴきおおかみ》のほうがいいわけだ」

うなずく有村部長は、気を悪くしたふうには感じられなかった。

「でもなあ……」

横から佐々木が口を挟んだ。

「おまえは、離れ小島のようなマーケティング局にいるからわからないだろうけど、会社で上手くやっていくのはなにかと大変なんだぜ」

「上手くやっていくことに、さほど興味がないんだ。出世にも、ね。ケセラ、セラだよ」

すみません、と言って、私は有村部長に頭を下げた。

「謝ることはないよ。むしろ、気骨があっていい。俺は、きみのようなタイプ、好きだよ。心配しなくったっていい。このことで、きみが仕事がやりづらくなるようなことはないから」

「それで、もうひとつのほうは？」

「麻雀だよ。きみが言ってた、ガチンコ麻雀」

「気を悪くされたんだったら、謝ります。でも、僕はそういう麻雀しか面白くないんですよ」

「それについても謝ることはないよ。正直なところ、俺も、あの麻雀には飽き飽きしてたんだ。きみの言うとおり、あれは麻雀のようで、麻雀じゃない。それで、だ――」

有村部長が、ちょっと身を乗り出した。

「あしたからは連休に入るし、どうだろう、きょうの夕刻、会社が終わってから、ミッチリとやらないか？　むろん、きみの言う、ガチンコ勝負で、だ」

「それは構いませんけど……」

迷ったのは一瞬だった。私はたばこの火を消して、言った。

「もうひとつ言うと、じつは僕、現金決済の麻雀しかしない主義なんです。あとで揉《も》めるのが嫌で……」

「わかってるよ。この間の麻雀で、百も承知だよ。そればかりか、もうひとつつけ加えたいことがあるんだろ？」

部長が笑った。

「佐々木から聞いたよ。きみは、どデカいレートの麻雀を打つらしいじゃないか。だから、レートは、千点、三千円……。いや、五千円だって、構わない」

私は、チラリと佐々木を見た。きっと狸穴での麻雀のことを喋ったにちがいない。

「僕は、一向に構いませんけど、でも、この条件で麻雀を打てる人なんて、社内にいるんですか？」

私は上目遣いで、有村部長に訊いた。

「いるわけないだろ。麻雀をしてる連中は、皆、借金だらけだよ」

なあ、佐々木、と言って、部長が笑った。

「じつは、だな……」

佐々木がモジモジとした顔で、言った。

「この前、おまえが狸穴の雀荘で打っていた一件を部長に話したんだ。ほら、『羽鳥《はとり》珈琲《コーヒー》』の常務が、ボロ負けした、あの日のことだよ。そうしたら、部長、常務を入れたらいい、と言うんだよ」

「でも、それは拙《まず》いんじゃないですか。うちのクライアントなんでしょ？」

佐々木を無視して、私は部長に目をむけた。

「平気だよ。常務とは、時々ゴルフをやる仲なんだが、あの人は勝負事は勝負事と、割り切ってってね。負けたからといって、恨みになんておもいやしない。ゴルフじゃ、俺も散々カモってるしな。それに、佐々木の話では、きみともう一度、麻雀をやりたがってるそうじゃないか。俺が誘えば、すっ飛んでくるよ」

「でも、僕がうちの社員だったことを知ったら怒るんじゃないですか？　そんなこと、なにも教えなかったし……」

「そりゃ、しょうがないだろ。きみは、常務の会社が、うちのクライアントだったことを知らなかったんだろ？」

「それは、まあ、そうなんですが……」

口ではそう言ったが、正直なところ、羽鳥常務が怒ろうが怒るまいが、私にはどうでもいいことだった。

「じゃ、決まりだ」

部長は口元をほころばせたが、その目は、笑っているようには見えなかった。

「もうひとりは、どうするんですか？」

「じつは、それなんだ。俺の知り合いの二人共、きょうは予定がある、と言うんだ」

きみに、心当たりはないか？　と部長が訊いた。

「いなくもないですが……」

長塚《ながつか》会長、諸橋《もろはし》会長、姫子——。頭を巡らせているとき、桜子《さくらこ》の顔が浮かんだ。

「やるか、どうか……。女性なんですが、彼女、夜の銀座勤めですからね……」

「あの女性《おんな》か」

佐々木が、膝《ひざ》を打った。

誰だね？　有村部長が佐々木に目をやる。

「羽鳥常務が負けたとき、一緒に卓を囲んでた銀座のホステスですよ。でも、彼女、麻雀の腕、相当なもんですよ」

連絡はつくのかい？　と有村部長が私に訊いた。

佳代ママに訊けばわかるはずだ。しかし、もし桜子が承諾しても、麻雀をやるのは店が終わってからになってしまう。

そう話すと、部長は声を出して笑った。

「博打《ばくち》麻雀が好きなホステスは、店のことなんて二の次だよ」

今は昼の十二時前だ。夜の遅い銀座勤めの佳代ママは、まだ寝ているのではないだろうか。

「じゃ、いちおう、連絡だけはしてみますよ」

私は席を立って、店の赤電話のほうにむかった。

コール音をしばらく聞いて諦《あきら》めようとしたとき、いくらか寝呆《ねぼ》けぎみの声が耳に響いた。

――はい。服部です……。

「ゴメン、まだ寝てました？　梨田ですけど」

――あら、どうしたの？　水穂は、ここにはいないわよ。

「ちがうんです。ちょっと訊きたいことがあって」

「クラブ・ゴールデンシャトウ」の桜子と連絡が取れないだろうか？　と私は言った。

——桜子、と……？　なんの用なの？

「じつは、ね……」

私は事の成り行きを、簡単に説明した。

——へぇ〜。羽鳥常務の会社、梨田さんとこのクライアントだったんだ。

佳代ママは、心底驚いたようだった。

——桜子の家の電話番号は知ってるわよ。きっと彼女のことだから、お店なんてそっちのけで、飛びつくとはおもうけど……。

すこし心配げな声音に変えて、つづける。

——その、おたくの会社の部長さんて、麻雀の腕のほうは大丈夫なの？　もし大負けするようなことがあったら、梨田さんが困った立場にならない？　なにしろ、桜子、麻雀、半端なく強いから。

「そんな心配は無用だよ。むしろ、部長を、コテンパンにやっつけてほしいぐらいだから」

私は背後の有村部長のほうをチラリとうかがいながら、小声で言った。

——わかったわ。メモして。

私は佳代ママが言う電話番号をメモした。

——ところで、水穂から聞いたとおもうけど、今度、麻布十番のほうで、新しい麻雀部屋を借りたのよ。

「うん。知ってるよ」

――麻雀するんなら、そこを使ってよ。

「そりゃ、構わないけど、今夜、やるんだぜ。まだ準備できてないんじゃないの？」

――スタートは、夜の七時からにしてよ。それまでに、準備を整えておくから。

すでに麻雀卓と、簡単な備品類、休憩用のソファなどは運び終えているという。

「わかった。桜子に連絡して、やることになったら、もう一度電話する」

電話を切り、私はメモを見ながら、桜子の家の電話番号を押した。

朝からの、ボゥッとしていた頭のなかから、うそのように霞《かすみ》が消えていた。

もし桜子が電話に出れば、間違いなく彼女は、この話に乗るような気がする。そして、私に、この前とは比べものにならないほどの敵愾心《てきがいしん》で立ちむかってくるだろう。なにしろこの前の夜は、彼女に恥をかかせているのだ。

――もし、もし……。

耳に響いた桜子の声が、私の闘争心のスイッチをオンにした。

「久しぶりだね」

誰だかわかるかい？　と私は訊いた。

——わかるわよ。わたしを振った生意気な坊やでしょ？

案に相違して、桜子の声には怒りが感じられなかった。

——でも、どうして、わたしの家の電話番号知ってるのよ？

「佳代ママに聞いたんだ」

——ママに……？

「じつは、俺と麻雀をしたい、という人がいてね。あしたから連休に入るから、ミッチリとやりたい、と言うんだ。でも、メンバーが、ひとり足りない。なにしろ、レートがレートだけに、誰でもいい、というわけにはいかない。それで電話したんだ」

——レート、って、いくらなの？

「この前、打ったのと同じぐらいだよ」

むろん、キャッシュ精算だ、と私は言った。

——何時からやろうというの？

「七時だよ。だから、銀座は休んでもらわなくちゃならない。でも、お竜さんには、店の稼ぎなんてもんより、ずっと魅力的だろ？」

——他のメンバーは、誰なの？

「ひとりは、ご存じの、『羽鳥珈琲』の常務。もうひとりは俺の会社の部長だよ。どうだい？　益々魅力的になっただろ？」

――わかった。オーケーよ。で、場所は？

「佳代ママの店だよ。狸穴のあとに、今度、麻布十番に部屋を借りたらしいんだ。俺もまだ、どこだか知らない」

あとでまた電話するよ、と言って、私は電話を切った。

席に戻り、私は顛末《てんまつ》を有村部長に話した。

「よし、じゃ、今度は俺の番だ」

羽鳥常務に電話する、と言って、有村部長が腰を上げる。

赤電話にむかう部長の背を見ながら、佐々木が私に言った。

「おまえ、きょうのきょうで、大金、用意できるのか？　金主《きんしゅ》の承諾が要《い》るんだろ？」

「心配ない。きのう、部長にあんなことを言っちまったから、準備だけはしてある」

私が麻雀をする原資は、知り合いから用立ててもらっている、とこの間、佐々木を煙に巻いた。彼は頑《かたく》なに信じているようだ。

有村部長が戻ってきた。

「オーケーだ。常務、おまえの話をしたら、驚いてたよ。リベンジしたいそうだ」

「わかりました。じゃ、麻布十番のマンションの場所、訊いてきますよ」

私は再度、赤電話にむかい、佳代ママからマンションの場所と部屋番号を訊いた。

──夜、銀座が終わったらわたしも顔を出すけど、それまでは、水穂に手伝わせることにするわ。

「わかった。でも、きょうは例のチップは必要ない。キャッシュの飛び交う勝負のほうが、スリリングだし」

だいいち、知り合い同士でやるんだから、タレ込まれる心配もない、と言って、私は笑った。

会社からだと、麻布十番まではタクシーで十五、六分もあれば着くだろう。

六時半に、この喫茶店で待ち合わせて、有村部長と連れ立ってむかうことにした。

「僕も見学しに行っちゃ駄目ですか？」

佐々木が有村部長の顔をうかがう。

「俺は別に構わんが……、おまえは『羽鳥珈琲』の担当だし……。でも、その、『銀座のお竜』とかいう姐《ねえ》さんが嫌がるんじゃないのかい？　この前のときは、どうだったんだ？」

佐々木にではなく、有村部長が私に訊く。

「後ろで、見《ケン》しなければ、どうということもないんじゃないですか。それに、常務だって、気心の知れた佐々木がいたほうが、心強いかもしれない」

問題は、佐々木の口の軽さだ。現に、この間の麻雀の一件を、有村部長に話してしまっている。

「でも、佐々木。この麻雀のことは、口外禁止だぜ」

私はすこし非難めいた目を佐々木にむけた。

「むろん、わかってるよな？　佐々木。こんな博打麻雀が社内で知れ渡ったら、ロクなことはないからな」

念を押す有村部長の言葉に、わかっています、と佐々木がうなずく。

昼食を渋谷駅前の蕎麦屋《そばや》でとったあと、銀行に寄って、三百万を下ろした。

夕刻の四時すぎに、水穂から電話がかかってきた。

——姉から聞いたわよ。今夜、麻雀やるんですって？

「うん、まあ……。妙な成り行きで、そうなった」

隣のデスクの菅田《すげた》先輩が聞いているとはおもわなかったが、私は小声で受け流した。

——でも、桜子さん、って、なんなのよ。わたし、あの女性《ひと》、嫌い、って、言ったじゃない。なんで、あんな女性《ひと》とやらなきゃならないのよ。

「いろいろあるんだよ。その話は、また今度だ」

言うなり、私は一方的に電話を切った。

姉の佳代ママに電話したあと、たぶん水穂がなにか言ってくるだろうことは予想していた。面倒臭《くせ》えな……。ボールペンを指先でクルリと回し、私はおもわずつぶやいた。勝負事を前にしてのゴタゴタ、とり分け、女の小言ほど嫌なものはない。

「梨田クン、意外と冷たいんだね」

デスクにむかっていた菅田先輩が、私を見て、ニコリと笑った。

「今の電話、コレからだろ？」

そう言って、菅田先輩が、右手の小指を立ててみせた。

「ええ……、まあ……」

苦笑すると、先輩は、デスクの上の写真を三枚、私に渡した。シャチが水面からジャンプしてる写真だった。

「どう？　可愛いだろ？　彼女にあげたら、きっと喜ぶよ」

笑うと、菅田先輩は、何事もなかったように、また仕事をはじめた。

世の中には、いろいろな人間がいる。私はシャチの写真を見ながら、胸のなかで苦笑した。

約束の六時半に喫茶店に顔を出すと、すでに有村部長と佐々木の姿があった。

私がテーブルに腰を下ろすと、有村部長が訝《いぶか》る顔をした。

「手ぶらなのかい？」

「ええ」

うなずく私は、すぐに部長の疑問を解した。

「お金は、三百万用意してますよ」

そう言って私は、スーツの内ポケットとズボンのポケットに手をやった。

有村部長の膝の上には、黒い皮製の小さなバッグが置かれている。たぶん、そのなかに金を収い込んでいるのだろう。

「なるほど。大金を無造作に扱うところをみると、おまえ、その若さで、かなりの修羅場を経験してるな」

「そんなことありません。まだ、ヒヨッコですよ」

私は笑って、じゃ行きましょうか、と腰を上げた。

タクシーを拾うために表通りにむかっていると、会社のビルから出てきたベティと鉢合わせした。

「おう、ベティ。あしたからの連休はどうするんだ？　恋人と旅行にでも行くのか？」

有村部長が、ベティを冷やかす。

ベティが不快な表情を露骨に浮かべ、そして一瞬、非難するような目で私を見た。

「大きなお世話です。どうせ、お三方は、これからロクでもない遊びをするつもりなんでしよ？」

言うなり、プイと顔をそむけ、ベティはさっさと駅のほうへの道を歩きだした。

「相変わらず元気いいな、アイツ」

有村部長が苦笑した。

私はおかしさを嚙み殺した。有村部長に対するベティの態度は、上司を上司ともおもっていないどころか、嫌いだということを宣言しているようなものだ。

タクシーには、なにも言わないのに、佐々木が自ら助手席に座り、私と有村部長に、後部座席を勧めた。大企業のボンボンだというのに、彼がそうするのは、大きなレートの麻雀に加われない劣等感からかもしれない。

7

麻布十番の地名は知っていたが、私はまだ一度も行ったことはなかった。近くにはスウェーデン大使館や、古くからの屋敷があることは聞いていた。

「この前、羽鳥常務とは、どんなルールでやったんだ？」

車が走りだすと、有村部長が訊いた。

「ごく、一般的なやつです」

「なら、きょうも、それでいこう」

ほどなくして、タクシーは、とある商店街の路地に入っていった。商店街のアーケード型の看板には、「麻布十番商店街」と書かれていた。

どうやら有村部長は、この街をよく知っているようで、佳代ママから聞いた簡単な道筋を教えただけなのに、運転手にテキパキと指示をしている。

「ここだな」

部長が、白い新築のマンションの前で、車を止めるよう、運転手に言った。

一階が寿司屋になっている、と佳代ママは言っていたが、いかにも高級そうな暖簾《のれん》がその一階の店先には垂《た》れていた。

エレベーターで七階に上がり、教えられた701号室のモニターフォンを鳴らした。

水穂の声がし、すぐにドアが開いた。

「どうぞ。もう、お二人共、来てるわ」

水穂に案内されて、リビングに入ると、窓際の長ソファで、羽鳥と桜子が談笑していた。

リビングの中央には、真新しい麻雀卓がセットされている。

「常務、お久しぶりです」

有村部長が羽鳥に笑みをむける。

「なんだ、おまえも来たのか」

羽鳥が佐々木に目をむける。

「ええ。面白そうなので、ちょっと見学させてもらいたくて」

雑用の手伝いはしますよ、と佐々木がゴマ摺《す》りかげんに言う。

「わたしは、コーヒーの準備をするから、紹介は梨田さんに任せるわ」

桜子を嫌う水穂は、さっさとキッチンのほうに消えてしまった。彼女が、私のことを、マー君、と言わなかったことに、私は内心、ホッとしていた。

「部長、この女性《ひと》が例の『銀座のお竜さん』、桜子さんです」

私は有村部長に、桜子を紹介した。

「初めまして。桜子です」

桜子が、有村部長に名刺を差し出す。

「もし機会があったら、接待で、うちを使ってくださいな」

有村部長は名刺を出さずに、お手やわらかにね、と彼女に微笑んだだけだった。

「しかし、驚いたよ。きみが、Tエージェンシーの社員だったとはね」

羽鳥が私に顔をむけて、言った。

「まだ入社して間もないので、事情はまったく知らなかったんです。その節は、失礼しました」

「うちの会社がクライアントだということを知ってたら、手加減してくれたかい？」

羽鳥が笑った。

「いえ。僕はどんな事情があっても、いつも真剣勝負です。麻雀がつまらなくなるし、生活もかかってますから」

「生活？　よく言うよ。あのレートで打つ人は、よほどの金持ちか、ギャンブラーだけだよ。でも佐々木――」

羽鳥が佐々木に矛先を変える。

「おまえ、なんで、このことを俺に黙ってたんだ？」

「隠してたわけじゃないんですよ。僕も、彼がうちの社員だったことを知らなかったんです。彼、入社して間もなかったし、部署もちがってましたから」

「なるほど」

きみは今、どこのセクション？　と羽鳥が私に訊いた。

「マーケティング局です」

遅れましたけど、と言って、私は羽鳥に会社の名刺を渡した。

「なんで、こんなセクションにいるの？　きみみたいな人間は、営業向きだろうに」

「いずれ、私が引っ張りますよ」

有村部長が横から言った。

3LDKの部屋。新築マンションだけに、壁にも床にも染みひとつなく、漂う空気のなかには、まだ建材の匂《にお》いがするようだった。

中央の麻雀卓の横には、各人専用の洒落た小机が置かれ、使い勝手がよさそうだ。

コーヒーを淹《い》れてきた水穂が、その小机にひとつずつコーヒーを置く。

「きょうは現金でするときいたので、チップはなにも用意してません」

それと——と言って、水穂がバッグのなかから、帯封のついた千円札の束をひとつ取り出した。

「十万円分の千円札は用意しておきました。必要だったら、言ってください。両替しますから」

水穂が小さなプラスチックケースに、その束を入れ、きょうのレートはいくらでなさるんですか？　と訊いた。

狸穴でもそうだったが、秘密麻雀クラブの場代というのは、時間制ではなく、半荘《ハンチャン》一勝負が終わる毎《ごと》に、そのときのトップが支払う。その場代も、レートによってちがうのだ。

「じゃ、いくらで打つ？」

羽鳥が皆を見回し、訊いた。

「わたしは、お任せするわ」

と桜子。

「僕も」と私。

羽鳥常務が決めてください、と有村部長が言った。

「じゃ、この前と同じレートでやろう。なんせ大負けしたから、リベンジしないとな。千点五千円で、馬《ウマ》は十万二十万。いいかな？」

「レートはそれでいいですけど、回数とか、時間とか決めません？　でないと、際限なくなっちゃうし」

桜子が言った。

「じゃ、こうしよう」

有村部長が提案する。

場替えは、半荘《ハンチャン》四回、終了毎。十回の場替えで、お開き。ただし、三百万負けた者にはギブアップの権利アリ。

「つまり、どんなに負けが込んでも、三百万以上負けないと、続行ということだよ。途中で投げ出されても困るしな」

有村部長の口調は自信満々だった。

「俺は、オーケーだ。お二人は？」

羽鳥が、私と桜子の顔をうかがう。

「僕もオーケーですよ」

「わたしも」と桜子。

「では、場代は、一勝負ごとに一万円ということでいいですか。終わったら、そのケースに入れておいてください。わたしは、隣の部屋で本でも読んでます」

用事があるときは声をかけてほしい、と言うと、水穂はさっさと隣の部屋に引っ込んだ。

水穂は私の顔を見ようともしなかった。たぶん、桜子と麻雀をすることに怒っているのだ。

「ルールとかは？」

羽鳥が有村部長に訊いた。

「彼から聞いている」

有村部長が、私にむけて、顎をしゃくった。さっきまでとはちがって、私を見る目は、どこか鋭さを感じさせた。

千点五千円で、馬《ウマ》が十万二十万。つまり、箱点を食らうと、三十五万の負け。

場替え十回の勝負ということは、半荘《ハンチャン》四十回戦。このメンバーなら、半荘《ハンチャン》一回戦に要する時間は、たぶん四十分前後だろう。三十時間近い長丁場の麻雀になる。

　こんなに長く麻雀を打つのは久々だった。大阪の雀荘「赤とんぼ」で打って以来だ。

　桜子と羽鳥の腕は知っている。積み込み禁止のガチンコ勝負で、有村部長ははたしてどのくらい戦えるのだろう。

「場決めは、摑み取りでいいね」

　そう言って、羽鳥が、東南西北四牌《ハイ》を揃えて、裏返した。

「レディーファーストだ。どうぞ」

　羽鳥の言葉に、桜子が卓上に手を伸ばす。

　長丁場を覚悟していたのか、桜子は、いかにも春っぽい薄手のセーターにパンツ姿だった。それに、化粧も薄い。この格好で街を歩けば、銀座勤めどころか、博打麻雀で食ってる女性《おんな》には、まず見えないだろう。

　部屋に入ってきてから感じていたのは、桜子が、意識的に私と目を合わさないようにしている点だった。

「じゃ、お次は、常務」

　どうぞ、と有村部長が羽鳥に勧める。

僕が一番若輩モンですから。そう言って有村部長を促し、私は残った牌《ハイ》をつまんだ。

東が羽鳥、南が桜子、西が私、北は有村部長。

一瞬考えたあと、羽鳥が席を選んだ。東《トン》側にしたのは、場風とのゲンを担いだにちがいない。

「おい、佐々木。おまえは、俺の後ろでの見《ケン》は禁止だ。部長か、この梨田クンの後ろにしろ。なんせ、この間は、ツカなかったからな」

羽鳥は笑いながら言ったが、先日負けた原因のひとつが、佐々木の後ろからの見《ケン》にあったとおもっているのは、本音のように聞こえた。

「じゃ、梨田。おまえの後ろで見学していいか？」

正直、後ろから見られるのは、私も好きではない。しかし、有村部長や桜子のほうに行け、とも言えない。私は、無表情に、いいよ、とつぶやいた。

羽鳥がサイコロを振っての親決め。

出親は私だった。

麻雀打ちは誰でも、初戦の配牌《ハイパイ》に神経を遣う。その日の博打運を見る気がするからだ。

オール伏《フ》せ牌《パイ》での洗牌《シーパイ》のあとの配牌《ハイパイ》。

私の配牌《ハイパイ》は、バラバラのクズッ手だった。

ドラは□で、こんなときは翻牌《ファンパイ》を握り潰すにかぎる。

私は半分、戦いを放棄して、中張牌《チュンチャンパイ》から切り出した。

そして、六巡目、私の捨てた伍萬で、羽鳥から、ロンの声がかかった。嵌《カン》伍萬待ちの断幺《タンヤオ》だけの手。

配牌《ハイパイ》を見た瞬間、今夜のツキを疑ったが、内心私はほくそ笑んだ。

こんなクズッ手の親番で、わずか千三百点の放銃で済んだのは、逆にツキを予感させる。

その日の勝負運を測るのには、初戦の配牌《ハイパイ》と同じぐらい、ドラの有無というのも大きな要素を占める。なにしろ、ドラの一牌《パイ》で、上がりは倍になるからだ。

次局、有村部長の親。私は洗牌《シーパイ》をしながら、私が放銃した前局に、ドラの□が、どこに入っていたのかを考えていた。

クズッ手だった私の手のなかの字牌《ジハイ》には、□は一枚もなかった。となると、有村部長か桜子の手牌《テハイ》のなかにあったと考えるのが自然だろう。確率的に、残り十四牌の死んだ山のなかにすべて眠っていたとは考え難い。

「ずいぶんと好牌《コーハイ》から切り出していたが、ドラでも抱えていたか？」

山を積みながら、有村部長が私を見て笑った。

私が親だっただけに、半分上がりを放棄しての打牌《ダハイ》だったとはおもっていないようだ。

私は無言で、部長に笑ってみせた。

これでハッキリした。は桜子の手のなかにあったにちがいない。どうやら、この長丁場の戦いで警戒しなければならないのは、やはり桜子のようだ。

サイコロの二度振りで、配牌《ハイパイ》を取るのは有村部長の積み山から。積み込みが横行したこの前の麻雀とはちがうから、神経を遣う必要はない。

ドラは。

私の配牌《ハイパイ》はこんなふうだった。

前回の放銃でツキの予感を覚えたが、配牌《ハイパイ》がそれを証明していた。
そして第一自摸《ツモ》は、だった。でなかったところが、この手が勝負であることを教えている。
六巡目。こんなふうだった。

七巡目。リーチの声と同時に、桜子が千点棒を卓上に置いた。
彼女の河。

（リーチ）

私の見誤りでなければ、五巡目の🀂は手の内から切り出したような気がした。リーチ牌《パイ》の🀀は自摸《ツモ》切りだ。🀘も自摸《ツモ》切りに見えたが、はっきりしない。いずれにしても、🀂を切った時点で聴牌《テンパ》ったとみていい。

よほど良い手が入っていたか、もしくは七対子《チートイツ》。瞬間、私はそうおもった。

私の自摸《ツモ》は、🀋。

常識的には、十人中十人までが、🀐を切って、手変わりを待つ。三四五の三色《サンショク》までが見えている。

この🀐で、有村部長や羽鳥に放銃するのなら問題はない。だが桜子だけは、徹底的にマークしなければならない。私は自分の直感を信じた。

私が雀頭《ジャントウ》の🀖に指先をかけたとき、後ろの佐々木の息を呑む気配が伝わった。

さりげなく捨てた私の🀖を桜子もまたさりげなく見送った。

「ふ～ん」

有村部長がチラリと私を見、自摸《ツモ》山に手を伸ばす。そして、桜子の現物の🀑、打。

桜子、自摸《ツモ》切りで、🀛。

それを羽鳥が、🀚🀜と晒して、チー。打、🀓。

私の自摸《ツモ》、🀚。打、🀖。こうなった。

そして、三巡後、ドラのが暗刻《アンコ》になったとき、私は千点棒を卓上に置き、を切って、リーチ、の声をかけた。

後ろの佐々木が、また息を呑んだ気配が伝わる。

三巡回って、私が自摸《ツモ》切ったを見て、有村部長がを手の内から切り出した。

「ロン」

声をかけて、桜子が手牌《テハイ》を倒した。

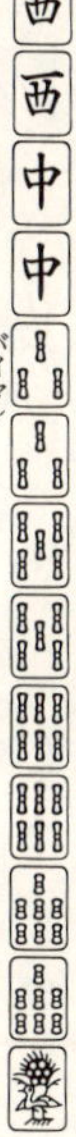

裏ドラがで、倍満《バイマン》。

「へえ～。そんな手が入ってたのかい。さすが、お竜だな」

羽鳥が、桜子の広げた手を見て、目を丸くしている。

有村部長は無言だった。私は部長が、の対子《トイツ》落としをしたような気がした。

「こっちは、なにが当たりだったんだい？　危ないところを勝負してたから、デカい手だったんだろ？」

私の手をのぞこうとした羽鳥に、ママァの手でしたけどね、と笑って、私は手牌《テハイ》を伏せた。

上っパネだったことなど、言う気もなかった。

「ビックリしたなあ」

後ろから、佐々木がつぶやく。

「おい。外野は、なにも喋るんじゃないよ」

私はチラリと後ろを振り返り、佐々木を軽くたしなめた。

上がり親の桜子には、更なる警戒が必要だった。

私は、六巡目に羽鳥の捨てた🀞を六七八の形でチーをして、二千点で軽く自摸《ツモ》上がった。

この半荘《ハンチャン》は、もう勝負アリで、次の半荘《ハンチャン》に進むしかない。

たぶん桜子も、私の意図を察したのだろう。羽鳥の親を、黙聴《ダマテン》の平和《ピンフ》で軽く蹴り、南場《ナンバ》に入る。

四人の内、二人までがそんな考えになると、あとの二人は手を作ろうとしても、そう簡単にはいかない。

南場《ナンバ》の私の親も、🀎をポンした桜子が、千点でアッサリと羽鳥から上がる。

有村部長が親のときは、私が黙聴《ダマテン》の平和《ピンフ》のみを部長から上がり、桜子の親のときも、私は翻牌《ファンパイ》の🀄を一鳴きして、羽鳥から二千点で軽く流した。

そして、オーラスの羽鳥の親のときは、桜子の出番だった。有村部長の切った🀡で、ロンの声をかけて、黙聴《ダマテン》の平和《ピンフ》を上がる。

「俺の負けは、ナンボになるのかな」

当然のように、有村部長が、ラス。負け金は、三十一万ほどだ。

部長が用意してきた紙袋から、百万円の帯封を取り出し、数えはじめる。しかし意外にも、その表情は淡々としていた。

私用の小机の上には、両替用の千円札の束が入ったケースが置かれている。

水穂はさっさと別の部屋に引っ込んでしまったが、まるで私に、金の管理はお願いね、と言ってるかのようだ。

「じゃ、これ、トップ代」

精算が終わると、桜子が私に一万円札を一枚、差し出した。

「俺が、お金の管理、してあげますよ」

後ろの佐々木が、桜子の出した一万円札に手を伸ばす。

そのとき水穂が顔を出した。長らく狸穴では佳代ママの手助けをしていたのだ。一局が終わったことを雰囲気で気づいたのだろう。

「ところで、皆さん、お食事は？　まだでしたら、下の寿司屋さんから取りますけど。むろん、うちのサービスです」

「じゃ、そうしてくれ。腹が減ってたから、負けたよ」

有村部長が、お二人は？　と桜子と羽鳥に訊く。

「俺も頼む」

羽鳥の言葉に、桜子も、わたしもお願い、と言う。

「では、全員の分を頼んできます」

電話にむかう水穂に、特上の握りだぞ、と有村部長が声をかける。

「わかってます。ママからは、特上以外は頼むな、って言われてますから」

水穂が電話をかけはじめた。

「飯より麻雀だ。久々に、燃えてきたよ」

有村部長がスーツの上着を脱ぎ、ソファに置いといてくれ、と言って、佐々木に渡す。

「なら、俺も燃えるか」

羽鳥も、スーツを脱いで、白いシャツの袖《そで》をまくり上げる。

親番決めは、前局のトップがサイコロを振る。桜子が出した目は、七。私がサイコロを振り返す。七。

出親は、桜子だった。

私の配牌《ハイパイ》は、可もなし、不可もなし。ドラはで自摸《ツモ》が順調なら、平和《ピンフ》ぐらいは簡単に

聴牌《テンパイ》しそうだった。

桜子の第一打は、🀂。まるで対面《トイメン》の私への挑戦状のようだった。

十巡目に、桜子が生牌《ションパイ》の🀄を切って、リーチをかけてきた。

その🀄を、有村部長が迷わず、ポンをする。そして、桜子の現物の🀂。

彼女の河は、こんなだった。

🀂🀇🀉🀡🀃🀠🀗🀘🀞🀄（リーチ）（ポン）

🀄を鳴いた有村部長は、捨《ス》て牌《ハイ》から見て、明らかに筒子《ピンズ》の混一色《ホンイーソー》に走っていた。

桜子が、🀛を自摸《ツモ》切る。

羽鳥、桜子の現物の🀘、打。

一向聴《イーシャンテン》の私は、こんな牌形《ハイ》だった。

🀙🀚🀛🀍🀎🀏🀒🀓🀖🀗🀈🀈🀃

ここで、🀔を自摸《ツモ》ってきて、聴牌《テンパイ》した。だが私は、聴牌《テンパイ》にとらず、たった今、通ったばかりの🀛をさりげなく、抜き打ちした。

親の桜子との真っ向勝負はまだ早い。🀛は、下家《シモチャ》の有村部長の急所牌《ハイ》のはずだ。部長と桜子に喧嘩《けんか》させればいい。

後ろで、見《ケン》をしている佐々木はきっと首をひねっていることだろう。

しかし私は彼がどうおもおうと、知ったことではなかった。ひょっとして、有村部長にサービスしている、とすらおもっているかもしれない。

案の定、下家《シモチャ》の有村部長が、私の捨てた🀛に食らいつき、🀙🀚と晒して、桜子の現物の🀡を切った。

桜子、無表情に🀝を自摸《ツモ》切り。

たぶん羽鳥の次の捨《ス》て牌《ハイ》は、また🀘だろう。予想どおり、羽鳥が🀘をまた捨てた。

安全牌《パイ》の🀃を切っていれば私は難なく上がれてたことになる。

じつは私は、羽鳥の、この🀘の対子《トイツ》落としは見抜いていた。というのは、その前に🀘を切るとき、彼は手のなかの左端から牌《ハイ》をつまみ出したからだ。

修羅場を踏んだ、いっぱしの麻雀打ちなら、相手が切り出す牌《ハイ》の出どころぐらいは当然のごとく見ている。手の内の、どの辺りから抜き出したのか……。

理牌《リーパイ》（牌《ハイ》をキチンと整理して見易《みやす》くすること）するとき、サウスポーでなければ、十人中、八、九人までが、左から右へと順子《ジュンツ》を並べる。🀖🀗🀘と並べて、🀘🀗🀖とは並べないということだ。

もし羽鳥が、順子《ジュンツ》を崩し🀘を抜き打ちにしたのなら、左から三番目の牌《ハイ》をつまむ。それに前回、彼と戦ったとき、彼の順子《ジュンツ》の整理が、正に、十人中、八、九人までがするのと同じだということも確認済みだった。

つまり、左端から🀘をつまみ出したということは、🀘が対子《トイツ》で、雀頭《ジャントウ》にしていたことを意味する。

そこまで見抜いていながら私があえて聴牌《テンパイ》にとらなかったのは、黙聴《ダマテン》の二千点で、桜子の親を蹴落としたところで、彼女にあたえるダメージはさほどのものではない、と判断したからだ。

有村部長は、🀄を一鳴きした。部長の、ポン、の声には勢いがあった。つまり、勝負の手が入っているのだ。

桜子が有村部長に放銃すれば、彼女の勢いに歯止めをかけられるし、逆に、部長が桜子の親満《オヤマン》にでもブチ込めば、たとえ長丁場の戦いになるにせよ、もう部長が浮上してくるのは難しくなる。

羽鳥の腕はわかっている。部長が沈めば、あとは、私と桜子の二人だけの戦いになる。

それから四巡、私と羽鳥は安全牌《パイ》を打ち、すでに聴牌《テンパイ》している有村部長は、危険な牌《ハイ》を自摸《ツモ》切りして勝負した。

次の巡、有村部長が、ちょっと安心した表情で、リーチ後に桜子が自摸《ツモ》ってきた🀋の筋の🀈を自摸《ツモ》切りした。

「ロン」

えっ、という有村部長の顔。

桜子が手牌《テハイ》を広げた。

裏ドラはなかったが、親のハネ満《マン》。

二萬は私の手の内に対子《トイツ》で入っていて、もし有村部長が食い下げなければ暗刻《アンコ》になっていた牌《ハイ》だ。

「なるほど……。噂どおりに強いね」

小さく嘆息し、有村部長が目を瞬かせた。

一回戦で桜子に倍満《バイマン》を振り込んだときは、無表情を装っていたが、さすがに顔面が紅潮している。

私は私で、若干、胸をなで下ろしていた。安全牌《パイ》に窮したら、たぶん私は対子《トイツ》の二萬を外していたにちがいないからだ。

リーチ前の河に伍萬が捨てられていたら、ヒッカケを警戒するかもしれないが、リーチ後では、止まるものではない。

私はあらためて、桜子の腕に感心していた。一萬三萬と、いかにも嵌《カン》二萬を嫌ったふうな河になっているが、そんなミエミエの作為には騙《だま》されはしない。それは桜子も知っているだろう。彼女が狙ったのは、伍萬の引きだったにちがいない。リーチ後の筋というのは、下りに回ったときの対戦者には、ささやかな道先案内人になるものだ。つまり嵌張《カンチャン》受けとはいえ、桜子自身は、二萬伍萬の両面《リャンメン》待ちのつもりでいるのだ。

有村部長が桜子に点棒を払っているとき、チャイムが鳴った。どうやら寿司が届いたようだ。

隣の部屋から、水穂が出てくる。

「どうします？　先に食べます？　それともやりながらにします？」

玄関にむかいながら、水穂が訊く。

「先に食おうや。部長も、そのほうが頭を冷やせるだろ？」

羽鳥が同情的な目を有村部長にむける。

「いや、この半荘《ハンチャン》が終わってからにしよう。言っとくけど、そんなにカッカしちゃいないからな。チョッとばかりツキがないだけだ」

そう言ってから、有村部長が、水穂にトイレの場所を訊いた。

寿司を運ぶ水穂が、トイレを指差す。

有村部長が席を立つと、佐々木が私の耳元で、なんで聴牌《テンパイ》にとらなかったんだ？　と小声で訊いた。

「打牌《ダハイ》についてアレコレ言うんだったら、見《ケン》はやめてくれないか」

「おい、佐々木。梨田クンの言うとおりだ。十円、二十円の麻雀をやってるんじゃないんだ。おまえ、そこのソファに座ってろよ」

羽鳥の佐々木への口調は、かなり、辛辣だった。

「スミマセン。一切、喋りませんから」

佐々木が謝罪するように、私の肩を小さく叩《たた》いた。

じつは佐々木に言われるまでもなく、私は若干、後悔していた。聴牌《テンパイ》にとって、たとえ安上がりでも、桜子の親を蹴っておくべきだったかもしれない。彼女のリーチがチンケな安い手とはおもっていなかったが、それにしてもすごい手が入っている。

親のハネ満《マン》をひっくり返すのは、並大抵のことではない。

有村部長がトイレから戻ってきた。

私は部長がトイレに立ったのは、気を鎮《しず》めるのに、冷水で顔を洗いに行ったと踏んでいた。

勝負は次の三回戦からだ。そう胸につぶやき、私はふたたび山を積みはじめた。

桜子の麻雀の特徴は、一度勢いに乗ると、たたみかけてくることだ。

一本場。七巡目に自摸《ツモ》った牌《ハイ》を静かに脇に広げ、桜子が、自摸《ツモ》、と短く声を発した。

ドラが🀠で、嵌《カン》🀟の待ち。🀟は、羽鳥が四巡目に一牌《パイ》捨て、ドラの表示牌《ハイ》でもめくれているから、引きの強さも半端ではない。断么《タンヤオ》、ドラ一、自摸《ツモ》で、二千点オール。

そして二本場では、羽鳥が初っ端《しょぱな》に切り出したW東《ダブトン》をすかさず鳴く。勢いのある親に対してのW東《ダブトン》の処理は、握り潰すか、自分の手が上がれると見込んだときには、親にW東《ダブトン》を重ねさせる前に切ってしまうかの、どちらかだ。さして上手くないとはいえ、羽鳥だってそのぐらいは心得ているだろう。たぶん彼の手は後者だったにちがいない。

そのW東《ダブトン》を鳴いた二巡後、桜子が自摸《ツモ》った🀓を横に広げて、自摸《ツモ》、とふたたびひと声発した。ドラは🀒、待ちはまたしても嵌張《カンチャン》で、嵌《カン》🀓。

「また、穴かい……」

呆《あき》れ顔で、羽鳥がつぶやく。

私も内心、呆れていた。桜子が自摸《ツモ》った🀓は、私が配牌《ハイパイ》で暗刻《アンコ》にしていたからだ。

やっぱり、初っ手の平和《ピンフ》の手を上がっておくべきだったかもしれない……。後悔の気持ちも湧《わ》く。

積み場は、一本場につき千五百点のインフレルールだから、有村部長には、もう二千点の点棒しか残されていない。このまま部長が箱割れすれば、上家《カミチャ》の羽鳥が二着になってしまう。

三本場。ドラが🀉。四巡目、有村部長の捨てた🀜を、桜子が🀜🀝🀞の形で、チーをした。

「おい、両面《リャンメン》かい……」

晒された四五六の筒子《ピンズ》牌《ハイ》を見つめながら、羽鳥がまたつぶやく。そして、打、。

私、打、北。対子《トイツ》落とし、だった。

そして有村部長が切った中で、桜子がロン、の声をかける。

先ヅケの中のみ。しかし、三本場で、有村部長が箱割れして、終了。

「ふ〜ん。鉄火場麻雀だねぇ……」

有村部長の口元は歪《ゆが》んでいた。

「すみません。つい……」

桜子が申し訳なさそうな表情を浮かべたが、彼女は、腹のなかでは、赤い舌を出しているだろう。

両面《リャンメン》をチーして、先ヅケで上がるところに大きな意味がある。

たぶんこれで、有村部長や羽鳥は、これからの長丁場、桜子の手の内が読めなくなるだろう。頭のなかは混乱しているはずだ。

「悪いね。同点だけど」

羽鳥が私に言った。

「いえ。しょうがないです」

じゃ、これ、と言って、私は一回戦のときの二着収入に、数枚の万札を加えて、桜子の前に置いた。

「お〜い。熱いお茶、淹れてくれない？」

羽鳥が、水穂が引っ込んでいる部屋のほうにむかって声をかける。

すぐに水穂が顔を出した。

「もう、二度目が終わったんですか？」

「緋牡丹《ひぼたん》のお竜が強くってね。腹ごしらえしないと、勝負にならないよ」

羽鳥が小さく笑った。有村部長は無言だった。

水穂がチラリと私を見た。私が負けているのか、気になったのかもしれない。

高級そうな暖簾がかかっていただけあって、特上の寿司は、舌がとろけるほどに旨かった。昼に、蕎麦しか食べていなかったので、尚更《なおさら》だった。

「しかし、強いねえ。感心したよ」
一、二回戦共、ラスを食った有村部長は口数がすくなくなっていたが、水穂の淹れたお茶をすすりながら、桜子に言った。

「タマタマです。わたしがツイて、有村部長がツカなかっただけです」

桜子がサラリと受け流す。相変わらず、彼女は私と視線を合わせようとはしなかった。

「俺だって、麻雀にはそれなりのキャリアがあるよ。ツキだけじゃないぐらいはわかる。でも、益々、燃えてきたよ。やはり、麻雀っていうのは、強い相手とやらなくちゃ、面白くない」

「この調子で、俺も前回、コッピドくやられたんだよ。部長も気をつけなさいよ」

羽鳥は三着、二着で、若干のマイナスで済んでいる。そのせいか、口調には余裕がある。

私は有村部長の腕を、まだ測りかねていた。一回戦の桜子への倍満《バイマン》の放銃、そして二回戦目の、やはり桜子への親のハネ満《マン》の放銃。そのどちらも、不運といえば不運で、腕のせいとは言えない。それに、伏《フ》せ牌《パイ》にしての牌《ハイ》の積み方や、牌捌《ハイさば》きなど、部長が言うように、キャリアも十分感じさせる。

「梨田クンは、彼女と打つのは何度目だい？」

寿司を食べ終わり、たばこに火を点けながら、有村部長が訊いた。

「今夜が二度目です。羽鳥常務と打ったときが最初です」

「どうだったんだい？」

「負けました」

「大した負けじゃなかったろ？　あのときは、俺が火ダルマになったんだ」

羽鳥もたばこをくわえる。

「大の男たちを、片ッパシからやっつけてる、ってわけだ。銀座になんて勤める必要はないんじゃないの？」

たばこをくゆらせながら、有村部長が桜子を冷やかす。

「部長。ちがうんだって」

羽鳥が笑って、言う。

「彼女が夜の銀座に顔を出してるのは、麻雀のカモと知り合うためだよ。こんなに別嬪《べっぴん》さんで色気があったんじゃ、麻雀の誘いを断れる紳士なんているもんか」

なあ、お竜さん、と言って、羽鳥が桜子をからかう。

「わたし、そんなに悪い女じゃありませんよ。むしろ、わたしの対面《トイメン》の、このお若い方のほうが、怖いんじゃありません？」

桜子が初めて、私の目を正面から見た。その目はとても挑戦的だった。

「僕のほうが怖い？」

桜子の言葉に、私はおもわず、わざとらしく、へぇ〜、と笑った。

「僕のどこが怖いわけ？　僕なんて、ついこの間社会人になったばかりの、尻の青い若造だよ。それに比べれば、お竜さんなんて、百戦錬磨《れんま》のツワモンじゃないですか」

「じゃ、そういうことにしておきましょうか」

口元に笑みを浮かべ、桜子がメンソールたばこに火を点けた。

食べ終えた各人の寿司桶《おけ》を水穂が片づけはじめる。

手伝いますよ、と言って、佐々木が立ち上がる。

「おまえ、若くてきれいなお嬢さんにはやさしいな」

羽鳥が佐々木をからかう。

その言葉に、水穂が、けっこうです、と言って、佐々木をピシャリと拒絶する。

「弱っちゃうな。麻雀もやらないお邪魔虫だから、なにかしないと、とおもっただけなのに」

ベティの話をおもい出し、私は笑いをこらえた。飲む、打つ、買う、の三冠王、ってわけ――。羽鳥のからかいも、案外、図星だったかもしれない。

「じゃ、再スタートだ」

羽鳥が気合いを入れるように、座る姿勢を正した。

伏《フ》せ牌《パイ》で洗牌《シーパイ》し、山を積んだ。前回もトップだった桜子がサイコロを握る。

「どっちのほうが怖いか、たしかめようか？」

サイコロを振ろうとした桜子に、私は言った。

どういう意味？　とでも言いたげに、桜子がサイコロを振るのを止めて、私を見る。

たしかに色気もあって、いい女だ。切れ長で、長めの睫《まつげ》のその目で見られたら、その気があるんじゃないか、とたいていの男は勘違いしてしまうだろう。

「差し馬《ウマ》をしようよ」

私は桜子の視線を受け止めながら、言った。

「いいわよ。いくら？」

「ラス馬《ウマ》分かな」

後ろで、佐々木の驚く気配があった。

ラス馬《ウマ》分――つまり、二十万の差し馬《ウマ》だった。

「おい、やめときなよ。怪我《けが》するぞ」

やはり驚き顔をしていた羽鳥が、呆れたように止めに入る。有村部長は、黙ってたばこを吸っている。

「怪我……ですか……、やってみないと、どっちが怪我するかわからないでしょう」

私は羽鳥に微笑んでみせた。

「それに、お竜さんから、ちょっと喧嘩を売られたような気がしたんで、買わないと、我が社のメンツに関《かか》わりますから」

羽鳥が、声を出して笑った。

「部長。おたくの会社には、とんだ隠し兵器が入ってきましたね。見もの、といえば、見ものですけど」

「おまえ、本気か？」

黙って聞いていた有村部長が、私の本性を探るかのような目で、訊いた。

本気ですよ、と私は有村部長に言った。

「僕らのことは気にせず、部長も常務も、好きに打ってください」

総握りの馬《ウマ》なら問題ないが、二人だけの差し馬《ウマ》というのは、他の二人にとっては少々打ちづらい面がある。自摸《ツモ》上がりなら問題ないが、差し馬《ウマ》をしている片方からの上がりは、相手に加勢する結果となるからだ。

「部長。好きにさせときましょ」

羽鳥は完全に面白がっていた。

「その替わり、どっちから上がったって、恨むんじゃないよ」

当然です、と言って、桜子が口元にシニカルな笑みを浮かべる。

桜子がサイコロを振った。

第三回戦の出親は、またしても桜子だった。

配牌《ハイパイ》を取っているとき、新しく淹れたコーヒーを各人の小机に置き、水穂は黙って、また隣の部屋に引っ込んだ。

私の配牌《ハイパイ》は、平凡だった。自摸《ツモ》が順調なら、断平《タンピン》が聴牌《テンパイ》しそうな手だった。ドラは四萬。

十巡目、羽鳥からリーチがかかった。

東北一萬九萬二索九索三筒北一筒南（リーチ）

そのリーチの瞬間、一筒を自摸《ツモ》って私も聴牌《テンパイ》した。

一筒二筒三筒六筒七筒八筒四索五索六索伍萬伍萬六萬八萬八萬
三巡前に重なった伍萬は、親の桜子を警戒して、押さえていた牌《ハイ》だ。

羽鳥の河は、典型的な断平《タンピン》系の手をおもわせる。それも、伍萬八萬の筋は、本命中の本命だ。

私は聴牌《テンパイ》にはとらず、一筒を自摸《ツモ》切った。

羽鳥が自摸《ツモ》上がりすれば、桜子が親だから、私が優位に立つ。差し馬《ウマ》をしている場合は、相手が親のときは、無理に突っ張る必要はない。こんな安い手ならば、尚《なお》のことだ。

二巡回って桜子が八萬を強打した。

「ロン」

羽鳥が声をかけ、手《テ》牌《ハイ》を広げる。

裏ドラがで、ハネ満《マン》。

「やっと、一矢、報いたかな」

羽鳥の口元がほころぶ。

「しかたないわね。常務にはずいぶん貢《みつ》いでいただいたから、お返しよ」

桜子の口調にも、表情にも、ショックの色は、まったくなかった。

羽鳥の上がり親。その十巡目、桜子は平和《ピンフ》のみの手を黙聴《ダマテン》で、羽鳥から上がった。

二流の打ち手は、失点挽回《ばんかい》とばかりに、裏ドラを頼りに、リーチをかける。さすがに百戦錬磨の桜子は、そこが並みの打ち手とはちがう。

麻雀では、ここぞという大物手が入るのは、半荘《ハンチャン》で、せいぜい二回もあればいいほうだ。その大物手をモノにできるかどうかで、勝負の帰趨《きすう》が決すると言ってもいい。

ここまで、私には勝負らしい手が、まだ一度も入っていない。

私の親。こんな配牌《ハイパイ》が入った。ドラは。

私は静かに、第一打《ダ》牌《ハイ》のを河に置いた。

次の自摸《ツモ》🀑。自摸《ツモ》切りした。三巡目の自摸《ツモ》、🀂。これも自摸《ツモ》切り。

対面《トイメン》の桜子から出た🀃。見送って、スルーした。これが功を奏して、🀃が暗刻《アンコ》になった。打、🀔。

次の自摸《ツモ》が四枚目の🀄。暗槓《アンカン》せずに、自摸《ツモ》切り。

🀀が重なった。

🀄🀄🀄🀐🀐🀃🀃🀃🀖🀘🀍🀏🀀🀀

打、🀏。🀍から切るのがセオリーだが、好牌《コーハイ》の先打ちは、警戒感を抱かれてしまう。

私の河。

🀡🀑🀂🀔🀄🀏

🀠、自摸《ツモ》切り。🀆、自摸《ツモ》切り。

次順、桜子が🀐を切った。ポンをすれば嵌《カン》🀗で聴牌《テンパイ》。むろん、親の満貫《マンガン》。しかし一気に全員に警戒されてしまう。ドラの絡む🀗は、まず出てこないだろう。

勝負どころだった。🀐、スルーした。🀃を鳴かずに、暗刻《アンコ》にしたことが頭をかすめる。

自摸《ツ》《モ》った指先に、たしかな感触が広がった。🀀。打、🀍。

🀄🀄🀄🀐🀐🀃🀃🀃🀖🀘🀀🀀🀀

門前混一《メンゼンホンイツ》、W東《ダブトン》、中、三暗刻《サンアンコ》、チャンタ、ドラ一出上がりで、親の三倍満《サンバイマン》。

この時点での私の河。

桜子が私の河を、目を細めてチェックしている。

麻雀というのは、好形、愚形を問わず、配牌《ハイパイ》で、三、四捨聴になっていることが圧倒的に多い。そして有効な自摸《ツモ》は、三回に一度ぐらいの確率だ。つまり、九巡目、十巡目ぐらいになると、場は緊張する。高レート麻雀となると、その神経の遣い方は半端ではない。

後ろで、見《ケン》をしている佐々木の息遣いが止まっているように感じた。

一瞬だったが、桜子の視線が佐々木に注がれたようにおもった。

私の聴牌《テンパイ》を察知したなら、河からして、を大本線に、筒子《ピンズ》や萬子《マンズ》の下筋を読むはずだ。

次の自摸《ツモ》、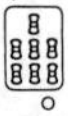。むろん、を切れば、四暗刻聴牌《スーアンコテンパイ》へと変わる。

しかし私は、ノータイムで、ドラのを自摸《ツモ》切った。

後ろの佐々木が微妙に動く気配を感じた。

「ふ〜ん。ドラかい」

下家《シモチャ》の有村部長がつぶやく。

「クワバラ、クワバラ……」

つぶやきながら、部長がドラの🀖を合わせ打つ。

「チー」

桜子が🀕🀗と晒して、🀗を切った。

「ロン」

瞬間、桜子が切れ長の目を細めた。

「トリプルかな」

広げた私の手牌《テハイ》を見つめ、ネッ、誰が怖いか、わかったでしょ、と言って、桜子が口元に笑みを浮かべた。

「四暗刻《スーアンコ》にとらなかったんだ……」

羽鳥が私の広げた手牌《テハイ》と河とを見比べている。

「🀐が一牌《パイ》、出ていたし」

私はさりげなく言った。

「しかし、やるねぇ。おまえ、って人間に益々興味が湧いたよ」

有村部長が真顔で言った。

「そんなに感心ばかりしないでよ。振ったわたしが馬鹿みたいじゃない」

おどけた口調で言ったが、桜子の目は笑っていなかった。

「二回分のトップが、いっぺんで消えたわ。いくらになるのかしら？」

桜子が小机に置いてあるバッグに手を伸ばす。

マイナス五万二千点。点棒分の負けが、二十六万。ラス馬《ウマ》が二十万。私との差し馬《ウマ》の負けが二十万。合計で六十六万円の負け。

桜子には、一、二回戦の勝ち金が七十万近く入っているはずだ。

「これだけ残ったわ」

そう言って桜子が、数枚の万札をヒラヒラさせてから、バッグのなかに収った。

今、桜子の胸のなかは、後悔と悔しさで煮えくりかえっているにちがいない。

親の私を警戒し、ドラそばのの処理に苦慮していたのだろう。

「差し馬《ウマ》やってるから、狙い撃ちしてたわけじゃないんだろ？」

たばこを吸いながら、羽鳥が私の顔をうかがう。

「とんでもない。そんな余裕、あるわけないじゃないですか」

私は卓上の勝ち金をポケットに収いながら、小さく笑った。

しかし内心では、もしこの手に放銃するとしたら、桜子ではないか、と薄々おもっていた。

なにしろ彼女は、必要以上に私を警戒している。もし逆の立場だったら、私だってこの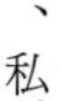はやらない。

後ろの佐々木の気配から、桜子は私に大きな手が入り、しかも聴牌《テンパイ》している、と察したにちがいない。それで、食いを入れて逃げようとしたのだろう。

卓上の牌《ハイ》を伏せ牌《フパイ》にしているとき、私は後ろを振り返って、佐々木に言った。

「悪いけど、やはり、見《ケン》はやめてくれないかな。どうにも落ち着かないんだ」

佐々木が、ムッとした表情を浮かべた。

「むかしから俺は、ポーカーフェイス野郎と言われてきたんだ。麻雀にかぎらず、人生でもそうだった。でも、お竜さんの目線は、どうやら俺の後ろにむいてるらしい」

桜子が洗牌《シーパイ》する手を止めて、突然声を出して笑った。

「ほら、ね。対面《トイメン》の若い男《ひと》、わたしなんかより、ずっと怖いでしょ？　人生をポーカーフェイスでやりすごせる人間なんて、そうはザラにいないものよ。部長が興味を抱くのもわかるわ」

四回戦がはじまった。

佐々木は、私から離れて、長ソファに座って、所在なげにしている。

この前、桜子と私が卓を囲んだとき、彼女は羽鳥の後ろなら構わない、と佐々木に言った。どうしても麻雀を見たいのなら、残るは、有村部長の後ろしかない。しかし、これまでの三回戦、部長は負けつづけているし、後ろに佐々木がへばりつくのを嫌がるに決まっている。

出親は、またしても桜子だった。

十巡目、桜子がリーチ宣言をして、点棒を卓上に置こうとした。

「リーチ棒は、要らないよ」

羽鳥が得意げな顔で、桜子が切ったに、ロン、の声を発した。

ドラはで、前局の出だしと同じように、またしても羽鳥のハネ満《マン》。

しかし異なっていることがある。それは、前局のハネ満《マン》は、羽鳥がリーチをかけてのものだったが、今度は、黙聴《ダマテン》だったということだ。

羽鳥の広げた手牌《テハイ》を見た桜子の顔に、ほんの一瞬だったが、動揺の色が走ったのを私は見逃さなかった。

麻雀というのは、同レベルの技量なら、心理戦の要素が大きな比重を占めるようになる。

桜子は、前局の私に振った、トリプルの後遺症を胸に抱えているにちがいなかった。

今夜の羽鳥には、ツキがある。そう私はおもった。

彼の捨て牌《スハイ》から見て、筒子《ピンズ》の混一《ホンイツ》、もしくは清一《チンイツ》に走っているのは明らかだった。ツイているときは、その染めている筒子《ピンズ》を一枚も捨てることなく聴牌《テンパ》ってしまう。

むろん桜子は、羽鳥の手には気づいている。だが聴牌《テンパイ》までしているとはおもっていなかったのだろう。それに、リーチをかけるにしても、筒子《ピンズ》を切り出すときは、即リーチとはいかずに、一度、ようす見をするものだ。下家《シモチャ》の羽鳥が、チーする可能性があるからだ。そうなれば、一発《イッパツ》、という役が消えてしまう。

私は桜子の焦《あせ》りを感じ取った。

点棒を無言で羽鳥に払い終えた桜子が、佐々木のほうに顔をむける。

場決めで、東を摑んだ羽鳥は、東《トン》の方角の席を選んだ。つまり、桜子の位置は、窓を背にした南《ナン》側。そこには長ソファが置かれていて、佐々木が座っている。

真後ろから、見《ケン》をしているわけではないが、遠目でも、佐々木が見ようとすれば、桜子の手牌《テハイ》が見えないこともない。

「ごめんなさい。どうしても、気が散ってしまうのよ」

桜子が後ろを振り返って、佐々木に言った。

佐々木の顔が赤くなった。怒りではない。屈辱感でいっぱいになっているのだ。

私には、後ろからの見《ケン》を断られ、今度は桜子からキツいひと言を浴びせられてしまった。

長ソファに座ることさえ許されなくなれば、佐々木の居場所はない。

「部長、俺、帰りますよ」

佐々木が憮然《ぶぜん》とした顔で言うなり、立ち上がった。

玄関ドアの閉まる音がした。

お〜い、と羽鳥が水穂を呼ぶ。

「ひとり、帰ったんだ。玄関の内錠をロックしてくれ」

顔を出した水穂に、羽鳥が言った。

水穂はなにも言わずに、玄関ドアのロックをすると、ついでとばかりに、お茶の用意に取りかかった。

「ちょっと、悪かったかしら……」

さほど気にしたふうもなく、桜子が有村部長の顔をうかがう。

「そんなことはないよ。こんな麻雀を見に来るほうが悪いんだ。誰だって、後ろにいられたら、気が散ってしまう。結局、あいつはまだ、お坊ちゃんなんだ。人の心が読めない」

「おい、おい」

羽鳥が笑った。

「人の心を読めないお坊ちゃんが、うちの担当なのかい？　なら、いっそのこと、この梨田クンに担当を替えてほしいね」

「彼を営業に回す工作が成功したら、そうさせますよ」

有村部長が私を見た。あながち、うそともおもえぬ表情だった。

人事の小野部長からは、試用期間が三ヶ月、と言われている。営業への異動は、私も願うところだが、そう簡単にはいかないだろう。

水穂がお茶を各自の小机に置くと、ふたたび隣の部屋に引っ込んだ。

「じゃ、戦闘開始だ」

上がり親の羽鳥がサイコロを振る。

麻雀のツキというのはふしぎなもので、ツキに見舞われると、ドッと好牌《コーハイ》が集まってくる。

八巡目、桜子の切ったで、羽鳥が、ロンの声をかける。ドラは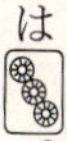。

親の満貫《マンガン》。筒子《ピンズ》の一手替わりで、ハネ満《マン》にもなる手だ。
羽鳥の河はこんなだった。

黙聴《ダマテン》でこれを張られたら、まあ、交通事故に遭ったようなものだ。

東の二局にして、桜子の残す点棒は、もうわずかに、千点棒が一本だけ。

広げた羽鳥の手を一瞥《いちべつ》した桜子は、表情ひとつ変えなかった。

なにしろ長丁場の麻雀だ。最後には勝つ自信があるのだろう。

一本場。焦っているのは、桜子よりも、有村部長のほうだろう。桜子が箱割れすると、もし私と同点なら、上家《カミチャ》の私が二着になる。

五巡目、私の捨てた🀒を二三四の形で、有村部長がチーをした。ドラは🀑で、🀒は急所の牌《ハイ》だ。

桜子、打、🀈。羽鳥、打、🀠。私、打、🀙。

有村部長が🀗を自摸《ツモ》切る。

桜子が、🀠を手牌《テハイ》の中央から切り出す。

「悪いね。ロンだ」

有村部長が、手牌《テハイ》を広げた。つまり、羽鳥の切った🀠の上がりを見逃していたことになる。

🀉🀉🀊🀋🀌🀕🀖🀗🀞🀟（チー）🀑🀒🀓

「鉄火場麻雀、やらんとね」

有村部長の言葉に、桜子が笑みを洩らす。

一本場の千五百点が加わり、都合、三千五百点。むろん、桜子は箱割れ。

なるほど、なかなかやる……。私は正直、有村部長の腕を見直していた。

正に部長の言葉どおり、鉄火場麻雀だ。部長は、前局で、桜子の🀄の先ヅケで箱割れを食らったことを引き合いに出したのだろうが、当たり牌《ハイ》を見逃して、山越しをかけて桜子から打ち取る芸当は、なかなかできるものではない。

　ふつう、大体の者は、羽鳥の切ったで上がり、とりあえず、二着の位置を確保しようとする。だが、次は私の親だ。もし、私に上がられれば、すぐに引っくり返されて終了する惧《おそ》れがある。なにしろ桜子にはリーチ棒一本しか残されていない。だから、桜子を狙い打ちにしたのだ。

　言うのは簡単だが、この芸当をするには勇気がいる。上がれる手を見逃したばかりに、逆に自分が窮地に陥ることなんて、麻雀ではよくあることなのだ。

　有村部長も、こと麻雀に関しては相当な場数を踏んでいる、と私はおもった。それもかなりの高額レートで揉まれてきたにちがいなかった。

「負けるのは嫌だけど、この麻雀、なかなか面白いわ」

　バッグを開けて、負け金の札束を数える桜子の言葉には、本心がうかがえた。

「先は長いわ。仕切り直しね」

　桜子がメンソールたばこに火を点けながら、つぶやく。

　桜子、有村部長、私。この三人の技量はたぶん、紙一重で、似たり寄ったりのものだろう。しかし、腕が一枚落ちるとはいえ、きょうの羽鳥には、なんといっても、ツキがある。

　早い話が、全員横一線の勝負と考えていい。

桜子との差し馬《ウマ》は、これで二連勝。浮きに回ったのは、この桜子との差し馬《ウマ》のおかげだ。

四回戦が終了した。しかし、この四回戦でオーラスまでいったのは最初の半荘《ハンチャン》だけで、あとの三回戦はすべて南場《ナンバ》にも回らずに、箱割れで終了している。

時刻はまだ八時半をちょっとすぎたばかりだ。つまり、半荘《ハンチャン》四回戦は一時間半たらずで終わったことになる。

「この場所、離れたくないねぇ」

羽鳥がニヤニヤしながら、摑み取りの場替え牌《ハイ》である、東南西北の四牌《スーハイ》を裏返しにして、ガチャガチャ、とかき混ぜた。

摑む順番は、前局の順位のラスから。

桜子の白い指が伸びる。

北。

差し馬《ウマ》をしてる者同士は、対面《トイメン》同士になるのが理想だ。最悪は、相手の下家《シモチャ》になることだ。牌《ハイ》を絞られてしまうからだ。

私が摑んだのは東。つまり、桜子が上家《カミチャ》になる。それに反して、有村部長が南で、羽鳥が西。

私が考える最悪の布陣だ。たぶん羽鳥は、下家《シモチャ》の桜子のことなどお構いなしに、なんでも切ってしまうだろう。

この世に神が存在するかどうか。これは長くつづいた、そしてこれからも永遠につづく、絶対に答えを見出《みいだ》せない人間の命題だ。

私は、といえば、神がどういうものなのかは別にして、神らしきものの存在は、かろうじて信じている。特に勝負事の世界では、それを痛切に感じている。

勝負事——。ことのほか、博打事に身を委《ゆだ》ねているときに、そう感じてしまう。人は単純に、ツキ、の二文字で片づけてしまうが、ツキなど、どう説明しようとも、博打をしたことのない人にはわかってはもらえないだろう。

人智を超えたなにか。そう言うしかない。

麻雀をしているとき、ツキが最悪だな、とおもうとき以外、私は今座っている場所を替わりたいとはおもわない。ツキは追いかけるものではなく、自然とむこうから舞い降りてくるものとおもっているからだ。

これまでの四回戦、私のツキは可もなし、不可もなしだった。だからふだんの私だったら、この席を動くことはしなかっただろう。

だが私がここに居座ると、北をつまんだ桜子は、きょう一番ツイている羽鳥の席に移ることになる。

かといって、私がその席に座ることなど考えもしなかった。

私が選択したのは、ここまで対面《トイメン》だった桜子の席だった。私がそこに移動すると、羽鳥とは逆に、きょう一番ツイていない有村部長の席に桜子は座らねばならない。

私の意図を察したのか察しなかったのか、桜子は無表情に席替えに応じている。

「ここの場所、よかったのになあ。すこしはクライアントを喜ばせろよ」

羽鳥が笑いながら、それまで自分が座っていた席を未練げに叩いた。

「俺、場替えのときは、前局で、ラスを引いた席と決めてるんですよ。もう厄《やく》落としができている、って信じてますから」

「あら、そうなの？　あなた、信じてるものなんて、この世にはなにもない、って顔してるわよ」

桜子が私にむけた笑みは、とても挑戦的だった。その笑みは、まるで私の意図などお見通しよ、とでも言わんばかりだった。

私は黙ってサイコロを振った。

出親は私だった。

「そこ、親番の席だな」

羽鳥がつぶやく。

勝負中、よく喋るのは、なんといっても羽鳥だ。お坊ちゃん麻雀で生きてきたからなのかもしれない。

トップを取ることにはこだわらない。布陣の席順が席順だけに、当面の差し馬《ウマ》相手である桜子とは、この四回戦、二勝二敗でいい。それが私の目論見《もくろみ》だった。ほんとうの勝負は、私が桜子の上家《カミチャ》に座ったときだ。

ドラはで、私の配牌《ハイパイ》はこんなふうだった。

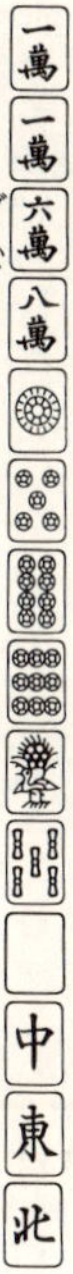

私は第一打牌《ダハイ》に、を切り出した。

八種九牌《ハッシュキュウハイ》。まともにやったところで、聴牌《テンパイ》するのかも怪しい。

国士無双《コクシムソウ》を狙うなら、第一打は、対子《トイツ》のからにすべきだろう。しかし国士《コクシ》などというものは、神がかり的な自摸《ツモ》でもしないかぎり難しい。

それにカムフラージュのためにから切ったところで、羽鳥以外の桜子と有村部長は見抜くに決まっている。

幸いなことにドラはだから、黙聴《ダマテン》での高い手を作るには、それなりの役がないと難しい。

七巡目までは、中張牌《チュンチャンパイ》を切り飛ばして、自摸《ツモ》が伸びなかったら、さっさと手仕舞いするつもりだった。

その七巡目に、

を自摸《ツモ》ってきた。

暗刻《アンコ》の

を切った。
私の河は、こんなだった。

桜子が、私の河にチラリと目を光らせる。下家《シモチャ》の有村部長が無言で、山に手を伸ばした。
八巡目の自摸《ツモ》はだった。これは、そろそろ危ない。ドラの表示牌に一枚、それと二巡目に私が一牌《パイ》切っている。
下家《シモチャ》の有村部長は、たぶん、チャンタだろう。もしくは七対子《チートイツ》。羽鳥と桜子は、断平《タンピン》系の手。そう私は読んでいた。
を自摸《ツモ》切った。
「チー」

部長が、ドラを絡めて嵌《カン》の形で食いを入れる。

この部長の鳴きで、二巡後に、を引いた。

待ちでの、国士無双《コクシムソウ》の聴牌《テンパイ》。

🀂は、場に一枚も姿を見せていない。たぶん、誰かが対子《トイツ》で持っているか、暗刻《アンコ》にしているのだ。羽鳥と桜子は、断平《タンピン》系の手作り。ならば、有村部長かもしれない。山に四枚眠っているとは考えづらい。

有村部長、🀌を自摸《ツモ》切り。羽鳥、打🀘。

その🀘に目をやり、桜子が私を盗み見る。

「運だめし、でもしてみましょうか」

そう言って、桜子が🀘を合わせ打って、リーチをかけてきた。

彼女の河は、こんなだった。

🀀🀐🀆🀛🀁🀗🀈🀄🀉🀘（リーチ）

たぶん、待ちは最低でも三面張《サンメンチャン》だろう。それも、ドラの🀡を対子《トイツ》にしている可能性がある。🀇🀊🀍か、🀙🀜🀟……。まともならそんなところだろう。

私の自摸《ツモ》、🀜。無造作に自摸《ツモ》切った。

「ふ〜ん」

下家《シモチャ》の部長が、首をひねって、もう一度、私の河を見つめる。

部長が、手の内から、桜子の現物の🀗を抜き打った。

羽鳥も同じく、桜子の現物の🀉。

桜子の白い指先が、私の積んだ山に伸びてくる。
桜子が自摸《ツモ》🀝を河に置く。
これで、彼女の待ちは、ほぼ🀇🀊🀍との見当がついた。
私の自摸《ツモ》、ドラの🀡。🀞🀡は通っていない。🀇と🀡。頭が二つ。
親の私が、国士無双《コクシムソウ》狙い。桜子の腕なら、たぶん🀞🀡待ちでのリーチはかけてこない。
ドラの🀡が頭なのだ。
私は無造作に、🀡を自摸《ツモ》切った。
「なんだい、聴牌《テンパ》ってんのかい？」
対面《トイメン》の羽鳥がつぶやく。
下家《シモチャ》の有村部長もどうやら下りたようだ。桜子の現物の🀈を中抜きする。
羽鳥、打、🀈。これで、🀈が場に三牌《パイ》、顔を出した。しかし、内一牌《パイ》は、桜子の河だ。
見当は確信に変わった。桜子の待ちは、🀇🀊🀍にちがいない。
桜子が牌山《ハイヤマ》に手を伸ばし、自摸《ツモ》った瞬間、顔に微妙な表情が流れた。
「カン」
短く声を発し、自摸《ツモ》った牌《ハイ》を表にして、私の顔を見る。
🀂だった。

「ここ、国士《コクシ》の暗積《アンカン》、上がれるんでしたっけ？」

私は見つめる桜子に、静かに訊いた。

「上がれるよ」

対面《トイメン》の羽鳥が、桜子の替わりに言った。

「なんだい？　ほんとうに、国士《コクシ》なのか？」

「ええ」

うなずき、ロン、と言って、私は手牌《テハイ》を広げた。

「ふ〜ん」

下家《シモチャ》の有村部長が、私の手牌《テハイ》をしげしげと見つめた。

「役満《ヤクマン》のご祝儀、二十万でしたっけ？」

無表情に言って、桜子がバッグに手を伸ばす。

「どんな手だったんだい？」

羽鳥が桜子の手牌《テハイ》に右手を伸ばして、倒した。

（暗積《アンカン》）

「常務、勝手に人の手《テ》牌《ハイ》を広げるの、マナー違反よ」

ムッとした顔の桜子の声には、棘《とげ》が含まれていた。

「いいじゃないか。やくざ屋さんの賭《と》場《ば》じゃないんだ」

羽鳥が苦笑を浮かべて、受け流す。そして、私にむかって、言った。

「なるほどなあ。お竜さんが、怖い、と言ったのがわかるよ。一萬は、読み切りだった、ってわけだ」

「役満《ヤクマン》は、聴牌《テンパ》ったら、自摸《ツモ》切り勝負、と決めてるんですよ。よけいなことを考えると、ロクなことありませんから」

益々、気に入ったねえ、と有村部長がつぶやき、ニヤリと笑った。

役満《ヤクマン》のご祝儀の二十万。差し馬《ウマ》の負けの二十万と、ラス馬の二十万。そして点棒の負け分の二十四万五千円。

桜子が、合計八十四万五千円の金を卓上に置いた。

「常務、やはりこの席はツイてますね。スミマセン」

点棒の動かなかった有村部長と羽鳥とでは、上家《カミチャ》の部長が二着となる。

「なに、さっきは俺もいい目を見たんだ」

ツイている羽鳥が余裕の顔で、三着の負け分を払う。

「でも、お竜さんの引きも半端じゃないね。四枚目の西を持ってくるんだから」

羽鳥が冷やかすように、笑った。彼の心境からすると、この前桜子にはコテンパンな目に遭わされているから、私に肩入れしたい気分にちがいない。

勝負事には、流れ、がある。

役満《ヤクマン》を上がった者と、それに放銃してしまった者とでは、勝負の行方は見えていた。

場替えとしたこの四回戦。桜子は、異常なまでに私を警戒し、上家《カミチャ》の利を生かして、私に有効牌《ハイ》を食わさないよう、徹底的に牌《ハイ》を絞った。

しかし牌《ハイ》を絞るということは、自分の手を狭《せば》めてしまうことにもなる。それに私自身、ツキのない桜子の捨てた牌《ハイ》をいただこうなどという考えもなかった。つまり、桜子は一人相撲《ずもう》をしているようなものだ。

結局桜子は、一度もトップを取れずに、四、三、三、三着という成績。

一方の私は一、二、一、二着で、差し馬《ウマ》は桜子に全勝した。これで、差し馬《ウマ》は、六連勝。

桜子は開始当初の二回のトップの勝ち金のすべてを吐き出したばかりか、負けの総額は、二百四十万を超している。

「おい、お竜さん。まさか、ギブアップ権利を行使するなんてこと、ないだろうな」

最後の局、トップだった羽鳥が精算を終えると、からかうように、桜子に言った。

「ギブアップする気はないけど、わたしが用意してきたのは、三百万ちょうどよ」

「なに、もうすぐ佳代ママが顔を出すよ。金がなくなったら、用立ててもらったらいい」

時刻は、十一時をすこし回っていた。

銀座の店を終えた佳代ママは、零時すぎには顔を出すだろう。

「ママに借りてまでやる気はないわ。こういう勝負の引き際は心得てるわ。でも、博打事は、ゲタを履くまでわからない、というでしょ」

桜子が笑った。

雑談の声に、水穂が顔を出し、お茶かコーヒーでも淹れましょうか、と訊く。

そのとき、玄関のほうで音がし、和服姿の佳代ママが姿を現した。

「あら、ご休憩中なの？　お店、暇だから、帰ってきちゃった」

ありがとう、もういいわよ、と水穂に言って、佳代ママが彼女に帰宅を促した。

「いいのよ。朝までいるわ。どうせ帰っても寝るだけだし、そこで寝るのも一緒よ」

コーヒーを淹れながら、私をチラリと見て水穂が言う。

水穂の本心が手に取るようにわかる。私と桜子を置いて帰るのが嫌なのだ。

「じゃ、好きにしたら」

佳代ママが肩をすくめるしぐさをして、あっさりとうなずいた。むろん、水穂の気持ちなどわかってはいない。

「それは、そうと……」

あらたまった顔で、佳代ママが有村部長に目をむける。

「そうだ。俺の口から紹介させてもらうよ」

私はママに、うちの会社の有村部長です、と紹介した。

よろしく、と部長は席に座ったまま、軽く頭を下げた。

「なにかありましたら、うちのお店を使ってくださいな」

満面の笑みで、佳代ママが有村部長に名刺を渡している。

「ところで、ママ。準備金はあるんだろ？」

羽鳥が佳代ママに訊いた。

「二百万ぐらいならあるわ。でも、どうしたの？　もうそんな段階なの？」

てっきり羽鳥が負けているとおもったようだ。佳代ママが気の毒そうな顔で、眉《まゆ》を寄せる。

「馬鹿。俺じゃないよ。そういつもいつも、俺が負けるとおもったら、大間違いだ。お竜さんだよ、お竜さん。珍しく、ドツボにはまってる」

「あら、珍しい。ほんとうなの？」

桜子を見る佳代ママの顔は、羽鳥に見せたときと同じように、気の毒そうな表情を浮かべていたが、私は内心笑っていた。

この前、桜子がバカ勝ちして帰ったあと、ママは、苦々しい顔で彼女をクサしていたものだ。きっと胸のなかでは大喜びしているにちがいなかった。

「どうしても、わたしにやらせたいわけね。常務」

桜子が首を振り、しかたないという顔で腰を上げた。

部屋の隅の電話台に足をむけ、どこかに電話しはじめる。

三十分ぐらいで来れるのね？

場所は……。

電話を終えると、桜子が卓に戻ってきた。

「では、ママ。もしお金が足りなくなったら、用立てていただけます？　今、持ってこさせていますから」

「どうぞ、どうぞ」

佳代ママが笑みで応じた。

「ところで、銀座の美しいクイーンをひどい目に遭わせているのは誰なの？」

「この若い、怖い男性《ひと》だよ」

そう言って、羽鳥が私に顎をしゃくった。

「怖いだなんて、ちょっとツイてるだけです」

淹れたコーヒーを置く水穂と視線が合った。

水穂の胸の内が透けて見えた。よしっ、マー君、もっとやっつけて、と言っているようだった。

時計の針が午前二時を回ったとき、桜子の切った🀚で、私は、ロン、の声をかけた。

場替えの摑み取りで🀀を摑んだ私は、むろん席を動かなかった。そればかりか、🀁は有村部長が、🀂は羽鳥がめくった。

つまり、席順は、場替え前と、まったく同じだった。

その一回戦目、私の断トツのトップ。そして、またしても桜子がラス。桜子は、不足分の金を佳代ママから借りて支払った。

そして、二回戦目がはじまったとき、目つきの鋭い若い男が桜子の許《もと》に、金を届けに来た。男は金を桜子に渡すと、すぐに立ち去った。

桜子が、佳代ママに、借りた金を返す。

出親は有村部長で、その六巡目に、桜子の切った🀋で、黙聴《ダマテン》の羽鳥が上がった。ドラが頭になった嵌《かん》🀋待ち。五千二百点。

羽鳥の親番になったとき、今度は有村部長の黙聴《ダマテン》に、またしても桜子が振り込んだ。断《タン》平《ピン》・ドラ・ドラの満貫《マンガン》。

そして桜子の親番のときは、私が黙聴《ダマテン》の平和《ピンフ》のみ、千点を桜子から上がった。

私が迎えた親番。七巡目に、桜子がリーチをかけてきた。

ドラは🀛で、このときの私は、こんな牌《ハイ》形の一向聴《イーシャンテン》の形だった。

🀛🀛🀜🀝🀞🀟🀑🀒🀓🀈🀉🀊🀋

桜子がリーチ棒を置いた瞬間、私が自摸《ツモ》ってきたのは、望外のドラの🀛だった。🀙

🀜🀟、🀈🀋🀎、どちらも桜子には危険な牌《ハイ》だった。

正直、桜子の待ちなど、どうでもよかった。なにを切っても、当たる気はしなかった。

私は🀋を切って、追っかけリーチに出た。そして、桜子が一発《イッパツ》で切ったのが、🀚だった。

🀛🀛🀛🀜🀝🀞🀟🀑🀒🀓🀈🀉🀊

裏ドラは乗っていなかったが、親の倍満《バイマン》。

桜子が私の手をじっと見つめていたが、やがて首を小さく振って笑みを浮かべた。

「笑う以外、ないわね。もう、いくらなんでも、ギブアップ、許してくれるでしょ？　常務」

「うん。まあ、そうだな。しかし、麻雀のツキ、というのは、ほんとに恐ろしい」

手を見せてもらってもいいかい？　と羽鳥が桜子に訊く。

「どうぞ」

負け金を数えながら、桜子がうなずく。

羽鳥が、桜子の手牌《テハイ》を倒した。

リーチをかけなくても、黙聴《ダマテン》でハネ満《マン》。

私は、出だしの二回戦目のときの、有村部長が二萬を振った場面をおもい出していた。

あのとき、リーチ後に桜子が自摸《ツモ》ってきた伍萬を頼りに、部長は二萬を切って、彼女に親のハネ満《マン》を放銃している。手も似ていた。あのときは、チャンタ三色《サンショク》だったが、今度は、それよりも大きい。

「ふ〜ん」

有村部長が鼻を鳴らした。なぜ私が、二萬を切ってリーチをしなかったのか、もうひとつ納得できない顔をしている。

「近いうちに、リベンジマッチをさせてくださいな」

大敗したショックなど微塵《みじん》も見せずに、桜子が笑った。じゃ、わたしはこれで、と私たちに軽く頭を下げると、彼女は帰っていった。

8

「さすがに、銀座のお竜さんだ。いさぎがいいよ」

羽鳥が時計を見て、まだこんな時間だから飲みに行かないか、と私と有村部長を誘う。

「なんせ、こっちは、徹夜のつもりで来たのに、拍子抜けしたよ」

きょうの羽鳥はツイていた。もっとやりたかったにちがいない。

「じゃ、そうしますか。きみも来い」

まるで、業務命令を下す上司の顔で、有村部長が私に言った。

私はチラリと水穂を盗み見た。口を尖らせて、不満な表情をしている。早く終了したから、私が一緒にいてくれるとおもってたにちがいない。

「わかりました。一時間ぐらいなら。徹夜麻雀はどうってこともないんですけど、酒はそれほど、強くないんです」

水穂のために、牽制《けんせい》球を放っておいた。

「ところで――」

最後の局の戦いの跡が崩されないままになっている卓上を見ながら、有村部長が私に訊いた。

「これ、ふつうなら🀈を切るんじゃないのかね？　🀋🀎の筋も危険だし」

「俺もそうおもったよ」

と羽鳥。

「ドラが暗刻《アンコ》なんだし、三色《サンショク》にこだわる必要もないんじゃないの？」

私の待ちは、🀚🀝🀠🀜🀟の五面待ち。

ドラの🀛は暗刻《アンコ》だし、親の満貫《マンガン》は確認している。それに、🀋を勝負して三色《サンショク》を狙ったところで、高目の🀚で上がれる可能性は五分の一。いやもっと低いだろう。二人の疑問は、もっともだった。

囲碁《いご》や将棋《しょうぎ》の世界では、戦いが終わったあと、感想戦というのをやる。お互いの技量を高めるためだ。

だが、麻雀はちがう。博打なのだ。定石や理屈を頼りに打っているようでは、勝ち組にはなれない。だから私は、麻雀を終えたあとに、あれこれと講釈を垂れるのは好きではないし、事実、したこともない。麻雀というのは、人それぞれの麻雀観によって打つものなのだ。

しかし、訊いている羽鳥はうちの会社のクライアントで、有村部長は上司だ。

しかたなく、私は説明することにした。

「今夜の彼女はツイてなかった。ましてや、差し馬《ウマ》が全敗している僕が親なんです。アッサリと親を蹴るなら、黙聴《ダマテン》でいい。それなのに、リーチをかけてきたのは、受けが三面《サンメン》待ちの多面待ちか、他の意図があったからだとおもう。最初の二回戦目で、部長が彼女に放銃した嵌《カン》二萬、あれハネ満《マン》でしたよね。リーチ後のヒッカケ、というのは、彼女の得意とするところです。そしてその場合は、たいてい、役が絡んでいて高い、というのも特徴です」

羽鳥と有村部長が、無言で耳を傾けている。

「彼女、女性にしては、すごい打ち手ですよ。誰もが黙聴《ダマテン》で上がりたがるところで、敢然《かんぜん》とリーチを打って出る。なかなかできる芸当じゃありません。彼女、あの手で、今までのツキの無さを変えよう、と勝負に出たんです。そして、その勝負に負けた。麻雀は、たとえその日に、あるいは勝負手で負けたとしても、次の機会がある。つまり彼女は、麻雀を見下しているんです。人生で勝負した場合、時として人間は、自ら命を絶ってしまう。たぶん彼女は、これまでの人生で、勝負らしい勝負はしたことがないんじゃないですか」

ちょっとよけいなことまで喋りすぎているな、と私はおもった。

「ふ〜ん、まだ若いのに、人間観察の目は鋭いね」

感心したように、羽鳥が言った。

「担当の佐々木クンとは、エラいちがいだ。部長、益々、彼をうちの担当にしたくなったよ。一度、真剣に考えてくださいよ」

「今のところは、私の権限外なんですが、心に留めておきます」

有村部長の表情は複雑だった。

じゃ、ママ、俺たちも帰るよ、と言って、羽鳥が玄関にむかう。

「僕、トイレを借りますから、表で待っててください。すぐに行きます」

適当な口実で、私は部屋に残った。

「ずいぶんと勝ったみたいね。でも、負けたのが桜子でよかったわ。あの女性《ひと》も、すこしは懲りたでしょ」

佳代ママが、パンパンに膨れ上がった私のポケットを見て、言った。

「ママ。これ、今度顔を出すまで、預かっといてください。五百十二万あります」

私はズボンの左ポケットのなかから、無造作に札束を取り出した。

「それは構わないけど、でも、数えもしないで、よくわかるわね」

佳代ママが、ちょっと驚いた顔をした。

「右のポケットには、今夜のために用意しておいた軍資金。勝ち金は、左のポケットに収うようにしてたからです」

「でも……」

佳代ママは、まだふしぎそうな顔をする。

「いくら勝ってるか、いくら負けているか、それぐらいのことがわかっていなければ、麻雀打ち失格ですよ」

笑ってから、返してくれるのは五百万だけでいいです、と私は言った。

「残りの十二万は、新潟に帰る旅費の足しにでもしてください」

「ふ〜ん」

佳代ママが首を傾げ、水穂を見た。

「あんた、意外といい男を見つけたのかもしれないわね」

「意外と？　それはよけいでしょ。でも、マー君は、不良よ」

「どうせ言うなら、サイテーの不良と言ってほしいな。中途半端は嫌いなんだ。じゃ、下で待ってるから帰ります」

新潟へは気をつけて、と言って、私は部屋を出た。

羽鳥に連れて行かれたのは、タクシーに乗ってすぐの、六本木のビルの地下にある会員制バーだった。

バーといっても、カウンターにバーテンがいるだけ、というようなものではなく、兎《うさぎ》のような耳と尻尾《しっぽ》をつけた網タイツ姿の若い女の子がドリンク運びをする店だ。

遊び人の羽鳥は、どうやら馴染みのようで、さっさと奥のテーブルに座った。私と有村部長は、そのむかい側に腰を下ろした。

羽鳥は上機嫌で、注文を聞きに来たバニーガールの尻尾を指先で弾《はじ》いた。

もう慣れっこなのだろう、バニーガールの若い女の子は笑うだけだった。

「ブランデーでいいかな」

もちろん、と有村部長。私もうなずいた。

「レミーを一本持ってきてくれ」

羽鳥がバニーガールに言う。そして私に顔をむけた。

「きょうは、すさまじかったな。いくら勝ったんだい？」

「たぶん、五百そこそこだとおもいます」

やるねえ、と言って、羽鳥が私のズボンのポケットに目をやる。あれっ、という顔。

「大金を持ち歩けないんで、そっくり、ママに預かっといてもらいました」

「へ～え。そんなに信用してんのかい？　あのママを」

「だって、銀座で店を張ってるんですよ。それっぽっちの金で、どうこうしませんよ」

「大金と言ってみたり、それっぽっち、と言ってみたり、きみの金銭感覚はなかなかユニークだな。その若さで、いったいどんな人生を歩んできたんだい？」

ただ茶化すのではなく、羽鳥はほんとうに興味に駆られているようだった。

「こいつ、H大学なんです。去年卒業してどこかの会社に勤めたらしいんですが、早々に辞めちゃって、この四月に、途中入社してきたんですよ」

マッチでたばこに火を点けながら、横から有村部長が口を挟んだ。

「ほう、国立出身かい。おたくの会社は、私大出のボンボンばかりかとおもってた」

運んできたレミーのボトルを開け、バニーガールがブランデーを注いでくれた。

「では、遠慮なく」

有村部長がグラスを持つと、羽鳥が言った。

「なに言ってんだ。当然、奢りは彼だよ。なんてったって、勝ち頭なんだ。それに、クライアントだぞ、俺は」

「むろん、僕の奢りですよ」

「なっ、ほら。まるで、佐々木とはちがうだろ。やはり、担当替えを真剣に考えてもらわなきゃ」

「常務、それは無理ですよ。僕はまだ入社したばかりで、広告のイロハから勉強中の身なんです」

「うちの仕事をやりながら、覚えればいいじゃないか」

「僕は、使いっ走りや、太鼓《たいこ》持ちだけの営業仕事なんてやる気はないんです」

「ふ～ん」

羽鳥がじっと私を見つめた。そして笑い、益々気に入ったよ、乾盃しよう、と言った。

9

世の中はゴールデンウィークの連休に突入したが、私にとってはゴールデンでもなんでもなく、ただ退屈な日々がつづくというものでしかない。

姫子は従業員を引き連れて温泉旅行に行ってしまったし、水穂は姉の佳代ママと一緒に、故郷の新潟に帰ってしまった。私には、特に会いたいとおもうような友人もいなければ、やりたいことがあるわけでもない。

しかたなく私は、この殺風景なアパートの部屋を、せめて人の住む部屋らしくしようとおもい立ち、下北沢の街に出て、洗濯機や冷蔵庫、テレビやラジオ、ついでに調理器具の一式と窓用のカーテンまでを買い揃えた。

なにしろこのアパートには、着のみ着のままで住みついて、購入したのは布団だけという有様だったのだ。洗濯は、風呂に入ったときにしていたし、食事らしい食事を部屋のなかでしたこともない。

部屋の整理が終わると、なんとか部屋らしい体裁にはなった。

買ったばかりのテレビをつけて、ニュースを観た。

ゴールデンウィークの各地の混雑ぶりを伝えていた。そして、日本のこの好景気はとどまるところを知らず、今言われている「いざなぎ景気」は、「岩戸景気」の四十二ヶ月を抜いて、四十三ヶ月目に突入した、と報じていた。最後に、フランスのドゴール大統領の辞任にも触れた。それは、まるで、とってつけたようなニュースの感がしないでもなかった。ドゴールといえば、かの大戦でのフランスの英雄だ。戦勝国の老兵は消え、敗戦国の日本は、好景気に沸いている。つまり、戦争がどんどん遠くなり、時代はどんどん流れているということなのだ。

生前の砂押は、目まぐるしく変貌《へんぼう》してゆく時代を、おまえのその目で見ろ、と言った。しかし、ニュースを観ても、私の身の回りを見ても、私には時代の変貌の実感がもうひとつ摑めないでいた。

夕刻、食事をしに、街に出た。

ちっぽけな街だが、人通りも多く、特に私と同世代の若者たちの姿が目立つ。しかし、ここに集う若者たちには、歌舞伎町の裏通りや六本木にたむろする人種とは、どこかちがう匂いがした。

時々ビラを彼らに手渡されるのだが、それは大旨、自作演劇の紹介や入場を誘うものばかりだった。

寺山修司の「天井桟敷」、唐十郎の「状況劇場」。この二つは、若者たちに圧倒的に支持されている。たぶん、それらに感化された若者たちがここに集い、自分たちの主張を演劇の世界で展開しているのだろう。

この一月十八日には、東大の安田講堂を、機動隊八千五百人が包囲した。日本の資本主義は益々進み、好景気を謳歌する反面、若者たちの感情は閉塞《へいそく》し、その発露を求めているのだろう。

そんな彼らを羨ましがる気持ちもあったが、それがなんであるかはわからないものの、私には、私だけの他の道があるような気もしていた。

10

ゴールデンウィークの長い休日が終わると、急に忙しくなった。例の通行人調査の実施のためだ。

水穂が集めた学生たちを、会社の近くにある分室に呼んでは、オリエンテーションを開いて、実施のための注意と方法を説明した。

大勢の学生を前にして話をすることなど初めての経験だったので、途中、何度かしどろもどろになりつつも、なんとか無事終了した。

マー君、照れた顔で話してたのは、若い女学生が多かったから？　水穂が冷やかす。

大人はどうということもないんだが、若い学生は、どうもね……。それは、私の本心だった。学生時代から、私は同級生たちとはあまり交わらず、いつも大人の男性や女性たちとばかり遊んでいた。だから、大人たちの心はそれなりに読める自信があったのだが、私とそういくつも年齢のちがわない若い世代の者たちがなにを考えているのか、もうひとつ理解できないのだ。

そして、一週間をかけた、私の初仕事である通行人調査は、トラブルらしいトラブルに見舞われることもなく、なんとか無事に終えることができた。

途中、松崎課長は私を心配して、援軍を出そうか、と言ってくれたが、私は断った。ひとつの仕事は、社員ひとりで責任を持ってやる、と聞かされているのに、援軍などを求めては、面目が丸潰れになってしまう。

調査の最終日、私は渋谷の居酒屋を借り切って、アルバイト学生に大盤振る舞いをした。学生たちにアルバイト料を渡して、領収書を貰《もら》う。水穂も手伝ってくれた。

こんなおいしいバイト、初めてだ。喜色満面のバイト学生たちは口々にそう言った。

それはそうだろう。バイト料は高めに設定したし、最後には、酒と食べ物にもありつけるのだ。だが、飲食のすべてが私の自腹だということを知っているのは水穂だけだ。

マー君の人気取り、そう言って、水穂は陰で笑った。

水穂には言わなかったが、じつは居酒屋で騒いでいる最中、私はアルバイトの女子学生二人から、ラブレターまがいの文面と電話番号の記されたメモを渡されていた。でも、私には、まったくその気がなかったから、笑って誤魔化した。妬《や》きもち焼きの水穂が知ったら、二人の女の子と揉めることは、火を見るよりも明らかだ。

私の隣席の菅田先輩からは、女子大生をアルバイトに使うときは気をつけたほうがいいよ、と言われていた。過去に、女の子を妊娠《にんしん》させた社員のトラブルが何度かあったらしい。

私に残された仕事は、この調査結果を報告書の形にして提出することだった。

私は水穂に、そのことを話して、しばらくは会えない、と宣言した。水穂は快く、承諾してくれた。

それから一週間、私は自分でも信じられないくらい生真面目《きまじめ》に、報告書の作成のために汗を流した。なにしろ初めての仕事だ。あれこれと言われるのだけは、御免だった。

私が作成した報告書に目を通し終えると、松崎課長が感心したように、大きくうなずいた。

「初仕事とはおもえないほど、よくできているよ。さすがに、俺の後輩だけのことはある」

「修正や訂正は、ナシですか」

「なにもないね。じゃ、これを印刷に回してくれ」

手書きの報告書をクライアントに提出するわけにはいかない。出入りの印刷所に手配し、製本することで、マーケティング局での私の仕事は完了する。

その報告書を基に、あの区域でどんな事業展開をすべきか、そうした企画を練るのは、AEとプランナーの仕事だ。つまり、優れたAEとプランナーがいなければ、私が行った調査はただの骨折り損ということになる。

「次の仕事は、なんですか？」

課長に返された報告書を手に、私は訊いた。

「ずいぶんと張り切ってるじゃないか」

課長が笑う。

「いえ、仕事をやってるほうが楽ですから」

誰の制約を受けるわけでもないから、デスクにいようと、外出しようと、それは私の自由ではある。しかし、仕事を割り振られたほうが気が紛れる。

「しばらくは、資料室の文献でも見て、ゆっくりしてていいよ」

そう言ってから、課長が小声で足した。

「じつを言うと、うちの営業がブッタルんでいるせいか、そう仕事があるというわけじゃないんだ。おかげで、こっちは楽だけどね」

なるほど、と私はおもった。

入社してから口をきいたのは、社内麻雀をしたひと握りの人間と、私の歓迎会と称した飲み会で顔を合わせた同期の何人かしかいない。あの連中が営業ということならうなずける。遊びが最優先で、仕事なんて二の次に決まっている。

デスクに戻って印刷所に連絡していると、電話工事の人たちがやってきた。

丸山《まるやま》課長が、あれこれと指示をしている。

十日ほど前から、電電公社が押しボタン式電話の受けつけを開始した。むろん、広告会社が、世の中のそんな流れに後れをとるわけにはいかない。どうやら、その取り付け作業をするようだった。

私のデスクにも一台、取り付けられた。

「どうだい？　梨田クン。便利な世の中になっただろう？」

丸山課長が、電話のボタンを押しながら、上機嫌な顔をしている。

「僕は、メカ音痴《おんち》ですから、たぶん機能はあまり使いこなせないとおもいますけど……」

世の中は、いよいよコンピューター時代へと突入しようとしている。この押しボタン式電話はコンピューターと連動していて、いろいろなサービスを受けられるらしい。

隣のデスクの菅田先輩は、置かれたばかりの新しい電話で、早速電話をかけている。

シャチといい、押しボタン式電話といい、どうやらこの男《ひと》は、物珍しいものにはことのほか興味を覚えるタイプの人間のようだ。

仕事の内容や重要性とかは別にして、私の胸のなかには、ひとつの仕事をやり終えたという充実感が広がっていた。

考えてみれば、社会人になってから、仕事で充実感を覚えたことなど、ただの一度もなかった。

S電機では、仕事を覚えるどころか、すぐに辞めてしまったし、相場の会社に至っては、仕事の名に値するような仕事ではなかった。

お世辞半分にせよ、松崎課長に誉められたことはうれしい。

どうにかひと区切りがついた。水穂を誘って飲みたいところだが、あいにくと彼女は、部活の合宿とかで二日前から伊豆のほうへ出掛けて不在だ。姫子の店に顔を出すことも考えたが、あの華やかな雰囲気の店で祝盃をあげるには、やった仕事があまりにも小さくて、地味この上ない。

隣の菅田先輩を飲みに誘ってみた。

「どうやら、無事に仕事を終えたようだね。お祝いにつき合いたいところだけど、残念ながら、今晩は用事があるんだ。それに、俺は酒がカラッきし駄目なんだよ」

ゴメンな、と菅田が私に謝った。

「とんでもない。じゃ、またの機会に」

酒もたばこもやらない。ギャンブルなんて、もっと駄目だろう。私とは真逆の、こんな先輩と席が隣り合わせというのも、どこかおかしい。

帰り仕度をしていると、内線電話のランプが点滅した。

入社して以来、内線で電話してきたのは、佐々木とベティしかいない。

この前の麻布十番での麻雀の一件で怒ったのか、以来、佐々木からはなにも言ってこない。

電話を取ると、ベティからだった。

——ねぇ、梨田クン。今晩、身体、空いてる?

近くの誰かの耳を気にするかのように、ベティがひそめた声で言った。

──ちょっと、話があるのよ。

「わかった。今、丁度、帰るところなんだ」

下で待っている、と言って、私は電話を切った。

11

ビルの表で待っていると、タクシーから降りてきた佐々木と顔を合わせた。

佐々木がバツの悪そうな表情をした。

「やあ、この前は悪かったな」

彼がどうおもっていようとどうでもよかったが、いちおう私は謝った。

「別に、気にしてねえよ。のぞきに行った俺がアホだった、ってことさ。あのあと、常務や部長と飲みに行ったらしいな。なにを喋ったんだい？」

「なにを、って、別になんも喋っちゃないよ。ただのヨタ話さ。一時間もしないで、すぐに帰ったよ」

「ふ〜ん」

羽鳥からなにか聞いたにちがいない。佐々木は疑わしそうな目で、私を見た。

そのとき、ベティがビルから出てきた。私と佐々木を見て、ちょっと嫌な顔をした。

「じゃ、行きましょ」

ベティが私に言った。

「なんでぇ、二人はデキてんのかい？」

「佐々木クンさぁ、その性格、直したほうがいいわよ。世の中には、貴方《あなた》とちがって、プラトニックな関係というのもあるのよ」

肩をすくめてみせ、佐々木が無言で背をむけた。

「誘ったのはわたしだから、きょうはわたしが奢るわ」

佐々木のことでよほど腹を立てたのか、ベティが口をへの字にして、言った。

「年上の女性に奢られるのは気にならないけど、同世代、それも同期の女の子にだけは奢られたくないよ」

通りかかったタクシーを止め、私はベティを先に乗せた。

「西麻布にやって」

私は運転手に言った。

「あら、洒落たところを知ってるのね。この前の『のんべい横丁』かとおもったわ」

「ご希望なら、そっちだっていいんだぜ」

この前、麻雀を終えたあとに、砂押に連れて行かれた高級寿司屋に行くつもりだった。場所は、おぼろげに覚えている。

記憶にあるビルの前で、タクシーを降りた。

勝手知った顔で地下への階段を下りようとすると、ベティが眉を寄せた。

「ここ、高いんじゃないの？」

「かもね。大富豪の箱入り娘を、チンケなお店には連れて行けないだろ？」

「梨田クン、って、意外に嫌味な男ね」

店には先客が数人いた。どうやら店主の親爺は、私を覚えていてくれたようで、軽く私に頭を下げた。

カウンターにベティと肩を並べて座り、ビールを頼んだ。

「この前は、ありがとうございました。先生、お元気にされてますか？」

店主が笑顔で、ビールを置きながら訊いた。

「ええ、まあ……」

瞬間、私はうなずいて、誤魔化してしまった。砂押が亡くなったことを教えるのは、またの機会のほうがいい、とおもったからだ。

「嫌いなモン、あるかい？」

私はベティに訊いた。

「お寿司は、わたしの大ストライクよ。すべて大好物」

「だ、そうです。適当につまみを切ってください」

私は店主に言い、ベティと乾盃をした。

「それで、話、ってのはなんだい？」

「梨田クン。自分の噂、耳にしたことある？」

ビールをひと口飲んでから、ベティが私に目をむける。

「俺の噂？　なんのことだい？　社内で噂になるほどの大物じゃないぜ、俺は」

「やはり、ね。なにしろ、梨田クンの局は、離れ小島だから。でも、噂といっても、そんなに蔓延《まんえん》してるわけじゃないわ。ごく一部の社員の間でのことよ。わたしは、耳聡《みみざと》いから、すぐに伝わってくるの」

ベティが、つまみのこはだを口に放り込んだ。

「そう、勿体《もったい》ぶるなよ。で、どんな噂なんだい？」

私は、好物のタコに箸《はし》を伸ばしながら訊いた。

まだ仕事らしい仕事をしていない身だ。噂になるとしたら、たぶん麻雀、それも高額なレートで打っている、という手の話ではないだろうか。

「噂は、二つあるわ」

ベティが言った。

「二つ？　俺って、ずいぶんと大物だな」

私は笑って、ウィスキーはありますか？　と店主に訊いた。

スコッチなら、と店主がうなずく。

「じゃ、その水割りを」

ベティにも、飲むかい？　と訊いた。

「自分のことなのに、まるで興味がないみたいね」

呆れたような顔をし、じゃわたしも貰う、とベティが言った。

出された水割りを飲む私を、ふしぎな物でも見るような目で、ベティが見ている。

「知りたくないの？」

「と、いうより、きみが喋りたいんだろ？」

「まったく、もう……。鈍いんだか、神経が太いんだか……」

水割りをひと口飲み、ベティが言った。

「噂のひとつは、梨田クンが大金持ちで、大きな博打麻雀を平気でやっている、ということよ」

案の定だ。間違いなく、その噂の出どころは、佐々木だろう。有村部長は、立場上、社内では隠しておきたいはずだ。

「なるほど。で、二つ目は？」

その噂の肯定も否定もせず、私は訊いた。

「もしかしたら、梨田クン、営業に異動になるかもしれない」

「ふ〜ん」

こっちのほうは、たぶん、発信源は有村部長だろう。この前、羽鳥から、あれほど言われたのだ。

「その噂は、どっちが先にささやかれはじめたんだい？」

「そんなの、わかるわけないじゃない。それで、どうなのよ？　梨田クン、本当に、大きな博打麻雀をやってるの？」

「麻雀は好きだよ。大金持ちかどうかは別にして、そこそこのお金はある。答えは、それでいいだろ？　だいいち、きみには関係ないことだし」

噂の順番を訊いたのは、もし営業への異動話のほうが先なら、それを知った佐々木が、その話を潰すために麻雀の噂を流したのではないか、とおもったからだ。羽鳥が私に一目置いていることを、佐々木は知っている。もし私が営業に異動になれば、「羽鳥珈琲」の担当を外されるかもしれない、と疑心暗鬼に駆られるはずだ。

「たしかに、わたしには関係がないわ。でも、同期のよしみで、いちおう、忠告しておいてあげよう、とおもったわけ」

「そいつは、どうもありがとう」

私は笑って、ベティのウィスキーのグラスを指先で弾いた。

「笑い事じゃないわよ、梨田クン。今、うちの社内、とてもキナ臭い状態なんだから」

ベティが、口を尖らせる。

「キナ臭い状態？　正直、そんな話は俺にはどうだっていいよ」

「わたしだって、どうだっていいわよ。でも、梨田クンの身が心配だから、言ってるのよ。だって、梨田クン、まだ試用期間中なんだから」

ベティが、グイッと水割りを空けた。

ベティの話では、どうやら会社の移転が本決まりになったらしい。移転先は赤坂で、十階建てのビルを丸々借りるとのことだった。

「ふ〜ん。いつごろになるんだい？」

「この年末までに、よ」

「なるほど。広告屋には、見栄が必要だしな。ところで、移転なんて、なにもキナ臭い話じやないじゃないか」

「ちがうのよ。それを機に、粛清の嵐が吹きそうな雲行きなの」

ベティがちょっと声をひそめた。

「うちの実権は、外様の松尾専務が握っているということは話したわよね」

「うん」

私はイカのつまみを口に入れて、水割りで流し込んだ。

「うちがここまでやってこれたのは、専務の顔の広さと広告業の知識が役に立ったからなの。でも、このところ、あまり評判がよくないの。電鉄の本社筋と、ちょっと上手くいってないみたい。ひとつには、専務が個人的に設立した制作プロダクションが問題になっているのよ」

ベティが舌を湿らせるように、水割りを口に含む。

「これからの話、絶対に口外しちゃ駄目よ」

「なら、言うなよ。俺が聞いたって、しょうがない」

それは、私の本心だった。社内抗争とか社内派閥だとかの話は、小説のなかの世界だとおもっていた。ぺーぺーの平社員、それもベティが言うように、私はまだ試用期間中の身なのだ。そんな話を聞いたところで、しかたがない。

「梨田クン、って、やっぱり変わっているわ。同期の連中、って、誰もが皆、知りたがるのに」

ベティが、店主に水割りのお替わりを頼んだ。

「でも、どうしてベティ——いや、きみは」

「いいわよ。ベティで」

「じゃ、遠慮なく。ベティは、どうしてそんなに社内事情に通じてるんだい？　人事部って、そんなに暇なのかい？」

「人事部を馬鹿にしないでよ。銀行なんて、出世する人は、皆、一度は人事部勤めをするぐらいなのよ。だって、人事というのは、会社の心臓みたいなものなんだから」

父親は大会社の社長で、しかもうちとは取引がある。たぶんベティには、それなりのパイプがあるのだろう。

「あのね……」

ちょっと躊躇《ちゅうちょ》してから、ベティが言った。

「専務についての怪文書が出回っているらしいの」

「怪文書？　益々、ミステリアスな会社におもえてきた」

私は笑った。

「専務は、自分の制作プロダクションを通じて、私腹を肥やしている、って」

たぶん、本社筋との暗闘がはじまってるのよ、とベティが言った。

「ところで、その怪文書とやらを、きみも見たのかい？」

私はベティの横顔をチラリと見てから、訊いた。

「いくらわたしが情報通だと言ったって、見てるわけないじゃない。わたしは、梨田クンと一緒で、ペーペーの平社員なのよ。そんなものが、わたしの目に触れるわけないわ。一部のお偉いさんのところに、出回ったんじゃない？」

「じゃ、うそかもしれないわけだ」

「だから、噂だと言ったでしょ。でも、火のないところになんとやら、と言うじゃない」

「なるほど。でも粛清されると言ったところで、せいぜい上のほうの人間だけだろ？　俺みたいな社員にまで、矛先がむけられることはないんじゃないか」

「それはどうかしら。だって、梨田クン、大金を賭《か》けた麻雀をしてる、なんていう悪い噂が立ってるんだもの」

ベティが心配そうな顔を私にむけた。

「なんだ？　俺が会社からいなくなるのが嫌なのか？」

「ショッてるわね。いちおう、忠告だけはしておいてあげなくちゃ、っておもったわけ」

「そうかい。まあ、感謝しとくよ」

腹が減ったよ、と言って、私は親爺に、握ってくれるよう、頼んだ。

「梨田クン、って、ほんとうに図太い神経してるのね。こんな話を聞いても食欲があるんだから。なんか、わたしの好意が馬鹿にされた気分よ。頭にキタわ」

わたしも握って頂戴《ちょうだい》、とベティが親爺に威勢のいい声をかける。

ちょっと気拙い空気が流れ、黙々と二人で握りを食べた。

ふと気づいて、ベティに目をやると、彼女は指先で、目頭を拭《ぬぐ》っていた。

「なんだい。ほんとうにお嬢なんだな。このぐらいのことで泣くなんて。俺の態度が悪かったなら謝るよ」

「いいわよ。謝らなくたって。どうせ、梨田クンは、わたしのことなんて、眼中にないんでしょ？」

私は言葉に詰まってしまった。

ウィスキーのお替わりを頼んでから、ベティに言った。

「この前、俺の彼女に立候補する、とか言ったけど、まさか本気じゃないだろうな」

「本気よ。そんなこと冗談で言えるわけないじゃない。この前『のんべい横丁』で一緒に飲んだ女性、あれ、彼女なの？」

また言葉に詰まってしまった。ベティは良家のお嬢育ちのせいか、明るくて天真爛漫《らんまん》な女の子だ。それに私自身、水穂とはちがって、また別の魅力を覚えているのも事実だ。

これまで女性に対して道徳心が働いたことはないが、いくらなんでも、ベティにこれまでの女性と同じ態度で接するというわけにはいかない。

しかしそんな胸の内とは逆の言葉が、おもわず私の口からは洩れてしまった。

「ちがうよ。彼女は、単なる女友だちさ」

「ほんとうに単なる女友だちなの？」

ベティが疑わしげな目で私を見た。

「信じる信じないは、きみの勝手だよ」

私は胸のなかで、ゴメン、と水穂に謝っていた。そして、これでは、三冠王は佐々木ではなく、この俺じゃないか、と毒づいてもいた。

「でも、彼女、すごく梨田クンに馴れ馴れしかったけどなぁ」

さっきは涙ぐんでいたくせに、そう言うベティの表情は急に明るくなっている。

「ねえ、梨田クン。もうお腹《なか》がいっぱいになっちゃった。もう一軒、つき合ってよ。でも、今度は、わたしの奢りよ」

この前ベティに連れて行かれた表参道のバーで飲みたい、とベティが言った。

まだ八時前だ。部屋に帰ったところで、やることなどまるでない。

しかし、ちょっと迷った。ベティはこの前はおとなしく家に帰ってくれたが、今度は事情がすこしちがう。酔っ払ったときに、自制心が働くだろうか。

コラ、絶対に駄目だぞ、と自分に言い聞かせ、私はベティに、いいよ、とうなずいた。

「お勘定をするから、表で待っててくれないか」

ベティが、ご馳走さま、と親爺に言って、店から出て行った。

会計は一万六千円だった。私はお金を親爺に渡し、じつは、と切り出した。

「砂押さん、亡くなられたんです。ガンでした」

「えっ、それ、ホントですか……。この前、ご一緒に来られたときは、とても元気だったじゃないですか」

親爺は心底驚いたようだった。目を瞬かせている。

「亡くなってから、まだ一ヶ月にもならないんですけど……。いちおう、親爺さんにはお知らせしておきます。その替わりと言ってはなんですけど、これからは僕が、時々ここに顔を出すようにします」

親爺に頭を下げ、店を出た。階段を上っていると、やめてよ、という、ベティの金切り声がした。

12

急ぎ足で階段を上ると、ベティが若い二人の男に絡まれていた。

「どうしたんだい？　ベティ」

私の姿に、ベティがホッとした顔をした。

「しつこいのよ。この男《ひと》たち」

男二人が、私を見た。どちらもスーツ姿で、やくざやチンピラには見えなかった。

「俺の彼女に、なんか、用？」

ひとりが、チッ、と舌打ちした。もうひとりに、行こう、と促す。

「ちょっと待ちなよ。なんか、用かい？　って、訊いてるんだけど、な」

舌打ちした男の顔に怯《おび》えの表情が浮かんだ。

「いや、なんでもないよ。飲みに行かないか、と誘っただけさ」

言うなり、二人は足早に背をむけた。

「格好いい。梨田クン、って、最高。今、俺の彼女、って言ったわよね」

ベティが興奮口調で言って私に笑みを投げた。

表参道のバーは、この前のときよりも混んでいた。

カウンターの隅のスツールにベティと並んで腰を下ろし、私はバランタインの水割りを注文した。

「あら、洒落たのを飲むのね。同期の連中、ボンボン揃いのくせに、皆、サントリーのダルマかニッカよ」

「このスコッチは、亡くなった俺の師匠の大好きだった酒だよ」

「じゃ、わたしもそれにするわ」

ベティは奢る、と言った。国産物より値は張るが、彼女は大金持ちの娘だ。私は気にしないことにした。

「さっきは、ありがとう」

ベティが私の水割りグラスに、自分のグラスをぶつけた。澄んだ、チーン、という音が響いた。

「でも、梨田クン、って、度胸がすわってるわ。あの二人を睨みつけたとき、ひとりはちょっと怯えてたわよ。もしかして、梨田クン、って、十代のころは不良だった？」

「逆だよ」

私はバランタインを舌先でなめながら、言った。

「逆？　逆って、どういう意味？」

「十代のころは、喫茶店にも入ったことがないほどに、純情だった、ってことさ。不良やってるのは、今だよ」

「わぁ、言うことも格好いいわ。ヘナチョコの同期の連中に聞かせてやりたい」

ベティがピスタチオを口に放り込んだ。

「佐々木のこと、嫌いみたいだね」

私もピスタチオを口に放り込み、訊いた。

「うん。嫌い。同期のなかで、一番嫌い」

「きみになにかしたのかい？　いや、チョッカイを出したとかじゃなくて、嫌なことをされたのか、っていう意味だよ」

「わたしは、されてない。でも、わたしの大好きなクリエイティブにいる二つ年上の先輩は、酷《ひど》いことされた。捨てられたのよ。彼、女性《おんな》の敵よ」

この話、誰にもしちゃ駄目よ、とベティが言った。

「きみの話は、口外禁止ばかりだな」

私は笑って、バランタインに口をつけた。

「でもな……、別に佐々木の肩を持つわけじゃないけど、男と女の関係で、捨てるとか、捨てないとか、ってあるのかい？　結婚の約束でもしていれば、話は別だけど」

「梨田クン、それ、本気で言ってるの？　それって、男特有の理屈よ。結婚の約束してなくても、女性の側はいつもその気なのよ」

「ふ〜ん」

ピスタチオをつまみ、私は話題を変えることにした。この手の話は、ロクなことにならない。

「俺の噂、発信源がどこなのか、大体見当がつくよ」

「どっちの噂のこと？」

「両方さ」

私はアッサリと言った。

ベティが、彼女の特徴のある大きな目を私にむけた。

誰なの？　発信源は。ねえ、教えて、とベティが訊いた。

「じゃ、今度は俺の番だ」

この話、誰にもしちゃ駄目だよ、と私はベティの口調を真似て言った。

「うん、絶対に言わない」

ベティが大きな目を瞬《またた》かせた。

「俺が入社して早々のころ、佐々木に誘われて麻雀をやりに行ったことがあったんだ」

ベティが大きくうなずく。彼女の動作は、その目同様、とても大袈裟《おおげさ》なところがある。私は、つい笑ってしまった。

「なにが、おかしいの？」

「いや、なんでもない」

私はあのときの麻雀のメンバーを教えた。

「きみは、麻雀をやったことがある？」

「パパは大好きみたいだけど、わたしは麻雀のルールすらも知らないわ。ピアノは弾けるけどね」

言ったあと、あっ、ちょっとアピールしすぎたかな、とつぶやいて、ベティが笑った。

「じゃ、あまり詳しく話しても理解できないだろうから、簡単に言うけど、あのときの麻雀は、インチキではないけれど、かぎりなくインチキに近いゲームだったんだ」

「負けたの？」

「ああ、負けたよ」

私はうなずいて、バランタインを口に含んだ。

「給料の一ヶ月分とすこしほど」

「えっ、そんなに？　やっぱり、噂どおり、有村部長たちの麻雀、って、そんなに大きくお金を賭けてるんだ」

　ベティが、大きな目をまた瞬かせた。

「強がりを言うわけじゃないけど、負けないようにやれば、負けることはなかった、とおもうよ。つまり、連中と同じように、かぎりなくインチキに近くやったらね。でも、俺は、しなかった。その替わりに、もう二度と、社内での麻雀はやらない、と決めたんだよ」

「エラいわ、梨田クン」

「断っとくけど、麻雀自体をやめたわけじゃないぜ」

　私はベティに微笑んでみせ、あの麻雀のあとで、円山町のスナックに飲みに行き、そこで聞かされた有村部長の金貸しの話もしてやった。

「ふ〜ん。やっぱり、あの部長、噂どおりに悪辣《あくらつ》なのね。そうやって、お金で若い社員を縛って、自分の意のままにしようとしてるんだわ」

　ベティが、ピスタチオを、まるで有村部長に見たてるかのように、カリリと嚙んで飲み込んだ。

「むろん、お金の話も断ったし、あれ以来、何度かあった、麻雀の誘いにも乗らなかった。インチキ麻雀はしたくない、と言ってね」

　ここからの話は、ちょっとややこしい。秘密の麻雀屋なんて、ベティは理解できないだろう。

「無菌培養の温室育ちのベティには、ちょっと理解し難いかもしれないけど……」

　言い淀《よど》んだ私に、ピアノ演奏を途中でやめるものじゃないわ、とベティが話を促した。

「俺の話は、ピアノ演奏とは程遠い代物でね。ピアノが泣くよ」

　私は笑って、言った。

「世の中には、表の顔と裏の顔がある。いくら箱入り娘のきみにだって、これはわかるだろ？」

「その、箱入り娘っていう表現、やめてくれない。とても馬鹿にされた気分になるの。それに、誤解のないように言っときますけど、わたし、梨田クンがおもっているほど、箱入り育ちじゃありませんからね。どちらかと言うと、箱外れ娘よ」

　精いっぱいの抵抗のようだった。口を尖らせるベティの顔は、それはそれで、また可愛げがある。

「なら、話しやすいな」

　私は笑って、秘密の麻雀クラブの話をした。しかし、場所とか、水穂との繋《つな》がりなどについては、むろん伏せた。

「街なかの麻雀屋で、現金の飛び交う麻雀なんて、できないだろ？　だから、金持ち連中がコッソリと集まってやるというわけ」

「つまり、梨田クンは、そういう秘密麻雀クラブの常連ということ？」

ベティが呆れ顔で、私を見つめた。

「常連というわけじゃないよ。たまたま、ある人に連れて行かれたんだ。そうしたら、意外な人物に会ってしまった。誰だとおもう？」

「わかるわけないじゃない。わたしの知ってる人？」

「ひとりは、よく知っている。もうひとりは、うちの会社と関係がある人だけど、たぶん、顔は知らないとおもう」

「佐々木クン……？」

「鋭い」

私はうなずいて、バランタインの残りを一気に飲んだ。

「彼、そんな所にも出入りしてるんだ……」

「正確に言うと、出入りしてるんじゃない。うちのクライアントが麻雀をやってたんで、のぞきに来たんだ」

私はバーテンに、バランタインのお替わりを頼んだ。

「クライアント、って？」

「佐々木が担当している、『羽鳥珈琲』のボンボンだよ」

「梨田クン、その人と麻雀をしたわけ？」

「そういうこと。もっとも、俺は、彼の素姓《すじょう》なんて、なにも知らなかった。佐々木は、どこかで見た顔だな、とはおもったけど」

「わかった。それで梨田クンの歓迎会のときに見せた、佐々木クンの態度が呑み込めたわ」

首を例によって、大袈裟に上下させて、ベティがうなずく。

「佐々木クンも、その麻雀に加わったの？」

「いや、見てただけだよ。したくても、できない。なにしろ、もし負ければ、彼の年収の、三、四年分は吹っ飛んでしまうからね」

「三、四年分？」

ベティが、きょとんとした顔をした。

「だから、言ったろ？　俺は、不良だって。この話、まだ、つづきがあるんだけど、もう呆れて、聞く気にならなくなったろ？」

私は、ピスタチオを、ひと粒、口に放り込んだ。

「ピアノ演奏は、途中で投げ出しちゃ駄目、って言ったでしょ」

ベティもバランタインのお替わりを頼んだ。

「じゃ、ピアノを弾きつづけよう」

私は、有村部長から、二度目の麻雀に誘われたいきさつを簡単に話した。

「メンバーは、俺と部長、それに『羽鳥珈琲』のボンボン常務、そしてもうひとりは、銀座のクラブのホステスだった……」

麻雀の勝ち負けは省いた。それを話したところで、なんの意味もない。

「佐々木クンも、その麻雀に加わったの？」

「問題は、そこだよ」

私はピスタチオを口に放り込んで、言った。

「さっきも言ったように、彼には麻雀に参加できるほどの経済力はない。まさか、麻雀をしたいから、と言って、親に泣きつくわけにもいかないだろ？　彼はしかたなく、皆の後ろで、見てるしかなかったんだよ」

「それの、どこが問題なわけ？　むしろ、博打麻雀に加われなくて、よかったじゃない」

「きみは、男のプライドがわかってないんだな」

私は笑って、説明した。

「麻雀をやる人間、って、後ろで見られるのは、誰もが嫌うんだよ。学生仲間でのお遊び麻雀ならともかく、ひと晩で、何百万ものお金がかかってるんだぜ」

「ふ～ん」

ベティが、初めての人種に遭遇したかのような目で、私を見た。

「彼、最初は、俺の後ろで見ていた。でも、俺も真剣だったからね。彼に、見るのはやめてくれ、と言ってしまった。傷ついたとおもうよ、彼のプライド」

正直、佐々木のプライドなんてどうでもよかったが、私は同情するような顔をベティにむけた。

「ところが、休憩用のソファに座っていても、銀座のホステスから、嫌味を言われてしまった。彼、怒った顔で、そそくさと帰ってしまった。そして、麻雀を終えたあと、俺と有村部長と、その『羽鳥珈琲』のボンボン常務と飲みに行ったんだ……」

私は、そのときの会話の一端を、ベティに披露した。

「──と、いうわけだ。俺の噂の発信源の推測はついたかい？」

「佐々木クン……？」

ベティが大きな目を瞬かせた。

「たぶんね。あの麻雀のことを知っているのは、俺と有村部長以外には、彼しかいない。でも、部長が喋るわけがない。会社での立場、ってものがあるからね。それともうひとつ。別に自慢するわけじゃないが、今、話したように、『羽鳥珈琲』のボンボン常務が、とても俺のことを気に入ってしまった……」

「つまり、梨田クンに、担当を替えられることを、佐々木クンが惧れたということ？」

「わからない。可能性のことを言ってるんだよ。そしてたぶん、営業への異動話は、有村部長が画策してるんだとおもう。それで、噂になったんじゃないかな」

ふぅ〜、と、ベティがひとつ大きく嘆息した。

「って、わけで、俺についての噂話は、これにておしまい。だいいち、こんな小物の俺のことなんて、どうだっていいよ」

私はバランタインをひと口飲んで、この話の終息宣言をした。

「なにを言ってるの。梨田クンは、小物なんかじゃないわ。わたしが見るところでは、同期のなかでは間違いなく一番の大物よ。配属された部署が部署だから、目立たないというだけよ」

「そいつはどうもありがとう。じゃ、将来の社長を目指すとするよ」

私はベティを見て、笑った。

「そうやって、なんでもかんでも茶化すのね。梨田クンの悪い癖だわ。直したほうがいいとおもう」

ベティが頰《ほ》っぺたをふくらませた。こういうしぐさは、水穂には似合わない。さりげなくできるのは、やはりベティが良家育ちのお嬢だからだろう。

ベティが、ウィスキーの水割りから、この前飲んだのと同じ、ブルーのカクテルに替えた。寿司屋での分を入れれば、もうかなり飲んでいる。カクテルはブルーでも、要注意、赤信号だ。

「さっきベティは、珍妙な人種にでも遭遇したかのような目で俺を見たけど、俺のほうからすれば、ベティも同じだよ」

「あら、わたしのどこが珍妙なのよ」

「変わった人間という意味じゃないぜ。俺はこれまでに、きみのような女の子と話したことがない、という意味さ」

危うく、寝たことがない、と言いそうになってしまった。取り繕うように、私はバランタインを口に含んだ。

「わたしのような女の子、って、どういう女の子なのよ」

ベティが、また頰っぺたをふくらませた。

「俺のカンだけど、ベティの出身校は、皇太子妃の美智子様と同じだろ？」

肯定するように、ベティが無言でカクテルグラスに口をつける。

「有名な大企業の社長の娘として生まれて、これまでの人生で、経済的に困ったことなど、ただの一度もない。それればかりか、子供のころから、ピアノまで習わされた。たぶん、これも推測だけど、うちの会社に就職するのだって、親から猛反対をされた。でも、初めて我を押し通した。ちがうかい？」

「そうよ。だから、家を飛び出して、独り立ちする、って、言ったじゃない。こんな女の子は、嫌？」

「嫌もなにも、俺にとっては、ベティは、マダガスカルかどこかの奥地にいそうな、珍種の動物ということさ。俺がこれまでつき合ってきた女性は、人妻だとか、刺青《いれずみ》のあるクラブのママとか、もうちょっとマシな子だって、喫茶店のウェートレスとか、役者志望の女の子だとか、そんなもんだった。つまり、社会の裏側で生きているような人種ばかりだった、ってことだよ」

たぶん水穂もその範疇《はんちゅう》に入る。私は空のグラスを揺すって、バランタインのお替わりを頼んだ。

「つまり、わたしのようなお尻の青い子とはつき合えない、ということ？」

ベティが大きな目を細めて、私に訊いた。

「俺は、この年にして、もうブッ壊れているからね。こんな俺とつき合ったら、きみまでブッ壊れてしまう」

「それでもいい、と言ったら？」

私は、チラリとベティを見た。

もうだいぶ酔いが回っているようで、彼女の表情には、赤信号一歩手前の、黄色信号が点《と》もっていた。

「しょうがないお嬢だな。ほら、よく言うだろ？　恋に恋する、って。きみが俺を見る目は、それと同じだよ。自分のこれまでの環境のなかには、いなかったタイプ。それが、俺なのさ。きみが興味を覚えているのは、俺にというより、これまでに見たことのない男への好奇心、というだけのことだよ。親に反抗して、冒険してみたいだけなんだよ」

「なによ、わかったようなことを言って」

ベティが怒ったように、カクテルの残りを飲み干した。

私は時計を見て、そろそろ帰ろう、とベティに言った。時刻は十時を回っていた。

「もうすこし、いいじゃない」

「駄目だ。あしたも仕事だろ？　その替わり、この前は送れなかったけど、きょうは特別サービスで、家まで送るよ」

ベティは未練げな顔をしたが、家まで送ると言ったことで納得したのか、渋々と腰を上げた。

「じゃ、お言葉に甘えて、ここはお嬢の財布から」

私はベティにウインクしてみせ、先に店を出た。

日中のポカポカ陽気の名残《なご》りをはらんでいて、酔った私の頬にはとても心地好かった。

空車を止めて待っていると、ベティが店から出てきた。

「なによ。手回しがよすぎない？　すこし散歩してから帰るのよ」

ベティはタクシーの運転手に、ごめんなさい、と言って千円札を一枚差し出した。

運転手はちょっとビックリした顔をしたが、お金を受け取ると、車を発進させた。

「そうやって、なんでも、自分のおもうとおりにしてきた、ってわけだ」

「ツベコベ言わないの」

いきなりベティが、私の左腕に腕を絡めてきた。

「しょうがねぇ、酔っ払いだな」

私はわざとぞんざいな口調で言ったが、そんな態度のベティに悪い気はしなかった。

「じゃ、五分だけだ」

ベティと腕を絡ませて、表参道の道を歩いた。

人は誰も、ただ一人旅に出て……。

ベティが口ずさんでいる歌は、今年初めに出てヒットした「風」という歌だった。

私はなんとなく、ベティの身体を引き寄せていた。

腕時計に目をやって、私は指先をパチンと鳴らした。

「よし、五分ピッタリ歩いた」

「なによ、それ」

ふくれっ面をしたベティを無視して、私は空車を止めた。

ベティをタクシーに押し込み、田園調布へ、と運転手に言う。

「味も素っ気もないのね」

「味と素っ気をつけると、そこの信号のようになるからね」

私はそう言って、大通りの赤信号に顎をしゃくった。

ふ〜ん、と鼻を鳴らしながら、ベティが私に肩を寄せてくる。

私は素知らぬふりをして、窓の外に流れるネオンを見つめた。

もし水穂がこんな図を見たら、私の頬に怒りの張り手を一発見舞い、お別れ宣言をするにちがいない。そして、彼女の心はボロボロになる。なにしろ私は、彼女の初めての男で、それも、処女を捧《ささ》げてから、まだ一ヶ月も経《た》ってはいないのだ。

「なにを考えているの？」

私の顔をのぞき込むようにして、ベティが訊く。

「なにも」

私は首を振り、俺はそんなに思慮深い男じゃないよ、と言った。

「ねぇ、梨田クン……。梨田クン、って、積極的な女の子、って、嫌い？」

「きみは、男の子とつき合ったときは、いつも、こんなふうだったのかい？」

「つき合った、って、どこまでの関係のことを言うわけ？」

「その……、つまり、男と女の関係という意味だよ」

「じゃ、つき合ったことはないわ。学生時代に、スキーに行ったり、ダンスパーティに行ったり、お酒を飲みに行ったり、そんな程度の男友だちはたくさんいたけどね」

ドキリとした。ベティも処女なのか。正直、水穂が処女だったことは予想外だったが、お嬢育ちのベティがそうなのは、うなずけなくもない。

タクシーは田園調布に近づいたようだった。ベティが道順を運転手に指示している。

砂押の住んでいた白金の一画も閑静だったが、街灯に浮かぶ区域には、大きな邸宅が建ち並んでいて、いかにも高級住宅地をおもわせる。

「ねぇ、梨田クン……。すぐに好きになってくれなくてもいいから、わたしのことを拒絶するのだけはやめてね。ちょっぴりでいいから、わたしが入り込めるほどの隙間《すきま》を、心のドアに開けててほしい」

大きな石塀の前に来ると、止めて、とベティが運転手に言った。

「きょうは、ありがとう」

車から降りるとき、一瞬の躊躇のあと、いきなりベティが私の頬にキスをし、小走りで大きな門にむかって行った。

13

日差しが強くなり、夏の匂いをはらんだ風がビルの谷間や道行く人たちの頬を撫《な》ではじめた。

試用期間の三ヶ月が終わり、七月一日付で、私は正式な社員として登用された。

その日、小野部長に呼び出されて、社員証を渡されたが、特にこれといった感慨もなかった。

「砂押先生との約束は、ここまでだよ。あとは、きみの実力しだいだな」

あとは実力しだい？　つまり、出世するかしないかは、私の仕事ぶりにかかっている、と小野部長は言いたいのだろう。

いろいろと面倒をみてもらったのに、この会社に骨を埋めるつもりはない、などとは口が裂けても言えない。

私は素直に、ありがとうございました、と部長に頭を下げた。

ベティから聞いた私についての噂のことなど、まるで気にならなかったが、しかしあれ以来私は、まるで猫を被《かぶ》ったように、静かな生活をつづけていた。

S電機への入社は、コネやツテとは無縁だった。したがって、すべて自己責任で、いつ辞めようと、クビになろうと、どうでもよかったようなものだが、この会社へは、砂押と小野部長の肩入れによって入社している。とりあえず、試用期間が明けるまでは、迷惑をかけたくない、とのおもいが働いたのは事実だった。

通行人調査の印刷報告書が出来上がると、もう私には、これといった仕事はなかった。だが珍しく私は、これを前向きにとらえた。ただ、ノンベンダラリと、この会社での勤め人生活を送るために入社したわけではない。私のような性格では、いずれは独立して、なにかをやらなくてはならない。

私は足繁《あししげ》く、資料室に顔を出しては、経済雑誌や、各種の経済リポートに目を通し、これまでの日本経済の歩みや、これからの日本経済がどうなってゆくのか、そうしたことに頭を巡らせた。

その意味では、砂押が言ったように、このマーケティング局というのは、格好の職場だった。ベティが言うように、会社のなかでは離れ小島のような部署だったが、その分、誰からの干渉も受けないし、静かに文献を読み漁《あさ》ることができる。

この五月の二十六日には、東名高速道路が全線開通し、六月には、経済企画庁が、日本のGNPが、世界第二位になったと発表し、この十年間で、日本の工業生産、増加率は世界一である、と胸を張っている。

終戦の年に生まれた私には、「焼け跡、闇市《やみいち》」、あるいは「タケノコ生活」というような言葉の断片が残っていたが、もうそれとは別れを告げる、まったく新しい時代が開けはじめている。

日本経済は、毎年二十パーセント近い高成長。この「いざなぎ景気」のおかげで、人々の年収も毎年十五パーセントずつ増加している。

そのためだろうか、会社で働く社員の誰もが、活《い》き活《い》きとしているように、私の目には映った。

資料室で経済関連の情報に目を通すとき、時々、奇妙な感覚に襲われることがあった。

戦後の日本は、経済第一主義で突っ走り、今やアメリカに次いで、世界で二番目の経済大国になった。たぶんこんなに経済が発展したのは、アメリカという大国の庇護《ひご》のもとで、他のことには目もくれずに、ただひたすら、物造りや貿易に邁進《まいしん》すればよかったからなのだろう。

だが物質的な豊かさだけの追求は、同時に、いろいろな矛盾を抱え込んでしまう。

第二次大戦が終結すると、世界は資本主義と共産主義の、東西冷戦状態を迎えてしまった。その東西冷戦の代理戦争とも言われるベトナム戦争は、アメリカの本格的介入によって、益々泥沼化し、毎日無数の兵士たちや民衆が命を落としていた。そのために、世界各地で、反戦を訴える若者たちの集会が数多く催され、フォークソングを歌うことで、胸の叫びを吐露している。

日本にもその波は押し寄せ、先月、六月二十八日の土曜日には、新宿駅の西口に七千人もの若者たちが集まる大フォーク集会が開催されて、機動隊が出動する騒ぎにまで発展した。

だがその一方で、そうしたことにはまったく関心を示さない若者たちもいる。彼らは、最新のファッションで着飾って巷を闊歩《かっぽ》し、あるいはまた、池袋や新宿のオールナイト映画館での、高倉健の演じる『昭和残侠伝』や『網走番外地』などの任侠《にんきょう》映画へも殺到していた。

ひと口に、若者たちと言うが、私も彼らと同じく、二十三歳の若者だった。

今の時代、って、どんな時代なのだろう。時々頭が混乱すると、私はデスクを離れて、喫茶店でボンヤリと考えた。

私は反戦集会に参加もしないし、フォークソングだって歌わない。流行のファッションにも興味はないし、高倉健の映画だって観ない。しかしたしかなことがひとつある。それは、私の預金通帳には四千万近い残高があり、これはたぶん、同世代の若者たちの誰よりも、金持ちだろうということだ。

なにかをしたいけど、なにをすべきかがわからない。それは私の偽らざる気持ちだった。

おめえは、好きに生きろ。人間の本質なんてのは、表の世界にはありゃしねえ。……俺もそうだったが、おめえは病葉《わくらば》だよ。それが一番似合う。

砂押の言葉が、私の耳にはこびりついている。

不安定な心。それは、水穂とベティに対しても言えた。

すでに一線を越えて、男と女の関係になっている水穂。一線を越えてはいないが、一歩間違えれば、たぶんそうなるであろう、ベティ。

水穂には水穂の、ベティにはベティの、魅力がある。その魅力も、また対照的だ。

両親を幼いときに亡くして、水商売や隠れ麻雀荘を営む姉の手によって育てられた大学生の水穂。大企業の社長の娘として育ち、なにひとつとして苦労を知らない、ベティ。

俺、って最低だな……。二人のことを考えるとき、私はそうつぶやくしかなかった。

14

土曜日の朝、出社して三十分もしないで、有村部長から内線電話がかかってきた。この前の喫茶店で待っているという。

用件を訊《たず》ねる前に、電話は切られてしまった。

もし麻雀の誘いなら断るつもりだった。午後は水穂とデートの約束をしていたし、社内麻雀はもうやらない、と決めていたからだ。

有村部長から直接電話がかかってきたのは初めてだ。なぜ佐々木を介さなかったのだろう。疑問を抱きながら、私は喫茶店にむかった。

店内の隅に、有村部長の他に三人の顔があった。内ひとりは、見たことがある。たしかA E局の、有村部長の部下のはずだ。

私を見ると、ひとりの男が補助椅子《いす》を引っ張り出して、私に席を譲った。四人座りのテーブルだったからだ。

「すみません」

私は恐縮して頭を下げた。

彼は有村部長と同年代に見える四十代、他の二人は、三十代半ばで、本来なら私が補助椅子に座らねばならない若輩者なのだ。

私の浮かない顔に、心配するな、麻雀の誘いじゃないよ、と言って、有村部長が笑った。

「初顔合わせだ。紹介するよ」

有村部長が、私を三人に紹介した。

「梨田は、この七月一日付で、正社員になったばかりなんだ」

「よろしく」

私は三人に頭を下げた。

「この三人は、だな」

部長が今度は、三人を私に紹介する。

見たことがあるとおもった男は、やはりＡＥ局所属の部長の部下で、木下。もうひとりの三十代の男は、クリエイティブ局の、竹内。そしてもうひとりの、私に席を譲ってくれた男は、クリエイティブ局と取引のある制作プロダクションの社長で、矢木。

私に席を譲ってくれた理由がわかった。つまり彼は、うちの下請けプロダクションの社長なのだ。

「噂は部長から聞いているよ。なかなか優秀なんだってな」

木下が私にむけた笑みのなかには、値踏みも含まれているように、感じられた。

「優秀もなにも、まだ入社したばかりで、仕事らしい仕事なんて、なにもしていませんよ」

土曜日で、しかもまだ早いせいか、周囲にうちの社員はおろか、客の姿もまばらだったが、私は周りの耳を気にするように、言った。

「いいじゃないか。噂になるぐらいなら、一人前、ってことだよ」

クリエイティブ局の竹内も笑う。

なるほど、と私はおもった。これが例の、「ほめっこクラブ」というやつなのかもしれない。

「それで、なんの話なんですか？」

運ばれたコーヒーをひと口すすり、私は有村部長に訊いた。

「仕事を頼みたい」

有村部長が、アッサリとした口調で言った。

「仕事？　それだったら、私の上司の、松崎課長を通してもらわないと……」

「それが、だな。あのオッサンを通すと、おまえ以外の、他のやつに回ってしまうだろ？　おまえに頼みたいんだよ」

「どんな仕事かは知りませんけど、それは無理でしょ。デスクで仕事をしてれば、課長にはわかるんですから」

「会社でやらなきゃ、わかりゃしないさ。自宅でやってもいいし、なんだったら、ホテルの部屋を使ったっていい。むろん、費用は、こっちが持つ」

「いったい、どんな仕事なんですか？」

妙な話とはおもいつつも、私は訊いた。

「広告の企画書作りだよ。プレゼンテーション用のな。企画書は、見たことがあるだろ？」

「ええ、まあ……。試用期間中は暇でしたから、勉強がてら……」

広告の企画書は、マーケティング局の保管ケースにたくさん管理されていた。その大半に、私はすでに目を通し終えている。

「大阪のK製菓だ。担当は木下で、来月早々に、プレゼンすることになっている」

そう言って、有村部長が説明する。

アメリカで人気のスナック菓子の販売権をK製菓が取得した。その販売計画、広告のプランニングを提案するのだという。

「それ、っていきなり私には、無理でしょう。現物を見たこともなければ、データの類《たぐい》だって、なにもないんですよ。それに、企画書作りの手伝いすらしたこともありません」

それは私の本音だった。

これまで目を通した企画書によると、広告をしようとする商品のマーケティングリサーチは不可欠の要素だ。商品の特性、市場規模、消費者志向に、嗜好《しこう》——、そうしたデータを独自に調べる必要がある。そしてそれらが揃って、初めて広告プランニングに着手できる。

だがそうした諸々は、松崎課長の許可があって初めてできることであって、自宅や、ホテルの一室に閉じこもってやることなど、まず不可能と言っていい。

「なに、心配は要らんよ。現物は見せるし、データの類は、この木下がすべて揃える。というより、もう外部に発注済みだ。広告のマスタープランは、俺が作成するし、それに沿ったクリエイティブプランは、竹内と矢木さんがやってくれる。つまり、おまえは、そうした諸々を、企画書にまとめてくれればいいということだ」

出来上がった企画書の印刷も、すべてこっちがやる、と有村部長は言った。

そういうことなら、なんとかできなくもない。

「でも、やはり……、松崎課長に内緒で仕事する、というのは、拙いんじゃないですか。知られたときには、私の立場がありません」

わかるわけないよ、と有村部長が、またしても、アッサリと言った。

「企画書は、矢木さんのプロダクションへの外部発注だし、おまえの名前が表面に出ることはないんだ。おまえにとっては、いい勉強になるとおもうよ」

有村部長がたばこに火を点けながら、私を見つめる。

「なっ、やってくれよ」

黙って聞いていた木下が、私に言った。

「いくらでも手助けするよ」と竹内。

矢木はひと言も発しなかった。

「返事は、今じゃなければ駄目なんですか？」

私は有村部長に訊いた。

もしこの仕事が、松崎課長を経由してのものだったら、即座に、やらせてもらう、と答えただろう。しかし、どうにも引っかかった。

「今じゃなくても構わんよ。この土、日でゆっくり考えて、休み明けの月曜日にでも返事を聞かせてくれればいい。しかし、変な摩擦は避けたいんで、おたくの課長さんには、この件は黙っててくれ」

「じゃ、私はこれで」

わかったともなんとも言わずに、私が腰を上げようとすると、また今度、羽鳥さんと麻雀をやろう、と有村部長が言った。

「あの人、おまえのことがよほど気に入ったみたいで、おまえを入れて麻雀をやろう、とよく電話がかかってくるんだよ」

「そうですか……」

私は他の三人に軽く頭を下げてから、喫茶店を出た。

席に戻っても、なんとなく松崎課長の顔を見られなかった。

私はたばこを吹かしながら、保管ケースから引っ張り出した、某社のチョコレートの広告企画書を、お昼まで読みつづけた。

そして終業時間になると、すぐにデスクを立った。

水穂との待ち合わせの喫茶店には、約束の時間よりも早く着いた。

ここ数日、日差しが益々夏らしくなって、スーツを着ているのが暑い。上着を脱いでいると、入り口に水穂が入ってくるのが見えた。

水玉模様のミニのワンピースに、首には白いロングスカーフを巻いている。この五月ごろから、若い女性の間では、ロングスカーフが大流行していて、街なかを歩いていても、このファッション姿の若い女の子をとても多く見かける。

私の隣のテーブルにいる、私と同世代のサラリーマン風の男二人が、水穂のほうを見て、なにかささやき合っていた。

水穂はスタイルがいいし、それにまあ美人で目立つ。彼女の姿に、彼らの目が奪われるのはわからないでもない。

「わたし、遅れちゃった？」

座るなり、水穂が腕の時計を見る。

「時間どおりだよ。でも、きょうはずいぶんとお洒落してるじゃないか」

「どう？　似合ってる？」

水穂が白いロングスカーフを、ちょっと気取ったしぐさで、指先でハラリと弾《は》ねた。

「ああ、とても似合ってるよ。ふるいつきたくなるぐらいだ」

私は隣のテーブルの若い男たちの目を気にして、小声で言った。

ほんとうは、化粧もちょっと濃くなったと言おうとしたのだが、やめた。これは、誉め言葉ではない。それに、私の頭のなかには、流行になど左右されずに自分好みの服装をし、化粧もほどほどのベティの顔が浮かんでいたからだ。

水穂がソーダ水を注文してから、ふとおもいついたように、言った。

「そうだ、マー君。お昼を食べたら、先にデパートに行こうよ」

きょうは、昼食後に、水穂のリクエストで、渋谷駅の裏手にあるプラネタリウムに行く約束をしている。

「デパート？　なにしに行くんだい？」

「だって、わたしはこんなにお洒落しているのに、マー君ったら、そのスーツ、春先からずっと同じじゃない。この七月で正社員になったんだから、そのお祝いに、わたしが夏物のスーツをプレゼントしてあげる」

「そいつはどうも、ありがとう」

隣の若い男たちの視線が、どうにも気になってならなかった。

水穂がソーダ水を飲み終わるのを待って、私はさっさと腰を上げた。

うどん屋での軽い昼食を終えてから、道玄坂の横の道を水穂と一緒に歩いた。この先に、オープンしてまだ間もないT百貨店の本店がある。大人物の衣服を揃えていることで知られていた。

通行人調査が終わったあとも、水穂とは何度か会っていた。

男と女の仲というのはふしぎなもので、一度身体の関係を持ってしまうと、それまでの抵抗感がまるでなくなって、寝るのがごくふつうのことのようになってしまう。会って食事をし、そのあとですこしお酒を飲み、そして自然とラブホテルの門をくぐってしまう。逢瀬《おうせ》を重ねる毎に、ベッドでの水穂は積極的になってきていた。

プラネタリウムで星空を観て、そのあと夕食をし、バーで酒を飲む。そしてたぶん、今夜の最終コースはラブホテルだ。

あれ以来、ベティとも何度か会っていたが、むろん水穂との約束がないときを選んでいた。そしてベティとのデートでは、私は夜の十時以降まで彼女を引っ張り回すことはなかった。その時間を超せば、一線を越しそうな気がして、自重していた。

だが、そのことでベティが、特に不満顔を見せることはなかった。彼女は、彼女の言葉どおりに、私が彼女のための、ちょっとした心の隙間を作ってくれている、とおもっているようだった。彼女にとっては、それだけでうれしいらしい。

「やじろべえ、みたいだ……」

つぶやいた私に、なんて言ったの？　と水穂が私を見る。私は首を振って、デパートへの道をトボトボと歩いた。

「でも、ミホ。プレゼントすると言ったって、学生の分際で、そんなにお小遣いを持っているのかい？」

デパートの紳士服売場に着いたとき、私は心配げに水穂に訊いた。

「お姉さんに貰ったから大丈夫。五万円も、よ。女の子は、お洒落しなくちゃいけない、って言ってね。わたし、姉のあんな仕事を手伝わされてるんだもの。当然の権利でしょ」

「じゃ、吊るしの、安いのでいいよ」

「まあ、マー君は、吊るしでも似合うものね」

水穂が笑って、吊るしのコーナーから、一点見つくろった。麻の混じった、軽そうなスーツで、いかにも夏向きの代物だった。

「マー君は、この薄い茶色が似合うのよ」

試着室で着てみると、サイズはピッタリだった。ズボンの丈直しは、あしたできるという。月曜に受け取ることにして、デパートを出た。

「ミホ。ありがとう。でも、二万円の出費は痛かったろう」

渋谷駅のほうに戻りながら、私は水穂に礼を言った。

「そりゃ、痛いわよ。マー君にとっては、二万円なんて、どうということもないでしょうけど。でも、いいわ、そのうち何倍にもして返してもらうから」

そのとき、三十代半ばに見える女性が、水穂に声をかけてきた。

「ちょっと、すみません。お嬢さん」

「なにか……?」

立ち止まった水穂が、怪訝な顔を女性にむける。

女性は、私にも、失礼、ごめんなさい、と言って頭を下げた。

「わたし、こういう者なのですけど」

女性が名刺を取り出して、私と水穂に見せる。

「記者の方……？」

名刺には、朝経新聞文化部　山吹今日子　と記されていた。朝経新聞といえば、三大紙のひとつだ。

短髪に、パンツ姿。キリリとした顔は知性を感じさせる。笑顔や物腰にも品がある。念のため、と言って、女性は社員証まで、私たちに呈示した。

「それで、なにか……？」

水穂が目を瞬かせる。

「失礼ですけど、貴女《あなた》、学生さん？　それとも、もうお勤めに？」

山吹という女性記者は、私にはまったく関心がないようで、水穂だけを見つめながら、訊いた。

「学生ですけど……」

「わぁ、よかった」

女性記者が口元をほころばせた。

「で、どちらの？」

「A学院の四年生です」

素直に明かしはしたが、水穂の顔はすこし不安げだった。もしかしたら、姉のやっている隠れ麻雀荘のことが頭をかすめているのかもしれない。

「ちょっとお話を聞いてください」

女性記者が、人通りのないビルの陰に私たちを誘った。

「じつは、うちの文化部で、『最近の女子学生のファッション』という特集記事を組むことになったんです。それで、それにふさわしい学生さんを探していたんですよ。貴女《あなた》のその姿、遠目で観察してたんですけど、とてもすてきだった」

「つまり、わたしに、そのモデルに、と……？」

水穂が、私に困惑の目をむけた。

「掲載は、来週の日曜版です。だいぶ大きな特集なのよ。もし、ＯＫしていただけるなら、ご無理をお願いして、あしたの日曜日に、写真を撮らせていただければ、と。カメラマンを連れてきます」

「困ったなぁ……」

助けを求めるように、水穂が私の顔をうかがう。しかし、話の趣旨がはっきりしたことで、言葉とは裏腹に、水穂の表情は、困ったようには見えなかった。むしろ、うれしそうだった。

「いいじゃないか。協力してやれよ」

私は、水穂の背を押してやった。

「こちらの男性《かた》は、恋人なの？」

笑いながら、女性記者が水穂に訊く。

「ええ、まあ……」

水穂の顔が、ちょっと赤くなった。

「わかりました。で、どうしたらいいんですか？」

「ありがとうございます。では、あしたの午後一時に、ハチ公前でお待ちしています。服装は、きょうのこのファッションで、お願いします。それと……。とっても微々たる金額ですけど、謝礼も用意させていただきます」

そう言ったあと、大変、肝心なことを訊き忘れていました、お名前は？　と女性記者が水穂に訊く。

「服部水穂です」

「お名前も、とてもすてきですよ」

一礼すると、お邪魔しました、と言って、女性記者は、足早に渋谷駅のほうに去って行った。

「ふ〜ん。ミホがモデルデビュー、ねえ」

私は水穂の全身に目を走らせ、冷やかしを込めて笑った。

「どう？　うれしい？」

「俺がうれしがったって、しょうがないだろ。でも、お姉さんは喜ぶんじゃないか。せいぜい自慢してやりなよ」

「なんで、マー君がうれしくないわけ？　恋人が街角で、新聞のモデルにスカウトされたのよ。鼻高々じゃない」

「誰にむかって、鼻を高くしろ、っていうんだい？」

「手当たりしだいによ。マー君の友だちとか、会社の人に、とか。そうだ、この間の、ベティという女性《ひと》には、ぜひ教えといてね」

一瞬、水穂の目が光ったように見えた。

「バカか。おまえは」

私は水穂の言葉を無視して、駅のほうに歩きはじめた。


暗くなった天井一面に、まるで無数の小さなビーズの玉を撒《ま》き散らかしたかのように、光の粒が煌《きら》めいている。そして、静かな音楽に合わせて、その小さな光の粒はすこしずつ移動していた。

私と水穂は、リクライニングシートを倒して、プラネタリウムの繰り広げる星の世界に見入っていた。

場内はほぼ満席だったが、驚くほどに静かで、都会のド真ん中にいるのに、まるで誰もいない田舎の野原で夜空を見上げているような気分だった。

プラネタリウムがどんなものなのかは知っていたが、実際に観るのは初めてだった。

「どう？　きれいでしょ？」

水穂が私の耳元に口を寄せ、聞こえるか聞こえないかのような小声でささやき、そっと私の手を握った。

正直なところ、私はすこし照れくさかった。水穂に手を握られたことが、ではない。こうして、若い女の子の水穂と一緒に、プラネタリウムの星空を観ている自分に、気恥ずかしさを覚えていた。

十八歳のとき、初めて女を知った。三つ年上の、テコだった。以来、何人もの女と寝た。しかし、その過去の誰とも、こんなデートをしたことはなかった。

会えば、お茶を飲んで食事をし、そのあとは、酒で酔い潰れて、最後は枕を共にする。それが、私の女との時間のすごし方だった。

私と同世代の仲間たちの話によると、彼らのデートとは、映画やコンサート、あるいはボウリング、野外なら、ドライブだの遊園地に行ったりして楽しむらしい。

プラネタリウムの星空を見上げながら、私は午前中に、有村部長から持ちかけられた仕事の話について考えていた。

この前ベティは、有村部長についての良くない噂を、私に聞かせた。松尾専務同様、彼も社外に個人的なプロダクションを設けて、私腹を肥やしているというのだ。

松崎課長を通さないのは、私に仕事をやってほしいからだ、と有村部長は言った。それに、木下と竹内の、いかにも取ってつけたような、私へのヨイショぶり。名前どおりの、ヤギのような顔をした、制作下請けプロダクションの社長、矢木など、ひと癖もふた癖もありそうな人物だった。

広告のマスタープランは、有村部長自ら作成し、木下はマーケットデータを提供し、それに、クリエイティブの竹内は制作を担当するという。

私はすべてをまとめるだけでいい、というが、社内のスタッフで作る企画書を、なぜ矢木のプロダクションに発注する形を取るのか。

有村部長の立場なら、どんな芸当だって可能だろう。

答えは、はっきりしている。きっと営業開発費を矢木のプロダクションに払ってキックバックさせるつもりなのだ。

ねぇ、と言って、水穂がまた私の耳元に口を寄せた。そして、ささやく。

「わかってる？　あれが魚座で、わたしの星座よ」

うん、と私はうなずいた。

しかしほんとうのところは、水穂が指差した星座のことなど、なにもわかってはいなかった。ずっと有村部長のことを考えていたので、場内に流れる星の解説など、まるっきり耳に入っていなかった。

「周りの人に迷惑だから」

私は水穂の小声より、もっと小さな声で言って、彼女の口を塞いだ。

暗いなかでも、水穂が不服そうな顔をしたことはわかったが、それっきり彼女は沈黙した。

プラネタリウムが終了し、場内が明るくなった。

ビルの外に出たときは、もう夕刻の五時近かった。だが夏の日は長い。昼の光が残っていて、とても明るい。

「ここのバウムクーヘン、とてもおいしいのよ」

ビルの一階にある洋菓子店に、水穂が私を誘った。

「夕食が食べられなくなるぜ」

「ケーキは、別腹なのよ」

私は甘い物はあまり好きではない。苦笑し、水穂に従って、洋菓子店に入った。

若い男女の客で混み合っていた。空席を目ざとく見つけた水穂が、他の客を押しのけるようにして座る。

「色気より、食い気かい」

「当然よ」

水穂が、紅茶とバウムクーヘンを注文する。

「マー君さぁ、さっき適当にうなずいたでしょ？」

「なんの話だ？」

「じゃ、魚座は、なんで、わたしの星座なのよ」

一瞬、私は言葉に詰まった。しかし、博打で培ったヤマカンを働かせた。

「決まってるじゃないか。ミホの誕生日は、三月二十日。その日、初めて、ミホと一緒に焼きうどんを食べた」

「エラい。覚えててくれたんだ」

「店のママ、強烈だったからな。忘れるわけがない」

考えてみれば、あれからもう、四ヶ月近くになるのだ。

「どう？　嫌がってたけど、プラネタリウム、って、すてきだったでしょ？」

紅茶に角砂糖を放り込みながら、水穂が訊く。

「うん。まあまあ、だった」

私も紅茶に角砂糖を入れ、曖昧《あいまい》に答えた。

「なによ、それ。ホント、張り合いがないんだから」

すこしふくれっ面をして、水穂がバウムクーヘンのフォークを動かす。

「俺に、こんなことを言ったやつがいた。人間には、星空を見て、ふしぎにおもうやつと、きれいにおもうやつの、二通りがいる、って」

「それって、どういう意味？」

バウムクーヘンをカットするフォークの手を止め、水穂が首を傾げる。

「星空を見て、きれいだな、とおもうやつは、人生でほどほどの幸せを得ることができる。たぶん、失敗らしい失敗もあまりしない、と言うんだな。もうひとつの、星空を見て、ふしぎにおもうやつは、人生で最大の幸せを得るか、最低の人生を送るかの、どちらかだ、と言うんだ」

「どうしてよ？」

わけがわからない、とでもいう顔で、水穂が私を見つめた。

「つまり、だな……。きれいとおもう人間は、ごく素直に、すべての事象をそのまま受け入れる心の持ち主で、ふしぎとおもう人間は、冒険心と懐疑心の強い人間だ、と言うんだ。そ・

ういう人は、あのたくさんの星はどうしてできたんだろう？　あの星々のむこうは、どうなっているんだろう？　とそんなことを考えてしまう。それはつまり、人生でも同じだと言うんだ。今、幸せであっても、その幸せを素直に受け止めない。この幸せは、なんだろう？　この幸せの先には、もっと大きな幸せがあるのではないか、と頭を巡らせてしまう」

「ふ〜ん。わかったような、わからないような理屈ね」

で、誰なのよ？　そんなことを言った人は？　と水穂が訊いた。

「高校時代の学友だよ」

「なんだ。もっと偉い人かとおもった」

水穂が拍子抜けした顔をした。

その学友は、数学や物理の成績が学年のナンバーワンで、特に幾何の閃《ひらめ》きなど天才的だった。テストはいつも満点で、しかも開始からわずか二、三十分ほどで、答案用紙を提出してしまう。

高校三年生の夏のある夜、私は彼と一緒に海岸に行ったことがある。浜辺の砂の上に寝転がって、夜空の星を見上げながら、彼が私に訊いた。

梨田、星空をきれいとおもうか？　ふしぎとおもうか？

私は、ふしぎだとおもう、と答えた。

そのとき彼は、じゃおまえは、人よりも大きな幸せを摑むか、最低の人生を送るか、そのどちらかだ、と言って笑った。

そして同時に、私にはチンプンカンプンな、ジョージ・ガモフという理論物理学者の名を挙げ、彼が発表した「火の玉宇宙」というアイデアや、「ビッグバン宇宙論」について、熱っぽく語った。

彼は現役で、東大に入学したが、三年生のときに自ら命を絶ってしまった。

「ごめん。気を悪くした？」

彼のことをおもい出して黙り込む私を見て、水穂が謝った。

「いや、気なんて悪くしてないよ」

水穂に話しても、彼のことはわかってもらえないだろう。

私は彼女を促し、腰を上げた。

15

休み明けの月曜日、昼食を簡単に済ませてから、水穂にプレゼントされたスーツを受け取りに、T百貨店の本店に顔を出した。

受け取ってすぐに帰るつもりだったが、気紛《きまぐ》れ心が起きた。

出来上がったスーツを着て、着てきたほうのスーツを袋に包んでもらった。鏡に映してみると、自分ながら、なかなか似合っているとおもった。

その自惚《うぬぼ》れが、また気紛れ心を刺激した。

流行は、いつも季節を一歩、先んじている。紳士服売場には、もう秋物のスーツがたくさん並んでいた。

ショッピングが大嫌いな私が、デパートに顔を出すことなど滅多にない。

この際ということで、夏物のスーツをもう一着、それに秋物も二着、さして選ぶこともせずに購入してしまった。

一度に、四着ものスーツをまとめ買いする客などいないのだろう。応待した女性従業員は、目を白黒させている。

新しく購入したそれらは、この土曜日に引き取りに来る、と言って、私はデパートを後にした。

会社に戻ると、隣の菅田先輩に、アレッ、という顔をされた。

「まるで、忍者だね。午前中のきみは、どこに行っちゃったの？」

「甲賀の里に捨ててきました」

私は照れくささを隠して、笑った。

「いいなぁ、若い人は。とても似合ってるよ」

「若い、だなんて、菅田さんだって、まだ若いじゃないですか」

「三十五じゃ、もう若くなんてないよ。それに、女房持ちの身では、新しいスーツなんて、なかなか買えない」

そう言って、菅田先輩はすこし羨ましそうな顔をした。

たしかにそうかもしれない。詳しくは聞いていないが、菅田先輩は、二年前に結婚したらしかった。彼の給料では、ヤリクリは大変だろう。

「でもね……」

周囲をチラリと見てから、菅田先輩が声をひそめて言った。

「こんなこと言っちゃ、アレだけど、この局にいる人間、って、皆、地味だろう？　きみなんて、ほんとうは、営業のほうがむいているとおもうけどな」

「僕は、地味じゃないですか？」

「自分だって、そんなふうにはおもってないくせに」

菅田先輩は、いたずらっぽく笑ってから、デスクの書類に、ペンを動かしはじめた。

この先輩は、ほんとうにいつも生真面目に、コツコツと仕事をする。だがそれが自分の人生だとでも言うように、決して、不満や不服を口にすることはない。

たぶん、彼は、星空を見て、きれいだな、とおもう人間にちがいなかった。

今、自分の目の前にある幸せで、十分に満足しているのだろう。

午前中から姿の見えなかった松崎課長が、席に戻ってくるなり、私を呼んだ。

「正社員になってからの初仕事をやってもらおうとおもってね」

松崎課長が書類を手に、私を会議室に連れて行った。

「これなんだが……」

課長が私に見せたのは、モデルハウスが写されたパンフレットだった。

「知ってのとおり、世の中は、マイホームの一大ブームだ。これは、T不動産が、この秋に売り出す分譲住宅のモデルハウスだよ」

絶好調の経済を背景に、個人所得が伸び、夢のマイホームという言葉が、夢ではなくなってきている。世の中は正に、個人住宅の建設ラッシュで、先月、六月の初めには、東京都の多摩町で、多摩ニュータウンという、大規模宅地開発の起工式まで行われたほどだ。

T不動産は、T電鉄グループの不動産会社で、ここ二、三年、T電鉄沿線での宅地分譲を強力に推し進めている。

「分譲地は、『溝の口』の奥の三十区画。この秋に売り出されるんだが、それで、ひと足早く、来月の半ばに、モデルハウスの見学会を開催することになった」

　たぶん大勢の客が押し寄せる。どんな客層が見学に来るのか、アンケート調査を実施して分析するのだという。

「その調査票を作成してほしいんだ。当然、その調査結果は、販売戦略に生かされることになる。過去にも、似たような調査をしたことがあるので、参考となる資料はあるよ。どうだい？」

「わかりました。で、その調査の実施も、僕がやるんですか？」

　この間の通行人調査では、アルバイトを大勢使ったが、内容はともかく、あれはあれで、なかなか骨の折れる仕事だった。

「いや。実施は、うちと取引しているリサーチ会社にやらせよう。梨田クンは、監督するだけでいい。むろん、最後の報告書は作成してもらうけどね」

　下請けに出せば金はかかるが、T不動産は儲《もう》かっているからな、と言って、松崎課長は笑った。

「じゃ、これまでの参考資料に目を通して、調査票の原案を考えてみてくれ」

「了解です」

「ところで、そのスーツ、おニューじゃないのかい？」

「ええ。一張羅ばかり着てんじゃないよ、って、怒るやつがいましたんで」

「いいなあ、きみは。若いし、金持ちだし、今、こっち方面じゃ、絶好調だろ？」

松崎課長は小指を立てて、笑った。

席に戻ると、待っていたかのように、内線電話が鳴った。

予想どおり、有村部長からだった。喫茶店で会おう、と言う。

わかりました、と言って、私は腰を上げた。

喫茶店には、有村部長がひとりいるだけだった。

私は部長に軽く頭を下げ、むかいの席に座った。

「で、どうだ？　結論は出たかい？」

たばこをくゆらせながら、有村部長が目を細めて訊く。

「いいですよ。やります」

星を見てふしぎにおもうように、この会社の実態を、私はふしぎにおもっていた。ふしぎにおもうことは、足を踏み込んでみなければ、わかりはしない。

「そうか。それは、良い判断だよ。会社の主流に乗るためには、社内で顔を売らないとな」

自信満々な顔で、有村部長が言った。

つまり部長は、社内では主流にいる、との認識があるのだろう。

「マーケティングのデータは、一週間後ぐらいには届く、と木下は言っていた。それが届いてから、あらためて打ち合わせをすることにしよう」

「わかりました」

うなずき、私は通りかかったウェートレスにコーヒーを頼んだ。

「ところで、あれ以来、あそこにはまったく顔を出してないようだな」

「羽鳥常務から聞いたんですか？」

「いや、別の人間だ。常務も二度ほど麻雀をしに行ったらしいが、おまえの姿は見なかった、と言ってた」

「別の人間……、って？」

有村部長がニヤリと笑い、銀座のお竜だよ、と言った。

「接待のときは使ってくれ、と言ってたから、先週、彼女のクラブに顔を出したんだ。そのとき、彼女が言ってたよ。おまえの麻雀は、プロ級だそうだ」

「それは、彼女のほうでしょ。この前は、ツキがなかっただけですよ」

「俺の目から見れば、二人共、プロ級だよ」

有村部長がまたニヤリと笑い、うちのやつらじゃ、おまえにカモにされるだけだな、と言った。

「彼女、この前の負けがよほど悔しかったらしく、あそこに時々電話して、おまえが来てるかどうか、たしかめてるそうだ。もしいたら、リベンジ戦をするつもりらしい。しかし、いつも肩透かしばかりで、ママからは、まったく顔を出していない、と言われたとのことだ」

「そういうことですか。なにかと忙しかったものですから」

私は運ばれたコーヒーに口をつけた。

社内での私の噂を耳にしておとなしくしていた、とは言わなかった。もしそれを部長に教えれば、発信源が佐々木であることに、すぐに気づいてしまう。

水穂は会ったときも、電話で話したりするときも、麻雀屋のことには一切触れない。しかし、桜子が、私のことを訊ねる電話をかけてきていることは知っているはずだ。たぶん意図的に、私には教えずに、無視を決め込んでいるのだろう。

16

有村部長と別れてデスクに戻ったが、私は、すこし憂うつだった。

部長から土曜日に話を持ちかけられたとき、返事を保留したが、じつのところは、受ける気などまったくなかった。

ベティが教えてくれたように、たぶんあの話は、会社に対する背信の仕事で、有村部長たちの私腹を肥やすだけ、とおもったからだ。

だが、水穂とプラネタリウムで星空を観ているうちに、気持ちが変わった。

私は香澄の心を追い詰めて死に追いやったし、露見すればお縄を頂戴するような、高額の賭け麻雀だってやっている。プラネタリウムに輝く、あのきれいな星々とは無縁な生き方をしているのだ。

星を見てきれいにおもうか、ふしぎにおもうか、と私に訊いた友人は、とても純粋ないいやつだった。香澄といい、彼といい、純粋な心を持った人間は、社会と適合できずに、自ら命を絶ってしまう。延命治療を拒否した砂押だって、ある意味、同じだろう。

私は正義漢でも、道徳家でもない。むしろ真逆の心根を持って生きている人間だ。

この世にあるものをなんでも見て生きろ、と砂押は言った。そのとおりだと私はおもった。

そして昨夜、布団のなかで、有村部長の申し出を受ける決心をしたのだった。

夕刻、水穂から電話があった。

——ねぇ、ちゃんと、スーツを受け取りに行った？

「ああ、行ったよ。ありがと、な」

——なによ、その言い方。全然、心がこもってないわ。

で言った。

「会社での、私用の長電話は、あまり好きじゃないんだ」

隣の菅田先輩はおろか、近くには誰ひとりとしていない。でも私は、わざとらしく、小声で言った。

――じゃ、これからどこかで会わない？　もう、退社時間でしょ？　わたし、きょうからは、土、日を除いたすべての日に、麻雀屋に行かなきゃならない羽目になっちゃったのよ。純平《じゅんぺい》の後釜《あとがま》で働いていた人物が、急に辞めてしまったらしい。

「わかった。じゃ、一時間後に、例の喫茶店で会おう」

水穂は、昨日の日曜日の撮影につき合ってほしい、と言ったが、私は断ってしまった。恋人のモデル撮影にノコノコ顔を出すほど間抜けじゃない、というのが断った理由だが、水穂はふくれっ面をして、昨夜は私の部屋に電話の一本もかけてはこなかった。

帰り仕度をしていると、今度は、ベティから内線電話がかかってきた。

どこかで食事をどう？　と言う。

水穂は私と会ったあとは、麻布十番の麻雀屋に行く。

七時半でよかったら、と私は言った。

――ヤッタァ。

ベティの陽気な声と一緒に、彼女得意の、指をパチンと鳴らす音が、私の耳に届いた。

窓際に水穂の姿が見えた。土曜日の水玉模様とはちがって、きょうは白地のワンピースに、黄色のロングスカーフを首に巻いている。

私を目にすると、水穂は白い歯を見せて、軽く手を上げた。

テーブルに座ろうとする私に首を振り、水穂が腰を上げる。

「七時までに、あそこに行かなくちゃいけないの。お茶してる時間なんてないから、どこかで食事を奢ってよ」

ベティとの約束が頭をよぎった。

「まだ、あまり腹が減ってないんだよ」

瞬間、水穂がふくれっ面をした。

「じゃ、あんな所で、食事をしろ、って言うの？」

「わかった」

伝票を手に、私はレジにむかった。

店を出ると、水穂が不機嫌そうに、言った。

「マー君。最近、チョット、冷たくない？」

「どうしてだよ」

「きのうの撮影にも、来てくれなかったし」

「だから、言ったろ？　あんな場面にノコノコ顔を出す男なんて、ロクなモンじゃない、って」

「わたしがモデル撮影されるのよ。うれしくないの？」

「うれしいさ。陰で、こっそりと喜ぶのが、男というもんだ」

「ホント？」

いきなり水穂が腕を絡めてきた。そして、耳元で小声で言った。

「言うの遅れたけど、スーツ、とても似合ってるわよ。でも、どこで着替えたの？」

「デパートでだよ」

「さすが早業。でも、女の子には、その業は禁止よ」

私がおもわず苦笑したとき、路地から出てきた男に、声をかけられた。

佐々木だった。私の歓迎会に顔を出していた同期の男と一緒だった。

「なんだ、お二人さんは、そういう仲だったのか」

佐々木が水穂の全身に視線を走らせながら、冷やかすように、言った。

「俺だって若いんだ。デートぐらいするさ」

なにを言われようと気にならないが、ちょっと嫌な気がした。

口の軽い佐々木のことだ。羽鳥に、面白おかしく報告するのではないだろうか。

水穂が私の腕を軽く引いて、促した。

「じゃあな」

私は佐々木と、もうひとりに軽く会釈をして、背をむけた。

「あの男《ひと》、この前の麻雀のときに、怒って、帰っちゃった男《ひと》でしょ？」

「ああ。あまり、見られたくないやつに、見られちゃったな」

「どうして？　同じ会社の男《ひと》なんでしょ？」

「だから、よけい拙いんだ。あいつ、口が軽い」

「会社の人たちに知られたって構わないじゃない。それとも、なにか困ることでもあるの？」

ふと、気づいたように、まさかベティさんのことを気にしてるんじゃないでしょうね、と水穂が言った。

「ベティ？　なんで俺が、彼女のことを気にしなくちゃならないんだい？」

歩みを止めて、私は水穂に、ちょっと大袈裟ぎみな、訝る表情を見せた。

「ちがうのなら、いいのよ」

私の腕を引いて、水穂が通りすがりの寿司屋を、暖簾越しにのぞく。

「一時間ぐらいしか時間がないし、それに、なんとなく安そうだわ」

店に入る水穂の背を見ながら、連チャンか、と私はつぶやいた。じつはベティとは、先日の西麻布の寿司屋に行く約束をしているのだ。

「えっ、なに？」

私のつぶやきが耳に入ったのか、水穂が振り返った。

「いや、なんでもないよ」

カウンターの隅に、水穂と肩を並べて座った。客は、ひとりいるだけで、暇そうな店だった。

七月に入ってから、急に暑くなった。特にきょうは、スーツの上着を着ていると、汗ばんでくるほどだ。

「好きなモンを頼んだらいいよ」

上着を脱ぎ、私は店主にビールを頼んだ。わたしも、と水穂が言う。

水穂とつき合うようになってから、寿司屋には何度か入った。今では、もう、彼女の注文の口ぶりは慣れたものだ。ウニに、アワビに、白身に、と好きなように頼んでいる。

「で、撮影は、どうだったんだい？」

「バッチリよ。カメラマンの男《ひと》が、とてもすてきだ、と誉めてくれたわ。それに、道行く人たちまで、立ち止まって、わたしを見るの。ちょっと照れたけど、満更でもなかったわ」

「なるほど。それは、よかった。で、お姉さんには報告したのかい？」

「もちろんよ。とても喜んでたわ」

店主が、ビールをカウンター越しに置いてくれた。

「じゃ、新人モデルさんに、乾盃だ」

水穂がうれしそうに、私のグラスにグラスを合わせる。

この暑さで、冷えたビールが喉《のど》に心地好い。

「ねえ、マー君。マー君の会社に夏休みはあるの？」

ウニの軍艦巻きを頬張りながら、水穂が訊いた。

「学生じゃあるまいし、そんなものはないよ。休みが欲しかったら、有給休暇を使うんだよ。もっとも、入社したばかりの俺には、ほとんどないけどね。ミホの大学の夏休みは、いつからなんだい？」

「あと、二週間もしたらよ。ねぇ、マー君。わたし、八月にグアムに行ってきてもいい？広研の仲間たちに、その計画が持ち上がっているのよ」

今月いっぱいは麻雀屋の手伝いをする、という約束で、姉の佳代ママからは許しをもらっているという。

「じゃ、行ったらいいじゃないか。俺の許可なんて要らないよ」

「それが、要るのよ。だって、姉ったら、費用は、恋人のマー君に出してもらいなさい、なんて言うんだもの」

なるほど、と私はおもった。さすがに女の身で、銀座のクラブをやっているだけのことはある。しかし、この前の純平の金の持ち逃げ事件の対応といい、チャッカリしているというより、佳代ママの金銭への執着心を感じさせる。

「わかった。いいよ。費用は俺が出してやるよ。スーツをプレゼントしてもらったお礼だ」

「ホント？　ありがとう」

水穂が私の耳元に口を寄せ、マー君、愛してるわ、と小声で言った。そして喜色満面で、私のグラスにビールを注ぐ。

「じゃ、早速、パスポートの申請をしなくっちゃ」

そうだ、と言って、水穂が私を見る。

「マー君、パスポートなんて、持ってないでしょ？　この際だから、一緒に取ろうよ。これからの社会人は、外国のひとつやふたつ見ておかなきゃ。でないと、大きな人間にならないわよ」

「そんなモン、必要になったときに取ればいいさ」

口にした瞬間、私の頭のなかに、ある人物の顔が浮かんだ。

坂本。下の名前は忘れてしまったが、私より五つ六つ年上の男で、その若さにもかかわらず、大阪に数軒のアルサロ店を持つかたわら、旅行会社を経営している。

坂本とは、大阪の雀荘で、やくざやパチンコ店の親爺を交えて、ひと晩で数百万も動く賭け麻雀を打った間柄だ。

麻雀もプロ級だったが、金にもきれいな男だった。彼は私が気に入ったようで、旅行会社をやったらどうだ、と持ちかけられたこともある。

東京に支店を出すようなことを言っていたが、彼は今、どうしているのだろう。

「どうしたの？　マー君。全然、食べないのね」

「あまり、食欲がない、と言ったろ」

正直なところ、このあとでベティと行く寿司屋に比べると、さほど旨そうな寿司には見えなかった。おざなりのように、私はアワビの握りをひとつ、口に放り込んだ。

このところ、麻雀とはすっかりご無沙汰《ぶさた》している。きょうの有村部長の話では、桜子は私との勝負を熱望しているらしい。

坂本、桜子、有村部長、そして私。この四人で打つ麻雀を想像した。羽鳥はクライアントだし、腕が一枚、落ちる。だから、彼は敬遠したかった。

「ところで、きょう、うちの部長に聞いたんだが、『銀座のお竜さん』、俺と麻雀をやりたい、と言って、雀荘に電話してるそうじゃないか。そのこと、ミホは知ってるんだろ？」

「知ってるわよ」

アッサリと水穂は認めた。

「だって、わたし、あの女性《ひと》、嫌いなんだもの。マー君と打ってほしくない」

「それは、俺たち麻雀打ちの世界では、勝ち逃げ、と言って、最も卑怯《ひきょう》なヤリ口なんだ。グアム旅行の費用も出してやるんだし、一度ぐらい認めろよ」

グアム旅行の費用を出してやる、とのひと言が効いたのか、水穂は私が桜子と麻雀をやることを、渋々ながら承諾した。

店の隅の赤電話から電話していた水穂が、戻ってくると、言った。

「もうすこしゆっくりしたかったのに、もう誰かが麻雀をしてるんだって。急いで来るよう、姉に言われちゃったわ」

「じゃ、送ってやるよ」

時刻は七時十分前。水穂を麻布十番まで送ってやれば、西麻布にはちょうどいい時間に着く。

店主に勘定してもらった。五千円ほどで、西麻布の寿司屋の三分の一ほどだ。

タクシーに乗ってから、私は水穂に訊いた。

「そのロングスカーフファッション、気に入ってるみたいだな」

「流行ってるんだもの。マー君は、これ、嫌い？」

「嫌いもなにも、ファッションになんて、興味はないよ。でも、新聞記者の目に留まるぐらいだから、ミホには似合ってるんだろう。しかし、ロングスカーフを巻いている女の子がやたらと多いから、ミホと見間違えて、声をかけてしまいそうだ」

「マー君、サイテー。もしそんなことしたら絶交だからね」

水穂が運転手を気にしながら、私の股間《こかん》に指を伸ばして、おもいっきり、つねり上げた。

「イタッ……。やることも、段々、大胆になるな」

麻布十番のマンションの前に着くと、すこしのぞいていく？　と水穂が訊いた。

「いや、やめておくよ。そんな気分じゃないから」

きょうはもう部屋に帰って寝る、とうそをついて、私は水穂を送った。

17

西麻布の寿司屋には、約束した七時半よりすこし遅れて着いたが、ベティはまだ来ていなかった。

時刻が時刻だけに、店内はほぼ満席で、幸運にも二席だけが空いていた。

「いらっしゃい」

砂押が亡くなったことを教えたせいか、私を見る親爺の目はやさしかった。

「先生の遺《のこ》したボトルがあるんだけど、おたくが引き継ぐかい？」

「ええ。もし構わないなら、そうさせてください」

親爺が置いたのは、バランタインの三十年物だった。

寿司ダネを肴に飲んでいたが、ベティはなかなか現れなかった。

むこうから誘ったくせに……。三十分ほどがすぎて、さすがにすこしムッとした。もう一杯だけ飲んで、それでも来ないようなら帰ろう、と決めた。

そして、その一杯が空になり、腰を上げようとしたとき、ベティが入ってくるのが見えた。

申し訳なさそうな顔をしているどころか、ちょっと怒っているように見えた。

「ごめん。待たせて」

座ったベティの口調は、謝っているようには聞こえなかった。

「なにか、あったのかい？」

「とりあえず、それを飲ませて」

ベティが、バランタインのボトルを指差した。

親爺が出してくれたグラスにバランタインを注いでやった。

ひと口飲むと、ベティが言った。

「さっき、渋谷で、バッタリと佐々木クンに会ったのよ。約束があるから、と断ったのに、無理矢理、一杯つき合わされたわ」

チラリとベティが私を見た。

なるほど……。そういうことか。あのお喋りの佐々木がなにか言ったにちがいない。

「それで……？」

私は内心の苦々しさを隠して、さりげなく訊いた。

「佐々木クン、ったら、おまえ、梨田とつき合ってるのか、なんて訊くのよ。大きなお世話よ、と言ってやったんだけど……」

まるで水でも飲むかのように、ベティがバランタインをグビリと飲み込む。

「もし、あいつのことが好きなら、やめとけ、なんて言うの。なんでよ、と訊いたわ。そしたら、おまえの泣き顔を見たくないからだって……。さっき梨田とバッタリと会ったけど、恋人と腕を絡めて歩いてたぜ、とさもおかしそうに話すのよ」

「なるほど」

クダらない男だな、と私は佐々木を軽蔑《けいべつ》した。他人のことをとやかく言う人間は、ロクなモンじゃない。

「首に、黄色のロングスカーフを巻いた女の子だった……。そう言ったんだろ？」

「そうよ。事実なのね」

「腕を絡めて歩いていたのは、事実だよ」

私はアッサリと認めた。

「佐々木クン、その女の子のこと知ってる、って。よくない所で働いてる子だって」

ベティが大きな目を瞬かせ、恋人なの？　と私に訊いた。

「だったら、どうする？」

ベティが黙り込んだ。

「お腹、空《す》いてるだろ。とりあえず、なにか食べろよ。食べながらでも、話はできる」

私はなにもかも話す覚悟を決めていた。これ以上、ベティを中途半端にしておくことは、彼女を傷つけるだけだ。

「食欲なんて、ないわ」

「食わないんだったら、話さんよ」

「じゃ、梨田クンが適当に頼んで」

ベティがまた、大きな目を瞬かせた。しかし今度の目の瞬かせ方は、どこか寂しそうで、私の胸に少し痛みが走った。

私は親爺に、適当になにか、握ってくれるよう頼んだ。

食べないのだったら話をしない、と私が言ったからなのか、ほんとうのところはお腹が空いていたのか、ベティは黙々と握りを口に運んでいる。

たぶん私が好きなのは、彼女のこういう点なのだろう。湿ったところがないのだ。

「もう、駄目。お腹がいっぱいよ」

ベティが、バランタインを手に取った。

「じゃ、話して」

「なんだ、そのために義務的に食べたのか？」

「そうよ」

アッケラカンと言って、ベティが初めて笑みを見せた。

隣の席の客の耳が気になっていたのだが、幸いにも、腰を上げてくれた。

「え～と、なにからだっけな？」

私ははぐらかすように、バランタインを飲んだ。

「まったく、もう……。その子は、梨田クンの恋人なの？　とわたしが訊いたのよ」

「おう、そうだったな。まあ、世間では、恋人という関係なんだろうな」

「なによ、それ」

ベティがまた、グイとバランタインを飲み込む。

「この前、話しただろ？　俺はダラシのない男だって。道徳観もなければ、倫理観もない男なんだよ。だから、恋人と決めつけられても困る。ベティは、結婚の約束をしていなくても、つき合っていれば、女性の側はいつもその気だ、って言ったよな。つまり、そういう関係だよ」

「結婚の約束はしてない、ということ？」

「うん、結婚のケの字も言ったことはない」

「ふ～ん。じゃ、梨田クン、遊びなんだ」

「遊び、か。それとも、チョットちがうな。俺は、まあ、結婚も考えていなければ、遊び、という感覚もない。その二つの境界線が、じつのところ、俺にもハッキリとはわからない」

だから道徳観とか倫理観が欠如している、ってことだよ、と私は言った。

「よくない所で働いてる、って、佐々木クンは言ってたけど、その子、なにをしてるの？」

「大学生だよ」

「大学生？」

ベティが意外とでもいう顔をした。

「ああ、大学生だが、お姉さんは、銀座のクラブのママで、そのお姉さんは、違法な麻雀屋を営業《や》って荒稼ぎもしている。その子、時々、お姉さんのその麻雀屋でアルバイトをしてるんだよ。でも、それはしかたないことさ。小さいころから、お姉さんの手ひとつで、育てられて、大学まで行かせてもらってるんだから」

私はバランタインで舌を湿らせてから、ベティも知っている子だよ、と言った。

「わたしも知っている？」

口にした瞬間、ベティが大きな目の、長い睫を動かした。

「もしかして、あの子なの？」

「そうだよ」

私はうなずいた。

「そうなんだ……。あの子、やっぱり梨田クンの彼女だったんだ……」

ベティがつぶやく。

「じゃ、この前三人で飲んだときに、そう言ってくれればよかったじゃない。そんな間柄じゃない、なんてうそついて」

「俺は日和見《ひよりみ》主義なんだよ。ギクシャクした雰囲気になるのが苦手なんだ。それにだいいち、どうして俺が、なにもかも正直に、ベティに打ち明けなきゃならないんだい？　俺はベティが好きさ。しかし、恋人でもないし、つき合っているわけでもない」

「でも、わたしが梨田クンに好意を抱いているのは、知っていた……」

「裏切ったとでも言いたいのかい？」

私は空のグラスに、バランタインを注いだ。

「自分だけ飲むの？　わたしにも注いでよ」

注いでやると、ベティはまた、水を飲むような飲みっぷりで、グラスを傾けた。

「なあ、ベティ……」

私は言った。

「これでわかっただろう。俺って男は、チャランポランな性格なんだ。それに引き換え、おまえは、育ちの良いお嬢。どこをどう、突っついたって、合うわけがない。もう恋愛憧《あこが》れ病を治すときだよ」

「そうか……。わたし、決心がついたわ」

キッパリとした口調で、ベティが言った。

「そうだよ。いい潮時だ」

私はベティに笑みをむけた。

「なに、勘違いしてるの。わたしが、諦めたとおもったの？」

ベティが大きな目を細めて笑う。

「わたし、あの子に負けないから。梨田クンの、そのチャランポランな性格には、わたしが必要だということがよくわかったわ」

「おい、ベティ……」

私は困惑し、次には苦笑してしまった。

「言ったでしょ？　わたし、小さいころから両親の言いなりで生きてきたって。そんな人生に、キッパリと縁を切る、って。梨田クンを諦めるかどうかは、わたしが決めるわ。でも、安心して。梨田クンに迷惑をかけるようなことはしないから」

出ましょ、と言って、ベティが腰を浮かせる。

私は親爺に手を上げ、勘定をしてくれるよう、言った。

名刺はあるかい？　と親爺に訊かれた。

うなずき、私は名刺を取り出して、親爺に渡した。

「広告屋さんなのかい」

名刺を一瞥し、親爺が言った。

「この前、おたくが帰ってから、料金をいただくんじゃなかった、と後悔したんだ。先生の弔い酒だったんだものな。だから、今夜は、わしの奢りだ。先生の替わりに、これからも贔屓にしてくれたらいい」

なにか言おうとした私に、親爺は戸口に立つベティを指差し、早く帰れとでも言うように顎をしゃくった。

18

松崎課長から命じられた、分譲住宅に訪れる客への調査票は、わずか二日ほどで作成してしまった。

それを課長に見せると、及第点を貰った。

「しかし、きみは器用だね。教えもしないのに、すぐになんでもこなしてしまう」

「ロッカーにあった以前の資料を参考にしたからですよ。あまり変更すると、それまでのデータと比較できなくなるとおもったんです」

「ポイントはそこだよ。じつは、きみがどうするのか、見てみたかったんだ」

課長は満足そうにうなずき、指摘した二、三ヶ所の修正をしてから、リサーチ会社と折衝するよう、言った。

デスクに戻って、リサーチ会社に電話し、打ち合わせの日時を決めた。

「松崎課長、きみが可愛くてしかたないみたいだね。我々と接し方がちがうよ」

菅田先輩がからかうように、私に言った。

「大学の後輩だからじゃないですか」

私は苦笑を洩らした。

「いや、それもあるだろうけど、たぶん、きみが毛色が変わってるからだよ。この局には、いないタイプだし」

「マダガスカル島にいる珍獣？」

「マダガスカル島？」

そうかもしれない、と言って、菅田先輩が笑った。

私はあらためて、局内を見回した。

隣席ということもあって、菅田先輩とは親しく話をするが、他の社員とは、朝夕の挨拶を交わしはするものの、入社して以来、ほとんど会話らしい会話をしたことがない。

デスクに顔を落とす社員の誰もが、自分の世界に浸り切っているように見えた。他の社員はおろか、世の中のことすべてに関心がないようにすらおもえた。

夕刻、菅田先輩が出掛けたのを見て、私は一〇四に電話した。

大阪にいたときの電話帳は捨てていて、坂本の電話番号も記憶に残っていなかったからだ。

うろ覚えの曽根崎《そねざき》のアルサロの店名を言うと、すぐに電話番号がわかった。

まだ開店はしていないだろうが、準備のために従業員はいるはずだ。案の定、すぐに男が電話に出た。坂本社長と連絡を取りたいのだが、と私は言った。

——どちら様で？

「梨田と言ってもらえますか」

会社へ電話させるのは控えた。五分後にかけ直す、と言って、私はいったん電話を切った。

そして五分後にもう一度、かけ直すと、これから教える番号のほうに電話してほしい、との坂本の伝言を得た。

大阪ではなく、局番は東京だった。

私はふたたび受話器を握り、たった今教えられた電話番号を押した。

私の胸のなかには、懐かしいような、それでいて、やめればよかったかな、とでもいうような後悔の感情も若干、芽生えていた。

私の電話を待っていたかのように、電話が取られた。

「坂本社長は——」

――おう、俺だ。久しぶりだな。従業員からおまえの名前を聞いたときはビックリしたよ。元気にしてたか？

「まあ、いろいろとあったが、このとおり元気だ。これ、会社からの電話なんで、あまり長っ話はできないんだ」

今度、会えないか？　と私は言った。

――いいとも。会社、って、おまえまだ、例のクダらない相場の会社に勤めているのか？

「いや、とっくに辞めたよ。今はもう、東京に戻ってきている」

――東京？　会社はどこだ？

「渋谷だよ」

――じゃ、俺の所とさほど離れちゃいないな。俺の会社は、虎ノ門なんだ。なんだったら、これから来ないか。七時ぐらいまでは会社にいる。

今夜の予定はなにもなかった。わかった、と言って、坂本の会社の所在地を訊いた。

一時間ほどしたら顔を出す、と伝えて、私は電話を切った。

大阪の雀荘、「赤とんぼ」で麻雀をやっていたときの坂本は、どちらかというと、寡黙《かもく》なほうだった。しかし今の電話の喋り方やテンションからすると、私からの電話がほんとうにうれしかったのかもしれない。

19

六時を回ってから、デスクの整理をし、私は会社を出た。

目の前でタクシーが止まった。降りてきたのは、佐々木だった。

おう、と言って、佐々木が手を上げる。

ベティから聞いた話を問い質《ただ》す気もなかった。

「急いでるんでな」

佐々木を黙殺するようにして、私はタクシーに乗った。

「ドリームトラベル」。坂本は会社の名称をそう言っていた。じつのところ、彼とは何度か麻雀をやったことはあるが、彼の営業《や》っているアルサロに顔を出した程度で、旅行会社の名前すらも訊ねたことはなかった。

外堀通りの目印のビルの前で、タクシーを降りた。

その裏手のこぢんまりとしたビル。一階から三階までの三フロアを借りている——。坂本の説明どおり、ビルに袖看板が掲げられていた。

エレベーターに乗って三階まで上がり、「社長室」のプレートの貼《は》られたドアをノックした。

「どうぞ」

ドアを開けると、大きな木製デスクに坂本が座っていた。

「おう、来たか」

書類を閉じ、坂本が立ち上がった。

スリーピースに、朱色のネクタイ。麻雀をしていたときとはちがって、いかにもビジネスマン風で、その服装のせいか、社長の肩書きにも違和感はなかった。

坂本に勧められて、デスクの前のソファテーブルに腰を下ろした。

「元気そうだな」

「そっちこそ」

私はあえて、社長の呼称は使わなかった。坂本とは仕事上のつき合いがあったわけではなく、単に麻雀での知り合いだったにすぎない。

「で、今度は、どんな会社に勤めてるんだい？」

「広告代理店だよ。妙な成り行きで、そうなった」

私はたばこに火を点けながら、会社名を言った。

「おう、あそこか」

意外にも坂本は、私の会社を知っていた。

「T電鉄が親会社だろ？　もっと怪しげな会社に勤めたのかとおもったよ。しかし、おまえを採用するなんて、面接官、いったいどこに目をつけてるんだか。とんでもない博打好きだってことを見抜けなかったわけだ」

坂本が声を出して笑い、テーブルの上の電話に手を伸ばす。内線電話らしい。コーヒーを二つ持ってくるよう、言っている。

「それはそうと、なんの用があったんだ？　まさか、久々に、俺の声を聞きたくなった、というわけでもあるまい」

「相変わらず、こっちのほうは、やってるんだろう？」

そう言って、私は指先で牌《ハイ》をつまむしぐさをした。

「やっているが、メッキリと回数が減ったな。やるのも、東京にいるときだけだ。大阪では一切、打たない」

「どうしてだい？」

「胡散《うさん》臭い連中と麻雀をやるのが嫌になったんだ。安藤《あんどう》、覚えているだろ？」

そのとき、ノックの音がした。話を中断し、入れ、と坂本が言う。

女性社員がコーヒーを運んできた。

私に一礼し、テーブルにコーヒーをセットすると、彼女は丁寧に頭を下げて、部屋から出て行った。

垢抜《あかぬ》けた、美人の女性社員で、それに礼儀正しい。大阪で麻雀をしていたときの坂本の印象からは、彼の会社にこんな社員がいることなど、想像すらもしていなかった。

「やくざの安藤だろ？　あいつがどうかしたのかい？」

「しつこいぐらいに麻雀に誘う。俺は、博打が本業じゃない、っつうの」

坂本がコーヒーを口に運びながら笑った。

「それで？」

私もコーヒーを飲みながら、先を促した。

「最後は、脅し口調さ。いい潮時だとおもった。大阪は、すべて取っ払うことにしたよ」

「アルサロとかも整理する、ということかい？」

「そういうことだ。水商売をはじめたのは、日銭欲しさからだった。しかし、ああいう商売じゃ、先は知れている。東京に、ドッシリと腰を据えて、ビジネスに本腰を入れることにしたんだ」

「ビジネスに本腰、って、つまり、旅行業を大きくしよう、と考えているわけだ」

たばこに火を点ける坂本に、私は訊いた。

「いいや。旅行業なんてのは、一生の仕事にはならんな」

意外にも坂本は首を振った。

「どうしてだい？」

「儲からんよ。こんな商売」

アッサリと坂本が言った。

「いつだったか、もしやる気があるなら、旅行業でもどうだ？　と俺に勧めたことがあるじゃないか」

「おまえさんが、なにをしたらいいのか、迷ってる顔をしてたからだ。旅行の仕事だったら、俺に教えられなくもないしな。まあ、言ってみりゃ、俺のお節介だったってことだ。すこしばかり、おまえさんを気に入ってたからな」

坂本がニヤリと笑った。

「そいつは、どうも」

私も笑って、俺もあんたのことは気に入ってたよ、と言った。

「ところで、用件、ってのは、俺への麻雀の誘い、ということか？」

私は無言で、うなずいた。

「今夜か？」

「いや。できたら、土、日、だな」

「メンバーは？」

私は時計を見た。八時ちょっと前だった。

「食事、まだなんだろ？　奢るよ。そのあとで、銀座に飲みに行こう。会わせたい女がいる」

「女？　麻雀と、なんの関係がある？」

「やろうとしているメンバーのひとりだ。ホステスなんだが……。というより、そいつが、どうしても俺とやりたいらしい。一度、コッピドくやっつけてしまったから、そのリベンジに燃えている、というんだな」

「コッピドく、って、いくらむしり取ったんだ？」

「五百、ってところかな」

「五百？」

坂本の表情が変わった。

「まあ、飯でも食いながら話すよ。もし、その話を聞いて気乗りがしないようだったら、やらなくても構わない」

「わかった」

坂本がデスクの上を整理し終えると、行こう、と社長室のドアを開ける。

タクシーに乗って、銀座にむかった。

「年下に奢られるわけにはいかん。それに、おまえはまだ駆け出しの平サラリーマン。それに引き換え、この俺はいちおう社長さんだからな」

坂本はぶっきら棒に言って、八丁目にある彼の馴染みの寿司屋に私を連れて行った。

さすがに銀座だけあって、良い店だった。

客も、ほとんど全員がスーツ姿で、なかには、きらびやかな衣装のホステス風の女が何人かいる。

カウンターに座ったとき、横顔に視線を感じた。

見ると、数席間を置いて、私を見ているのは、桜子だった。

私は桜子に軽く会釈を送った。声をかけなかったのは、彼女が中年の紳士連れだったからだ。たぶん、銀座ホステスの常套《じょうとう》手段である、同伴出勤というやつにちがいない。

「まずは、ビールでいいかい？」

訊いた坂本に、私はうなずき、小声でささやいた。

「露骨に見ないでほしいんだが、数席隣に座っている朱色のドレスの女、あれがさっき話した例のホステスだよ」

さりげなく視線を店内に泳がせ、なかなか色っぽい女じゃないか、と坂本がニヤリと笑う。

「麻雀の話は、あとでしよう。聞かれても困るしな」

「了解」

坂本がビールを注ぎ、板前に適当に注文した。

「いつから、その広告屋に勤めはじめたんだ？」

「この四月からさ。大阪は、出入り禁止になったよ」

「出入り禁止？　そうか、あの女が原因だな」

坂本が笑った。

「あの女、って、誰だい？」

「トボけるなよ。『赤とんぼ』のママだよ、おまえとママがデキてたことは、安藤から聞いたよ」

「それは否定しない。でも、彼女は関係ない。とっくに別れてるし、な。いろいろとあって、これ以上大阪にいると、ブスリと殺《や》るぞ、なんて物騒な台詞《せりふ》を吐くやつまで現れたのさ」

私は冗談っぽく言って、笑った。それ以上のことを話す気はなかった。

「おまえの口から聞くと、冗談には聞こえんな。関東流れモン、大阪に死す、なんて新聞記事、俺も見たくなかったよ」

ビールを飲む坂本の顔は笑っていなかった。

「あんたも東京の出身だったよな。商売のこともあるだろうけど、本質的に大阪の水が合わなかったんじゃないのかい？」

「じつは、そうなんだ。俺の両親は教員なんだが、学生時代からの俺の素行に愛想を尽かし、むかしで言う、勘当宣言をされちまった。そのときの女が大阪の出身だったんで、ままよ、ってことで、大阪に行ったんだ」

「なるほど。うなずける」

私は笑った。

ビールを日本酒に替え、しばらく大阪時代の麻雀の話をした。

「そうだ。まだ礼を言ってなかった。あの国士無双《コクシムソウ》の積み込み、助かったよ。しかし、今度俺とやるときは、絶対に積み込み禁止だぜ。いくら借りがあるといったって、見逃さんからな」

「やりゃあせんよ。あれは、安藤のやつに頭にきたから、やっただけで、おまえのためじゃない。しかし、あれを生かしたのは、おまえの腕、ってことさ」

やくざモンを交えた最後の大勝負。坂本は私に国士無双《コクシムソウ》の配牌《ハイパイ》を送り込み、私はそれによって、九死に一生の場面を切り抜けた。そのときの想い出が、酒の味をチョッピリ苦くした。

桜子が時々、私たちのほうに、うかがうような視線を寄越す。私に話しかけたいのだが、連れの紳士を気にしているのだろう。

「しかし、おまえ、って人間も妙なやつだな」

酒を飲みながら、坂本が言った。

「言われるまでもなく、自覚しているよ」

私は笑って、中トロをひと切れ、口に放り込んだ。

「俺が妙だ、と言ってるのは、おまえが勤め人生活を、またはじめた、ということだ。広告屋で、ずっと働くつもりか？」

「当分は、な。だが、いずれは辞めるだろう。俺みたいな人間は、結局、自分でなにかをして生きていくしかない。それが、見つかるまでさ」

「そうか。それがわかっていれば、いい」

桜子と連れの紳士が腰を上げた。

紳士が勘定を払っていると、桜子が私の横に来た。

「お久しぶりね、梨田さん」

「そうだな。しかし奇遇というか、縁があるというか、じつは、きみの店に顔を出す前の腹ごしらえのつもりで、ここに寄ったんだ」

「あら、ほんとうに？　それはうれしいわ。わたしも、貴方《あなた》に話があったのよ」

勘定を終えた紳士が、値踏みするような目で、私と坂本を見た。五十代の半ばに見えるが、怪しい筋の人間でないのは明らかだった。行こう、と桜子を促す。

「では、後《のち》ほど」

私と坂本に、男ならゾクッとするような流し目を寄越し、桜子は紳士と連れ立って店から出て行った。

「しかし、あの目で見られたら、免疫のない男なら、一発でダウンだな」

坂本が笑って、おまえもワルだな、と言った。

「勘違いするなよ。俺と彼女は、そんな仲じゃないぜ」

「俺が言ってるのは、あんな女から五百もカモったことさ」

「カモった？　冗談じゃない。彼女、凄腕《すごうで》だぜ。そのときは、たまたま彼女にツキがなかっただけだ。甘く見ないほうがいい。なにしろ、彼女、『銀座のお竜』と言われてるぐらいだからな」

「『銀座のお竜』？」

麻雀版、緋牡丹のお竜さん、という意味かい？　と坂本が訊いた。

「そうだ。彼女がホステスをやっているのは、金回りのいいカモを物色するため、と噂されるぐらいだ」

ふ〜ん、と坂本が鼻を鳴らす。

「『赤とんぼ』のママと比較して、どうだ？」

「そうだな……。和枝《かずえ》ママも強かったが、彼女は、それより数段上だな」

また、ふ〜ん、と坂本が鼻を鳴らした。

さっきまでとはちがって、明らかに坂本は興味を抱いたようだった。

それで——、と坂本が訊いた。

「どんな麻雀なんだ？」

私の隣の席には、老紳士とその細君らしき品の良い婦人がいたが、二人はさっきから小声でなにか話し合っていて、私と坂本のことなど眼中にないようだった。

とはいえ、人前でふつうに話せる話でもない。私は声をすこし低めて、言った。

「俺もまだ顔を出したことはないんだが、この近くに『クラブ佳代』という店がある。そこのママが、マンションの一室を借りて、店の客を相手にした秘密の麻雀屋もやっているんだ——」

私は佳代ママの麻雀屋のことを簡単に説明した。

「危ない筋の連中は出入りしないし、客層は、社会的地位のある者か金持ちばかりだから、なんの心配もない。なにしろ、そこで打つには、メンバーの紹介が必要で、佳代ママの面通しにもパスしなければならない」

「なるほど……。慎重には慎重を期している、ってわけだ。で、レートやルールは？」

「ルールは、お馴染みの関東流。レートには三種類ある」

私はレートの説明をした。

「ふ〜ん。さすがに、お江戸の東京だな。そんな高いレートの麻雀卓が毎日立っているというのは」

坂本が感心したようにうなずき、訊いた。

「で、俺とおまえと彼女の他に、もうひとりは誰が入るんだ？　そこに顔を出すメンバーの誰かか？」

「いや、俺の会社の上司だよ」

「会社の上司？　サラリーマンなのに、そんなレートで、できるのか？」

「心配ないよ。社内で、金融までやっている男だ」

私は笑って、有村部長の話も、坂本に聞かせた。

「やはり、噂どおり、広告屋にはロクな人間はいないな」

坂本が時計を見て、じゃ、そろそろ彼女の店に顔を出してやるか、と腰を上げた。

20

桜子の店のドアを開けると、先日の黒服が慇懃《いんぎん》な物腰で迎えた。どうやら、桜子に言われていたのだろう。それに、私の顔も覚えているようだった。

テーブルの上には、予約の札と、ウィスキーのボトルがすでに置かれていた。

座るなり、奥のテーブルにいた桜子がこっちに来た。

「また、肩透かしを食らうのかとおもったわ」

桜子が私に、流し目を寄越して笑う。

「なんだ？　こいつ、アンタに肩透かしを食らわしたのかい？」

坂本がからかうように言って、ニヤリと口元を歪めた。

「そうよ。わたし、振られたことがあるの」

桜子が今度は坂本に流し目をして、ウィスキーの水割りを作った。

「そんなウソッパチ話はさておいてだな――」

話の腰を折るようにして、私は桜子に坂本を紹介した。

「坂本社長だ。大阪でアルサロを数軒やってるかたわら、旅行会社も経営するやり手だよ」

坂本が名刺を桜子に渡して、よろしく、と笑みを浮かべる。

「まだ、お若いのに、すごいわね」

桜子も名刺を取り出す。

その名刺を一瞥した坂本が、声を出して笑う。

「なるほど。さすがに『銀座のお竜さん』だ。上野《うえの》の桜子さんとは、いかにも人を食っている」

「あら、もうそんなクダらない渾名を吹き込んだの？」

私を見る桜子の目は、別に怒ってはいなかった。

「さっき、俺に話があるとか言ってたけど、麻雀のリベンジのことだろ？」

「そうよ。あれから、三日三晩、眠れなかったわ。わたしの麻雀人生で最大の負けだったから」

「話半分としても、気持ちはわかる。俺だったら、一ヶ月は眠れない」

私は笑いで応《こた》え、じつはその件もあって、会いに来たんだ、と言った。

「佳代ママに、俺は来てないか？　って、時々電話してたそうじゃないか。受けるよ。そのために、坂本社長を連れてきたんだ」

坂本を見る桜子の目が、一瞬、光ったようにおもえた。

「社長も、麻雀、なさるの？」

「する、なんてもんじゃない。腕は、俺より数段上だ。それとも、強いやつとやるのは嫌かい？」

「一向に」

桜子が笑う。

「でも、まさか、グルになって、わたしを罠《わな》にはめようという魂胆じゃないでしょうね」

「よしんばグルでも、絶対に負けない、って顔に書いてあるぜ」

私も笑い、グルどころか、彼とは雀敵《ジャンてき》だよ、と言った。

「お互い、旧《ふる》いつき合いなの？」

「いや、大阪にいたとき、麻雀を介して知り合った仲だ」

「アルサロ、って言ったから、社長が大阪なのは見当がついたけど、貴方《あなた》も大阪にいたことがあるの？」

「まあ、な。でも、話すつもりもない。それで、どうだい？　今度の土曜日。社長は、いい、と言っている」

「もうひとりは？　羽鳥常務？」

「いや、あの人には遠慮してもらう。この三人が相手じゃ、あまりにも気の毒だ。それに、うちの会社のクライアントをやっつけたんじゃ、申し訳ない。この前打ったうちの部長、あの人を入れようとおもう。ここに、顔を出したそうじゃないか」

「わかったわ」

黒服が桜子に耳打ちしに来た。どうやら他の席に呼ばれたらしい。すこし席を外す、と言って、桜子が腰を上げた。

「と、いうわけで、商談成立だ」

桜子の後ろ姿を見ながら、私は坂本に言った。

「やる前に、金を三百預ける、と言ったな」

坂本が訊く。

「ああ。なかなか用心深いシステムだろ？　もっとも、あんたの腕じゃ、そんなに必要ないかもしれんが」

空いた桜子の席に、黒服が若い女の子を座らせようとした。

「悪いが、二人っきりで話がしたいんだ」

坂本が首を振り、女の子を退《さ》がらせるよう、言った。

「もう、女には飽き飽きしたかい？」

「アルサロなんてもんを長らくやってると、飲み屋のオネエちゃんには興味がなくなる。こんなところで、高い金を払うやつの気が知れんよ」

「そう十把《じっぱ》ひとからげにしたもんでもない。飲み屋の女にだって、それなりのやつはいる」

私はすこしムッとした。姫子だって、飲み屋の女だ。

「どうしたい？　どうやら、どっかの飲み屋に、お気に入りの女がいる、って顔だな」

坂本がニヤリと笑った。

私はそれを無視して、ところで話は変わるが――、と訊いた。

「さっき、旅行業なんて、儲からん、と言ってたが、そんなもんなのかい？　今や海外旅行ブームじゃないか。はたから見てると、景気が良さそうにおもえるが……」

「なんだ？　興味があるのか？」

坂本が空のグラスにウィスキーを注ぐ。

「旅行屋に興味がある、ってわけじゃない。世の中の仕組みに興味があるんだ」

「なるほど。将来のための、お勉強、ってわけだ」

マルボロを取り出し、火を点けてから、坂本が言った。

「わかりやすく説明してやろう。例えば、四泊六日のハワイ旅行だ。今や、農協さんが上客のＮＡＬパック。むろん知ってるよな？」

私はうなずいた。日本を代表する航空会社ＮＡＬを利用した海外旅行のパッケージツアーだ。

「ひとり当たりの料金が五十万とする。広告も打つし、信用もあるから、全国から年間で十万人の客を集めたとする。その総旅行代金は、五百億円だ。うちのドリームトラベルが同料金で集めたって、せいぜいが、百人前後。だがな、根本的なちがいは、その集めた旅行代金の行方だ。うちみたいな小さい会社は、客から預かった旅行費用は、出発前に、ホテルやエアーラインに払わなくちゃなんない。でないと、旅行が不成立になってしまう。だが、NALパックはそうじゃない。すべて後精算なんだ。期毎とか、一年単位でのな。つまり、丸々、五百億からの金が口座に眠ってる、ってわけだ。ハワイ旅行ですら、これだ。他のツアーも含めたら、いったいどれだけの金額になるとおもう？」

坂本が、わかるか？　という顔で私を見、ウィスキーをゴクリと飲んだ。

「数千億？　一兆……？」

私はつぶやきながら、坂本を見つめた。

「まあ、そんなもんだろう。こっちは汗水垂らしての営業活動の末で、百名前後。利益となると、諸々の費用を払った残り、ということになる。うそかほんとうか知らんが、NALパックなんて、その集めた旅行費用の金利だけで、人件費が支払える、って話だ。それに、集客数が多ければ多いほど、エア代金だって、ホテル代金だって安くなる。つまり、どうあがいたところで、うちみたいな小さな旅行会社は儲からん、ということだ」

「なるほど……」

私はウィスキーグラスを揺すりながら、砂押のことをおもい出していた。

砂押は、社会の仕組みを知れ、と私に言った。世の中には、私の知らない仕組みが腐るほどあるにちがいない。

「阿呆《あほう》なやつは——まあ、おれもそうだった、ってことだが——」

坂本がマルボロの灰を指先を動かしながら払った。

「きらびやかで、いかにも儲かりそうな業種に心を奪われる。しかし今の日本じゃ、そういう業種は、もう大資本が進出して、牛耳ってるってことだ。俺とかおまえとかが生きる道は、隙間産業——まあ、産業、っていうほどの大袈裟なもんでもないが——大資本が見向きもしない、大資本と大資本の隙間にあるような業種に活路を見出すしかない。スケール、ってのは、スケールなりのメリットというものもあるが、そのスケールがかえって邪魔していることだってあるんだ。狸《たぬき》の穴の奥に、旨いモンがあったとする。デッカイ熊が、狸のそのチッコイ穴に入れるかい？」

そう言って、坂本が笑った。

大阪で麻雀をしているときから、この坂本はなかなか賢そうな人物だとおもってはいたが、話をしてみると、益々その感を強くした。

「アルサロもやめる。旅行業にも、見切りをつける——。じゃ、これからなにをしよう、と？」

「考えてることはあるが、いくらおまえにだって、そう易々《やすやす》と話すわけにはいかん。出資する、ってのなら、別だがな」

坂本が笑ったとき、桜子が戻ってきた。

「ごめんなさい。放ったらかしにしてしまって」

「どうせ、あんたにゾッコンの禿《はげ》社長がいたんだろ？」

冷やかすように、私は言った。

「当たってるけど、一ヶ所、訂正させて。禿げてはないわ。でも、わたしは興味ナシ」

「つまり、麻雀ができない客、ってわけだ」

「なかなか鋭いわね」

桜子が、私と坂本に、例の流し目を寄越して笑った。

十時を回ったとき、私は坂本と一緒に腰を上げた。勘定は、国士無双《コクシムソウ》のお礼だ、と言って、私が払った。

「じゃ、土曜日に、六時でいいな？」

桜子に聞くと、彼女はうなずいた。彼女の目には、席にいるときには見せなかった鋭い光が宿っていた。

21

翌日の昼前に、私は内線電話で、有村部長に連絡を入れた。

電話で話せる内容でもないので、と言うと、部長は例の喫茶店でこれから会おう、と即答した。

喫茶店の奥の席で待っていると、すぐに部長が顔を出した。

「例の件だったら、まだ資料が揃ってないぞ。木下のやつがモタモタしてやがってな」

「いえ、その件じゃないんです」

有村部長がコーヒーを注文し、じゃなんだ？　と訊いた。

「麻雀です。この土曜日に、もし時間があるなら、やりませんか？」

「構わんが、誰とだ？」

「俺に、リベンジマッチを所望している女性と、ですよ」

「『お竜』か？」

「ええ。じつは、昨夜、彼女の店に顔を出したんですよ。彼女、ぜひやりたい、と」

「なるほど」

たばこに火を点け、部長が笑った。

「じゃ、羽鳥常務に電話するよ」

「いえ、もうひとりは決まってるんです」

「なんだ？　常務を入れないのか？」

「部長はどうってことないでしょうが、俺が気を遣っちゃうんですよ。なにしろ、相手はクライアントだし、俺はぺーぺーの新人社員ですしね」

たばこを吹かしながら、部長がニヤリと笑った。

「つまり、常務の腕が一枚落ちるから、ってことか？」

「はっきり言って、そういうことです」

「じゃ、もうひとり、ってのは誰なんだ？」

「旅行会社を経営している社長です。坂本というんですが」

「『お竜』の知り合いか？」

「いえ、俺の知り合いです。きのう久々に会ったら、彼、やりたいそうです」

「あのレートと知っててか？」

「ヘッチャラですよ、彼。まだ三十そこそこと若いんですけど、商売も達者なら、麻雀の腕のほうも達者です」

いや、麻雀のほうが達者かもしれない、と言って、私は笑った。

「まさか、二人でグルになって、俺や『お竜』をカモろうというんじゃないだろうな？」

たばこの灰を払いながら、部長がまた、ニヤリと笑った。

「グルを見抜けない部長でもないでしょ。それに、グルになったほうが分が悪いことぐらい知ってるでしょ？」

下手《へた》を相手にグルになってやれば、負けることはない。しかしプロ級の腕を持つ相手とやれば、グルであることが、かえって足枷《あしかせ》となって、負けてしまう。麻雀を打つフォームも崩れるし、たとえ勝ったとしても、取り分も半々で、旨味《うまみ》だってない。

「よし、わかった。で、何時だ？」

六時に、例の場所で、と私は言った。

22

土曜日は、朝一番から、分譲住宅のアンケート調査の打ち合わせをリサーチ会社と行った。

担当者は課長の肩書きのついた五十代の男性だが、若い私に必要以上に低姿勢だった。リサーチ会社にとって、広告代理店のマーケティング局というのは、この上ない上客ということなのだろう。

打ち合わせを終えると、彼が私に茶色い紙封筒を渡そうとした。これで、食事でもしてください、と言う。

封筒の中身をたしかめると、十万円が入っていた。受け取れない、と突っ返すと、彼は、意外とでもいうように、ドギマギとした表情を浮かべて、領収書なんて必要ないんです、と言った。

「つまり、これからもよろしく、という趣旨の賄賂《わいろ》ということ？」

「いえ、そんなんじゃありません、こちらも忙しくて、お食事をご一緒できる機会なんてそうもありませんので」

「これは、うちからの発注の折の、恒例のしきたり？」

「いえ、とんでもありません。梨田さんとは初仕事なので、ご挨拶も込めてということでして……」

シドロモドロに答える彼の態度は、私の問いを、半分肯定していた。

「ありがとう。気持ちだけ受け取っておきますよ」

私は笑って、書類を整理し、彼を送り出した。

デスクに戻って、私はあらためて、同僚たちを見回した。

十万といえば、私の一ヶ月分の給料よりも多い。博打に慣れた私にとっては、さしたる金額でもないが、真面目な顔はしていても、家庭を持つ彼らにとっては大金であることは間違いない。いったい、誰と誰が、こうした悪習にドップリと浸っているのだろう。

デスクに額をつけて書き物をしている松崎課長の姿が目に入った。しかし、この一件を報告する気にはなれなかった。課長だって、その可能性がある。

アンケート調査の下請け会社ですらこういうことなら、外部の制作会社や芸能プロダクションと接触する他の部署は、推して知るべし、ということだろう。

いろいろと悪い噂がある、とベティは私に忠告した。たぶん、有村部長などは、自分の立場を利用して、やりたい放題にしているにちがいない。

十二時になって、デスクの整理をしていると、待っていたかのように、そのベティから内線電話がかかってきた。昼食の誘いだった。

麻雀は六時からで、五時に坂本の会社に彼を迎えに行くことになっている。

じゃ十分後に、あのイタリアンレストランで、と言って、私は電話を切った。

会社に服装の規定はないが、土曜日は半分開店休業のようなものなので、いつも以上に、ラフな格好をしている社員が多い。特に女性社員に、その傾向が強い。

すでにテーブルに座っていたベティは、白い腕が剝き出しになった、白のノースリーブ姿だった。

やあ、と手を上げて座った私は、目のやり場に困った。ピッタリしたノースリーブのせいで、胸の膨らみがこれ見よがしに浮き出ていたからだ。

「あの子と、きょうはデートじゃなかったんだ？」

それとも、今夜？　ベティがアッケラカンと言って、笑う。

「ハズレだよ。いつもいつも、女の子と一緒じゃ、疲れてしまう。今夜は男同士の時間だよ」

「男同士？　麻雀？」

ベティの目が一瞬、光ったようにおもえた。

水穂が麻雀屋で手伝っていることは、この前、教えてしまった。

「いつもいつも、麻雀じゃ、疲れてしまう。むかしの知り合いに会うんだよ」

坂本とは会う。半分はうそで、半分はほんとうだ。

「ハーフ・アンド・ハーフだ」

「なに？　それ」

「昼食は割り勘、と言おうとしたんだが、やめるよ」

私は誤魔化し、奢ってあげるから好きなものを頼めよ、と言った。

ベティが右手を上げて、得意の指先のパチン、を鳴らした。

「その特技、いつからなんだい？」

「ピンキーの真似よ。おかしかったら、やめるわ」

「なるほど。でも、ベティは、ピンキーほどデカくないし、ずっと可愛いよ」

それに色気も勝ってる、と言おうとしたがやめた。

昨年、ピンキーとキラーズというグループの「恋の季節」という歌が爆発的にヒットした。

指先をパチンと鳴らすボーカルのピンキーの振りは、子供たちの間でも大人気だった。

「ハウスワインに、鯛《たい》のカルパッチョ、それと、カルボナーラ」

ベティが上機嫌で注文する。同じものでいい、と私は言った。

「なにか、コメントないの？」

「コメント？　なんの？」

「恋仇《こいがたき》は、ロングスカーフらしいから、わたしは、これで勝負」

ベティが、ノースリーブの胸元にサラリとてのひらをすべらせる。

「すごいよ。とても似合ってる。クラクラするぐらいだ」

冷やかしぎみに言ったが、半分本音だった。

「その言葉にうそがないんだったら、来週の土、日曜日は、わたしにくれない？」

ベティが、私の心をのぞき込むような目で見つめた。

土、日……？　土曜日とか、日曜日というのならわかる。二日にまたがるということは、どこかに泊まりがけで行こう、ということなのだろうか。

黙ってコップの水を飲む私に、嫌？　とベティが訊いた。

「土曜日は映画を観て、日曜日はドライブにでも行こう、ということかい？」

「本気で、そうおもってるの？」

私はまた、コップの水をひと口、飲んだ。

窓際のテーブルで、窓から射《さ》し込む七月の光線が、コップに反射して、キラリと光った。

「わたし、この前、梨田クンに、宣言したじゃない？　水穂さんという子とは、恋仇になる、って。そうと決めたら、当たって砕けろ、よ。家《うち》の別荘が、下田にあるの。土曜の午後に、『あまぎ』に乗って、日曜日に、また『あまぎ』に乗って、帰ってくる。どう？　すてきなプランでしょ？」

そのとき、注文したワインと、カルパッチョが運ばれてきた。

ウェイターがそれらをテーブルに置く間、奇妙な沈黙が流れた。

ウェイターが退がって、私がワインを飲もうとすると、ベティがストップをかけた。

「梨田クン、ワインを飲むときは、グラスを合わせるのよ」

乾盃、と言って、ベティがワイングラスを私に差し出す。

「なにに、乾盃だい？」

「楽しい旅行に、よ」

「プランは、この上なくすてきだよ。でも俺は、道徳家には程遠い、不良を自認する男だぜ。それに、理性を抑える蝶番《ちょうつが》いだって、錆《さ》びついている」

「じゃ、こうしましょ。返事は、来週の月曜日まで待ってあげる。だから、乾盃は、貴方《あなた》が言うところの、良家のお嬢さんと、貴方《あなた》が自認するところの、不良に、ということにしましょ」

じゃ、そういうことで、と言って、私はベティのワイングラスに、自分のをぶつけて、ワインをひと口、飲んだ。

「しかし、きみには、いつも驚かされるよ。疲れないかい？」

「疲れる？　なにに？」

ベティが大きな目を瞬かせた。

「なんか、きみを見ていると、無理に背伸びをしている気がする。大きな水溜《みずたま》りを、無理に飛び越そう、というような、ね。人間、って、ふつうにしていても、自然と背丈は伸びるもんだし、大きな水溜りだって、無理に飛び越すことはない。迂回《うかい》したほうがいい場合のほうが多いんだ」

「それを決めるのは、梨田クンじゃないわ。言ったでしょ？　わたしが決めることだって」

窓からの光が、ベティのワイングラスで反射して、真っ白なベティのノースリーブを更に白く輝かせた。その白く輝くノースリーブの胸元が、私の目にはまぶしく映った。

「自惚れるわけじゃないが、そんなに俺のことが好きかい？」

好きよ、とベティが言った。

23

タクシーで虎ノ門の坂本の会社に寄り、彼を拾って麻布十番にむかった。

「どうしたんだい？　浮かねえ顔をしているな。まさか、ビビってんじゃないだろうな」

「うん。ビビってるよ。ただし、麻雀じゃないけどな」

フン、女か、と言って、坂本が笑った。

ベティとの昼食が終わると、人を待たせている、とうそをついて、店の前で早々に彼女と別れた。

立ち去るベティの後ろ姿は、なんとなく寂しそうだった。

ベティは家庭の話を、まったくといっていいほど語らないが、もしかしたら、恵まれた環境ほどには、彼女は幸せではないのかもしれない。

ふつうの人間の悩みは、八割方は金銭面で占められている。逆に言えば、ベティは生まれながらに、悩みの八割方からは、解放されている。しかし悩みというのは、海の深さ同様、浅い深い、がある。金の悩みなど、ある意味、浅いものだ。金があれば、それで解消できてしまう。

反面、金に起因しない悩みは、深い。いくら金で埋めようとしても、埋まりはしない。

今の私は、幸運にも、八割方の悩みからは解放されている。では残りの二割の悩みがあるかといえば、それらしきものもない。あるのは、先の見えない空虚感のようなものだけだった。

ベティが私を誘ったのは、彼女なりの覚悟を持ってのことなのだろう。返事は、月曜日まで待つ、と彼女は言った。

正直、私は迷っていた。ベティとは馬が合う。容姿だって人並み以上だ。特に近ごろでは、女としての色気の気配も濃くなった。

もし水穂とのことがなかったなら、これまでの私なら、ベティの誘いよりも先に、こっちからシグナルを送っていただろう。

ベティと別れたあと、暇潰しに、渋谷の繁華街のパチンコ屋をのぞいた。

私は学生時代から、パチンコなる代物が大嫌いで、朝から晩まで、台にかじりつく人間が理解できなかった。だから、パチンコをやったのは、数回ほどしかない。それも、一緒にいる友人に無理矢理つき合わされたというクチだ。

チンチン、ジャラジャラ。パチンコの騒音で、私の頭のなかのモヤモヤを吹き飛ばそうとしたのだが、モヤモヤが吹き飛ぶどころか、イライラをつのらせるだけだった。

三十分も我慢できずに、店を出たが、私の胸のなかは、さっきよりも酷い苛立《いらだ》ちで満ちていた。はっきり言って、これから勝負事にむかうには最悪の精神状態だった。

「そこで、止めてくれ」

麻布十番のマンションの前で、タクシーを降りた。

ふ〜ん。坂本が興味深げに、マンションを見上げている。

「ここの七階だよ」

私は坂本に言って、エレベーターホールにむかった。

エレベーターに身を入れると、坂本が言った。

「麻雀牌《パイ》の音が年がら年中、響いたんじゃ、隣の部屋から苦情がくるんじゃないか」

「そのあたりは、佳代ママは抜かりがないよ。ふつうのマンションより、壁は厚いし、たぶん、隣の部屋も、もう借りているはずだ」

「なるほど、用心深さは、徹底しているわけだ」

坂本が笑った。

この前麻雀を打ったときは、隣の部屋はまだ空室だった。水穂の話では、佳代ママは、そこも借りる、と言っていたらしい。

７０１号室のモニターフォンを鳴らした。水穂の声がし、内錠の外される音がした。

顔を出した水穂のきょうのいでたちは、初めて会ったときと同じ、ジーンズに綿シャツという姿だった。

「お二人、もう来てるんだけど、下の寿司屋で食事をしているわ」

言いながら、水穂がチラリと坂本に目をやる。

坂本がちょっと驚いた顔をしている。

坂本には、水穂のことなど、なにも話していない。まさか、こんな若い女の子が秘密麻雀クラブにいることなど、想像もしていなかったのだろう。

「どうぞ」

水穂が先に立って、リビングのほうにむかう。

この前来たときにはなかったのだが、玄関フロアには、青々とした大きな観葉植物の鉢が二つ置かれていた。

「いらっしゃい」

リビングのソファに座っていた佳代ママが立ち上がって、私と坂本を迎えた。

土曜の夜も、佳代ママの銀座のクラブは営業をしている。ママは和服の出勤姿だった。

「ママ、紹介するよ」

私はママに、旅行会社を経営している坂本社長だ、と言って、坂本に名刺を出すよう、促した。

「なにしろ、このママは慎重でね。身元の怪しげな人物は出入りさせないんだ」

「あら、お若いのに遣《や》り手なんですね」

坂本の名刺を見ながら、佳代ママが自分の名刺も取り出す。

「今夜は、お店があるので、八時前には失礼しますけど、あとは、この妹が世話してくれますから」

そう言ってママが、水穂を見て笑みを浮かべる。

「妹、さん？」

坂本が納得したような顔をする。

「じゃ、水穂、下のお寿司屋さんに電話して、お二人を呼んで」

うなずいた水穂が電話台のほうにむかう。

ものの数分で、有村部長と桜子が戻ってきた。

桜子のいでたちに、一瞬私は目を疑った。お昼に会ったベティと同じような、白のノースリーブ姿だったからだ。

「腹が減っちゃ、戦《いくさ》ができんからな」

坂本をチラリと見てから、有村部長が私に笑みをむける。

「先日は、どうも」

私のことなど眼中にないかのように、桜子は、坂本にだけ微笑んでみせた。

「部長。紹介しときます。彼が例の旅行会社の社長の坂本です」

坂本が、よろしく、と言って頭を下げ、部長と名刺交換した。

部長は坂本の名刺に目を落としはしたが、佳代ママとはちがって、坂本の仕事にも肩書きにも、さしたる関心はないようだった。

「この前は現金でなさったようですけど——」

佳代ママが私たちに言った。

「万が一、ということもありますから、きょうは、これまでどおり、チップでやっていただけます？」

「俺は、構わないよ」

私はママに、有村部長と坂本には説明してやってほしい、と言った。

「水穂。例のもの、持ってきて」

うなずいた水穂が、隣の部屋から、チップの入った宝石箱を四つ持ってきた。

ママが、宝石箱からチップを取り出して有村部長と坂本に説明をはじめる。

水穂と視線が合うと、彼女はプイと目を逸《そ》らした。どうやら桜子と麻雀をやることに、まだ怒っているようだ。

今度は、桜子と目が合った。私は彼女の、微妙な表情を見逃さなかった。きっと私と水穂との関係に疑いを抱いたにちがいなかった。

「じゃ、すいませんけど、皆さんのお金、預かります」

佳代ママの言葉に、私は前日銀行から下ろしておいた帯封つきの三つの束をスーツの内ポケットから取り出した。

坂本と有村部長は、私と同じように銀行の帯封のついた札束だったが、バッグから取り出した桜子の三百万は、十万円のズクを十束ずつ輪ゴムで束ねた金だった。

「念のため、水穂ちゃんに数えてもらってくださいな」

「そんな……、必要ないわよ」

佳代ママが笑うと、わたし、暇だから数えるわ、と言って、水穂が桜子の出した金に手を伸ばす。

「そうして頂戴」

さりげなく言いはしたが、明らかに桜子はムッとしていた。

24

水穂のやつ……。私は無表情を装ってはいたが、腹のなかで笑いを噛み殺していた。

「じゃ、やる回数とか、時間とかを決めておこう。まさか、死ぬまでやるわけにもいかんだろ」

笑いながら、有村部長が言った。

「では、『お竜さん』に決めてもらいましょう。なにしろ、俺へのリベンジ戦らしいから」

私は桜子に、皮肉っぽく笑ってみせた。

「じゃ、朝の七時まで、というのではどうかしら？　七時を回ったら、新しい半荘《ハンチャン》には入らないことにするの」

うなずく、坂本。私も同意した。

「よし。じゃ、そういうことで。レートは、この前と同じでいいな？　千点五千円。馬《ウマ》は十万二十万」

そう言ってから、有村部長が、私と桜子に釘《くぎ》を刺すように、つけ加えた。

「ただし、差し馬《ウマ》は禁止だ。麻雀がやりにくくなる」

「わかったわ」

桜子が肩をすくめるしぐさをして、チラリと私を見た。

摑み取りで、場決めをした。

東を握ったのは、桜子だった。窓を背にした席を選ぶ。

南が有村部長。西が私で、坂本が北。

いつの間にか、佳代ママと水穂は、隣の部屋に消えていた。

伏《フ》せ牌《パイ》で、洗牌《シーパイ》をし、山を積む。

桜子は、初対戦となる坂本の指先を時々盗むように見ていた。

四人のなかでは、私は比較的優位な立場にある。なぜなら、全員の麻雀の打ち筋を知っているからだ。

坂本の腕ならどうということもないだろうが、出だしの半荘《ハンチャン》一回戦だけは、彼には不利と言えるかもしれない。彼は、有村部長と桜子の二人とは初対戦なのだ。その意味では、部長と桜子も坂本とは、初めてということになる。

初対戦であっても、年季を積んだ麻雀打ちなら、牌《ハイ》捌きを見るだけで、相手の力量を瞬時にして見抜く。坂本の指先を見て、部長も桜子も、かなり警戒する気になっただろう。

仮【東】の桜子がサイコロを振る。

出親は、坂本だった。坂本が無表情にサイコロを握る。

部屋のなかが、シンとした。

桜子も無表情だったが、有村部長の顔には緊張の色が浮かんでいた。無理もない。ひと晩で、彼の年収分が動く勝負だ。それに社内麻雀のようなヤワな相手ではなく、全員が互角か、それ以上の腕なのを知っている。

六巡目、私の切った【八萬】で、黙聴《ダマテン》の坂本から、ロンの声が洩れた。

ドラの【中】が頭で嵌《カン》【八萬】の一盃口《イーペーコー》。上がり点数、七千七百。

私は無言で、坂本に点棒を払った。

嫌な予感がした。私の手は、クズッ手で、上家《カミチャ》の有村部長が切った【伍萬】を見て、【八萬】の対《トイ》子《ツ》落としをしたからだ。つまり、オリ打ちだった。

私の坂本に対する認識は、これまで対戦したなかでも、最強の部類に属する麻雀打ちというものだった。

強い、上手い、というだけの麻雀打ちならいくらでもいる。坂本が秀でているのは、感情はむろんのこと、麻雀を打っているという気配をまったく表さないことだ。

一本場。ドラは🀃。

五巡目、私が切った🀌を、坂本が🀌🀍🀎の形で、チーをした。

そして、桜子が切った、🀆で、ロンの声をかけた。

🀃🀃🀇🀈🀉🀝🀝🀝🀆🀆🀌🀍🀎（チー）。

桜子も有村部長も無言だった。

まだ五巡という序盤で、ふつうの打ち手なら、こんな両面《リャンメン》は鳴かない。しかしドラの🀃がオタ風で、断幺《タンヤオ》の逃げをおもわせる🀌のチー。🀏のチーなら、警戒されて、🀆は絞られてしまう。

🀌🀏を引いて🀆と🀃の双碰《シャンポン》のリーチを打っても、この相手ではまず出てこない。自摸《ツモ》上がりするしかなくなる。たとえ黙聴《ダマテン》の🀆で上がっても、七千七百。五千八百で、一本場の三百を加えた上がりと、点数的にはさほど差はない。

坂本の狙いは、ハッキリしていた。

桜子と有村部長とは初対戦。要するに、攪乱《かくらん》しているのだ。変幻自在。俺という人間の麻雀がわかるかい？

二本場。八巡目に、坂本がリーチをかけた。

彼の河は、こんなだった。ドラは🀈。

🀏🀂🀇🀀🀄🀄🀘🀟（リーチ）

桜子、打🀇。有村部長、打🀘。

私は、一瞬迷ったが、雀頭《ジャントウ》の🀁を一枚外した。🀁は、有村部長が三巡目に切っている。

「ロン」

坂本が手牌《テハイ》を広げた。

🀈🀈🀉🀉🀊🀊🀞🀞🀠🀠🀁

つまり坂本は、嵌《カン》🀟で黙聴《ダマテン》の二盃口《リャンペーコー》を張っていたのを、🀁単騎の七対子《チートイツ》に切り換えてリーチをかけてきたのだ。

彼の河は、どう見ても断平《タンピン》系の捨《ス》て牌《ハイ》で、🀁が対子《トイツ》だった私が不運としか言いようがない。

リーチ、一発、裏ドラが🀞で、親の倍満《バイマン》。一局目に、七千七百を振り込んでいる私は、箱割れだった。

「相変わらず、強いね。参ったよ」

私は、チップ箱から、負け分のチップを数えて、坂本の前に置いた。

二盃口《リャンペーコー》、断么《タンヤオ》、ドラ二。

黙聴《ダマテン》でも親のハネ満《マン》。自分の手に酔う打ち手なら南の七対子《チートイツ》に切り換えはしないだろう。

桜子や有村部長なら、どうしただろう。たぶん、坂本と同じように打ったにちがいない。

終始、ひと言も洩らさずに、桜子が私の放銃した南を見つめている。

対面《トイメン》にいる彼女の白のノースリーブ姿が、ベティと重なって見えて、私の胸に苛立ちの感情がまた、頭をもたげてきた。

終わったよ、私は隣室に声をかけた。

千点五千円のレートだと、場代は、半荘《ハンチャン》一回戦が終了する毎に、五千円。

「あら、たった今、はじまったばかりじゃないの」

隣室から出てきた佳代ママが驚いたような顔をしている。

一緒に出てきた水穂が、私をチラリと見た。誰が勝ったのか、気になるようだった。コーヒーを淹れる、と言って、彼女はキッチンに立った。

佳代ママは、いつものとおり、誰が麻雀に勝とうが関心がないようで、トップだった坂本から五千円のチップを受け取って、場代入れのチップ箱に入れた。

「聞いてたとおり、強いね」

水穂が置いたコーヒーをひと口、すすり、有村部長が坂本に言った。

「タマタマですよ。いい配牌《ハイパイ》と、自摸《ツモ》に恵まれました」

羽鳥がいれば、二盃口《リャンペーコー》まで放棄してしまうのかい？　とでも訊くだろう。だが、そんな愚問を発しないのも、部長がそれなりの打ち手だということの証《あかし》だった。

一回戦のトップは坂本。二着は有村部長。五千八百を放銃した桜子が三着。箱割れの私が当然ながら、ラス。

昼間ベティと会ったあと、勝負事をやるには最悪の精神状態だとおもったが、その予感は物の見事に適中してしまった。そしてなにより、私の対面《トイメン》に、ベティと同じような白のノースリーブ姿の桜子がいることが、私の心から落ち着きを失わせていた。

第二回戦の出親は、私だった。

その最初の配牌《ハイパイ》。ドラは。

前回とは打って変わった好配牌《コーハイパイ》だった。第一打、。
それが六巡目に、こうなった。

筋の対子《トイツ》のは、危険だから、本来一枚外しておくべきなのだが、聴牌《テンパイ》を最優先に考えて残してしまった。一回戦の箱割れの負けが尾を引いていたからだ。

七巡目に絶好のドラの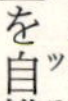を自摸《ツモ》り、中ブクレのを切った。

これで、の七面待ちの一向聴《イーシャンテン》。

坂本がを切って、リーチをかけてきた。安全牌《パイ》のを温存していたということは、形の良い一向聴《イーシャンテン》だったにちがいない。

坂本の河。

（リーチ）

次いで、桜子も、を切って、追っかけリーチ。

桜子の河。

（リーチ）

正直、私は顔にこそ出さなかったが、参った、と思った。

佳代ママは隣室に消えていたが、ふと気づくと、水穂は桜子の後ろの、窓際のソファに座っていた。

水穂は麻雀などカラッキシ知らないが、この場の、どこか張り詰めた雰囲気を察知しているのだろう。桜子の背越しに私を見つめる表情はいつになく硬かった。

ベティと同じような二の腕が剝き出しになった桜子の白いノースリーブ。そして、そのむこうには、水穂の着ている白の綿シャツが、私の視界にチラチラと映る。

有村部長が、🀀を切り出した。どうやら暗刻《アンコ》落としのようだった。

坂本のリーチにも、桜子のリーチにも、私の手の内にある二対子《リャントイツ》である🀔🀗は、最も危ない。

🀉🀌🀏を引いて聴牌《テンパイ》したときには、私は🀕を切って勝負する腹を括《くく》っていた。しかし私が自摸《ツモ》ってきたのは、🀖ならまだしも、🀓のほうだった。

🀔を切れば、聴牌《テンパイ》。しかし二人のリーチにこれを切ったのでは素人《しろうと》同然だ。

坂本には、🀓は現物。だが桜子には、🀐🀓は通っていない。だが桜子は、坂本のリーチに対して、追っかけのリーチをかけてきた。🀓で上がれるなら、黙聴《ダマテン》にするのではないか。

私は聴牌《テンパイ》にはとらずに、🀓を自摸《ツモ》切った。

「ロン」

桜子が、声をかけた。

こんな手だった。

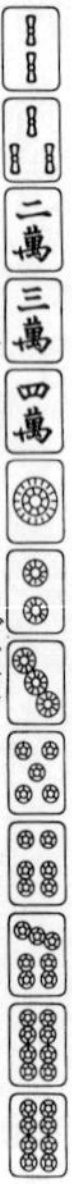

一手替わりで、三色《サンシヨク》。しかし黙聴《ダマテン》では、二千点。

たぶん桜子は、私の心を読んで、その裏を突いてきたのだ。

裏ドラはなかったが、一発《イッパツ》の一翻《イーファン》アップで、満貫《マンガン》。

点棒を桜子に払いながら、私は坂本に、これ、当たりか？　とコッソリとを見せた。

「いや、セーフだ」

坂本が小さく首を振り、たばこの火を点けた。

彼が私にうそを言うわけがない。

最悪だった。腹を括ってを勝負していれば、勝ち負けはどうなっていたかわからない。

麻雀でやってはいけないのは、オリ打ちと、聴牌《テンパイ》崩しでの放銃だ。この二つをやると、ツキから見放されて、麻雀が、テンコシャンコになってしまう。

結局、その半荘《ハンチャン》も私がラス。

勝負事というのは、いったん負の方向に流れが傾くと、容易なことでは、元に戻すことはできない。

午前零時近くになったとき、私のチップ箱のチップは、ほぼ半分になっていた。

25

「ちょっと、トイレタイムだ」

精算を終えてから、私は頭を冷やすためにトイレに立った。

佳代ママはすでに銀座に出勤して、水穂だけが残っている。水穂が冷やしタオルを持って、トイレの外に立っていた。

「ありがとう」

水穂に貰った冷やしタオルで、私は顔を拭った。

「マー君、調子悪いみたいね。でも、他の人に負けるのはしかたないにしても、あの女《ひと》にだけは負けちゃ駄目よ」

「期待に応えたいが、どうやらきょうは、厄日《やくび》なのかもしれない」

「なにか、あったの？」

「いや」

私は水穂を安心させるように、笑ってみせた。

勝負事と女。これは水と油のようなもので、絶対に相容《あいい》れない。

場替えは、半荘《ハンチャン》四回戦が終わってから、という取り決めだったが、これまでの八回戦、桜子はずっと私の対面《トイメン》だった。彼女の白のノースリーブ姿が、どうにも目にチラついて、私は集中力を欠いていた。

二度目の場替え。前局もラスだった私が引いたのは、東。私は、窓を背にした席を選択した。しかし、西を引いた桜子が、またしても、私の対面《トイメン》。

「そうか……。そういうことなんだ……」

私のつぶやきに、なにがだ？　と有村部長が訊く。

「お竜さんと、ずっと対面《トイメン》になるということは、これはやはり、お竜さんのリベンジマッチということなんですよ。部長から差し馬《ウマ》を禁止されましたけど、彼女と、十万だけ握らせてくださいよ。むろん、お竜さんが、よければ、ということですけど」

そう言って、私は桜子の表情をうかがった。

「わたしは、いいわよ。お二人が、よければね」

桜子が、有村部長と坂本を交互に見る。

どうぞ、と坂本。しかたねぇな、と有村部長。

「じゃ、そういうことで」

私は桜子に、軽い会釈を送った。

ここまでは、私のひとり負け。有村部長がトントンで、坂本と桜子が、ほぼ同等の勝ち組。

負けが込んでいるときに、その負けを取り戻そうと差し馬《ウマ》を挑むのは、愚の骨頂だ。

しかし私が桜子に差し馬《ウマ》を挑んだのは、負けを取り戻そう、とのおもいからではなかった。

もし桜子との差し馬《ウマ》勝負に負ければ、ベティからの申し込みを受ける。だが反対に私が勝てば、たとえどんなことがあっても、ベティとは一線を越えない、そう決めたかったからだ。

つまり私は、桜子をベティに置き換えて戦ってみるつもりだった。

私の後ろのソファには、水穂が座っている。まるで、私を監視しているような気がした。

出親は私で、下家《シモチャ》が有村部長。上家《カミチャ》は坂本。

振ったサイコロは、一と六。一天地六《いってんちろく》。二度振りで、桜子がサイコロを振り返す。またしても、一天地六。

私の配牌《ハイパイ》に、こんな手が入った。

十種十二牌《ハイ》。の三種だけがない国士無双《コクシムソウ》の二向聴《リャンシャンテン》。

九種九牌で流せるルールだが、むろん、こんな手を流す馬鹿はいない。しかも、御誂《おあつら》えむきなことに、ドラは。そのが、手の内に二枚ある。

国士無双《コクシムソウ》を狙うと、どうしても中張牌《チュンチャンパイ》の自摸《ツモ》切りが多くなり、中張牌《チュンチャンパイ》がドラだと、黙聴《ダマテン》の大きな手に振り込み易《やす》くなってしまう。しかし、端牌《ハシハイ》のがドラなら、その危険は小さくなる。

そして、もうひとつ。場替えをしてからの四回戦。クズッ手ばかりだった私は、何度も国《コク》士無双《シームソウ》を狙っていたこともある。たぶん、桜子も坂本も有村部長も、またか、と油断するのではないか。

第一打に、対子《トイツ》の南を一枚落とし、私はたばこに火を点けた。

三巡目に北を引き西、發の一向聴《イーシャンテン》になった。だが七巡目までに、バタバタッと立てつづけに西が場に三枚顔を出した。發は生牌《ションパイ》。役牌《ヤクハイ》は絞られるから、三人に分散している可能性がある。もしくは、誰かが対子《トイツ》で握っている……。

十巡目、坂本が切った發に、桜子が、ポン、の声をかけた。

今回から桜子とは、差し馬《ウマ》を握った。一鳴きということは、私の親を蹴りにきたのかもしれない。

しかし、これで、西發は、残り一枚ずつ。だが、桜子のこの鳴きのおかげで、十二巡目に、四枚目の西を引いてきた。

すかさず私は、リーチの声を発して、千点棒を卓上に放った。

私の河は、こんなだった。

（リーチ）

　この河から国士《コクシ》無《ム》双《ソウ》に気づく打ち手はまずいない。ポンカスの發を握れば、誰だって捨てるだろう。

　出だしの東の一局での親のリーチ。それも、きょうの私にツキがないことは、三人共、重々承知している。ツカない人間に放銃すれば、その人間を生き返らせるか、放銃した者にツキがなくなることぐらい、麻雀打ちなら誰でも心得ている。

　問題は桜子の安上がりを防ぐことができるか、四枚目の發が残り十四枚の山のなかに眠っているかだ。

　久々に私は緊張していた。この手が上がれれば、流れの変わる確信があった。しかし上がらなければ、大惨敗を喫するだろう。

　下家《シモチャ》の有村部長も坂本も、明らかにオリに回った。しかし、桜子は判断しかねた。自摸《ツモ》切る牌が、ことごとく、私の現物牌だったからだ。

　淡々と進み、残りの山は上下八牌《パイ》。私の自摸《ツモ》回数は、あと二回。桜子の鳴きで、私には海《ハイ》底《ティ》が回る。

　有村部長が私の現物のを切った。

　桜子の白い腕が山に伸びる。そして自摸《ツモ》った牌《ハイ》を横に置いて、たしかめるように、残りの山を見た。危険牌《ハイ》を握ったのかもしれない。

「積《カン》をすれば、親には海底《ハイテイ》が回らないのね……」

桜子がつぶやく。

瞬間、私は目を細めた。たぶん、彼女がポンをした四枚目の發を持ってきたのだ。

「でも、裏ドラが乗るかもしれないし……」

桜子がまたつぶやく。

彼女ほどの腕なら、間違っても、そんなつぶやきをするわけがない。坂本と有村部長がどんな反応を示すのか、うかがっているのだ。事実、桜子は上家《カミチャ》の有村部長、下家《シモチャ》の坂本にさりげなく視線を流している。

私は確信した。間違いなく、桜子は發を握った……。

發を積《カン》しようが、場に捨てようが、どちらにしても、その瞬間に、私は、ロンのひと声をかければいい。

さあ、こい……。お竜……。私は胸のなかでつぶやいた。

「ちょっと、ゴメンなさい」

桜子が、卓上の全員の河に、点検するような目をむける。

おやっ、と私はおもった。積《カン》の牌《ハイ》というのは、發ではないのか……。

首を傾げ、ゴメンなさい、ともう一度言って、桜子は積《カン》をせずに、私の現物である二萬を手の内から切った。

「どうしたい？　そんなに悩む『お竜さん』は、初めて見るな」

有村部長が口元に笑みを浮かべる。

どういうことだ……。私は訝った。もしかしたら、積《カン》を迷った牌《ハイ》というのは發ではなかったのか。まさか、私のこの河から、国士無双《コクシムソウ》を警戒したとはおもえない。

結局、その場は流局となった。

手牌《テハイ》を見せたくなかったが、リーチではしかたない。

「うわぁ、ホントかよ」

有村部長が、素《す》っ頓狂《とんきょう》な声を張り上げた。坂本も驚いた顔をしている。

桜子だけが、無言で、私の手牌《テハイ》を見つめている。

「積《カン》は、なんだったんだい？」

私は桜子に訊いた。

「これよ」

桜子が右端の牌《ハイ》を、指先で弾いて倒した。發だった。

「ほう……」

有村部長が感心したようにつぶやき、読み切った、ってことかい、と桜子に訊く。

「ヒョッとして、とおもったのよ。字牌《ジハイ》や老頭牌《ロウトウハイ》で四枚切れているのが、ひとつもなかったし……」

女の第六感よ、と言って、桜子が妖《あや》しげな笑みを私にむけた。

私は悔しさを押し殺し、平静を装った。

この桜子という女は、正に「銀座のお竜」だとおもった。

リーチに出たのが失敗だったのだろうか。そんなことはない。それなりの麻雀打ちなら、絶対にリーチを打つ。私の捨《ス》て牌《ハイ》の河からして、国士無双《コクシムソウ》と読むことなど考えられない。

親の私がリーチをかければ、三人の手の進行を止められるし、[發]を摑めば、百人中百人までが捨てるに決まっている。

「なるほど……。聞かされたとおりの、お竜さんだ」

坂本も舌を巻いている。

そのとき、佳代ママが帰ってきた。

「お疲れさま」

私たちに頭を下げて、ママが隣室に消える。

一本場での洗牌《シーパイ》をしているとき、佳代ママが、着物からジャージー姿に変えて、顔を出す。

「水穂、すこし寝ていいわ。わたしが替わるから」

「お姉さんこそ疲れてるでしょ？　わたしは平気よ」

「じゃ、三時間ほど寝させてもらうわ。ところで、どなたが調子良いの？」

佳代ママが、私たちに声をかける。

「俺のひとり負けさ」

私は、素っ気なく、ママに言った。

「もしかしたら、軍資金をちょっと借りることになるかもしれない」

「いいわよ。いつでも言って」

佳代ママがふたたび隣室に消えた。

水穂が寝なかったのは、たぶん私が負けているからだ。その胸の内はわかるが、正直、彼女に後ろから見られるのは、絶不調だけに、私にはすこし苦痛だった。

それ以降も、私のツキは、回復する兆しがまったくなかった。

空が白みはじめたころ、私のチップ箱は、完全に空になった。

佳代ママを起こすことなく雑誌を読み耽《ふけ》っていた水穂に、百万のチップを貸してくれるよう、私は言った。

最後の半荘《ハンチャン》が終わったのは、七時十分すぎだった。私は、またしてもラスを食った。

「じゃ、約束どおり、これでお開きにしましょ」

勝ち頭の桜子が、いいでしょ？　と私に訊く。

「終了は、歓迎だね。完全に、ギブアップだよ」

私にはなんの未練もなかった。他のことを考えていた。ベティへの返事のことだ。

月曜日、ベティには承諾した、と伝えよう。

26

精算のために、皆がチップの枚数を数えていると、水穂が郵便受から新聞を取り込んできた。

佳代ママも起きてくる。

「載ってるわ」

水穂が開いた新聞を、佳代ママに見せる。

その瞬間、私は気づいた。

きょうの日曜版の朝経新聞には、先日、モデル撮影した水穂が掲載されることになっている。

私は精算のためのチップを数えている三人から離れ、佳代ママの許に行って、新聞をのぞき込んだ。

「へえ〜。ずいぶんと、大きく出てるじゃないか」

あの女性記者は、大きく紙面を割く、と言っていたが、その言葉どおり、文化欄の半分近くを使って、水穂のロングスカーフ姿が掲載されていた。

ヘッドタイトルは、「女子大生の最新ファッション」。

「どう？　見直した？」

水穂が、半分得意げに、半分照れたような顔をして私に言った。

「見直すもなにも、以前から、きれいだ、と言ってたろ？」

「もっと、ホメてよ」

「とても、すてきに写っている。実物のほうが、もっとすてきだがね」

「なに、ジャれてるのよ。聞いてらんないわ」

佳代ママが苦笑し、きょうはずいぶん負けたんでしょ？　と私に訊いた。

「最初から最後まで、博打の神様に見放された一日だった。でも、麻雀だから、こんなときもありますよ」

私のチップ箱には、借りたチップが少し残っただけで、負けの総額は、三百七十万と少し。しかし前回、五百万ほど勝っているので、そのなかから戻した、と考えれば、サッパリとする。

「ママ。チップを買い戻してくれ」

有村部長が声をかける。

佳代ママが隣室に引っ込んで、手提げ金庫を持ってきた。

「じゃ、買い取りますよ」

卓上に金庫を置いて、佳代ママが三人のチップをたしかめる。

「桜子さんが、プラスの百四十万。坂本社長は、プラスの百五十万。部長は、プラスの七十六万。つまり、梨田さんの、ひとり負けということね」

佳代ママの口調は淡々《たんたん》としていて、それぞれから預かった三百万に上乗せした勝ち金を手際よく数えて、全員に渡す。

「ところで、新聞に、なにか載ってるのかい？」

金を収いながら、有村部長がママに訊く。

「水穂が出てるのよ」

答える佳代ママの表情はうれしそうだった。水穂に、新聞を持ってきて、と言う。

佳代ママが、新聞を開いて、卓の上に置く。

「ほう……」

有村部長が驚いたように、つぶやく。

坂本も興味深げに新聞の水穂の写真に視線を落とすが、桜子はチラリと見ただけだった。

「じゃ、わたし、眠いので、お先に失礼させてもらうわ」

梨田さん、またやりましょうね、と言うと、桜子は軽く頭を下げて、玄関のほうに消えた。

人というのは、相手を嫌っていると、自然とそれが相手にも伝わるものだ。

桜子は、水穂に嫌われていることに気づいているのだろう。新聞に載った水穂の写真に対する反応には、桜子の小馬鹿にした態度が滲んでいた。

「お竜のやつ、愛想のカケラもないな」

桜子が消えると、有村部長が苦笑した。

「そんなもの、要らないわ。わたし、あの女《ひと》、苦手なの」

水穂がツンとした顔をする。

「どうした？　二人の間に、なにかあったのかい？　まるで磁石のNとNだな」

笑いながら、有村部長が、あらためて新聞に目を落とす。

「しかし、水穂チャン、なかなかイケてるよ。まるで、プロのファッションモデルみたいだ。

でも、どうして、ここに取り上げられるようになったんだい？」

「街を歩いているときに、記者から声をかけられたんです、って」

佳代ママが水穂に替わって説明する。しかし、私が一緒だったことは伏せた。

「なるほど。目立ったわけだ。こういうのに出ると、モデル事務所からスカウトが来るかもしれんよ」

記事を読んでいた部長が、きみはA学院の四年生か……、とつぶやく。

「そろそろ、就職を考えなきゃいけない年齢だな。どうしようとおもってるんだい？」

「広告に興味があるから、そっち方面に就職しようかな、って、漠然と考えています」

私をチラリと見て、水穂が答える。

「じゃ、いっそのこと、うちに来たらどうだい？　推薦状を書いてやってもいいぞ」

部長の言葉に、私はドキリとした。

「やめときます。不良社員ばかりみたいですから」

「なかなかの炯眼《けいがん》だ」

部長が笑う。

「それに、広告屋に就職したって、女だったら、ツマらんよ。ロクな仕事をさせてくれんし。いっそのこと、モデルにでもなったらどうだい？　どうやら見るところ、地味な仕事は好きでもなさそうだし」

　モデル事務所だったら、いくつか紹介できるぞ、と部長が言った。

「馬鹿なこと言って、妹を調子に乗せないでよ。わたしとはちがって、この子には、ふつうの生活をさせるつもりなんだから」

　佳代ママが時計を見ながら、言う。

「おい。帰ろう。俺も眠くなった」

　ずっと黙って聞いていた坂本が、佳代ママの代弁をするように、私に言って、腰を上げる。

　佳代ママと水穂が、私たち三人を玄関先まで見送りに来た。

　水穂と目が合った。部長と坂本に気づかれぬように、指先を耳に当てて電話するしぐさをする。

　うなずき、私は部長と坂本を追って部屋を出た。

　マンションの外に出ると、朝の明るい光が、ビルや路面に反射していた。

「徹夜麻雀なんて、十年ぶりぐらいだな。しかし、さすがにこの年になると、キツい」

　有村部長が、明るい日の光に、まぶしそうに目を瞬かせる。

「でも、面白かったよ。ヘボの入らない真剣勝負は、麻雀の醍醐味《だいごみ》だな」

　じゃ、お先に――、通りかかった空車に手を上げ、有村部長はさっさと帰ってしまった。

「どうする？　帰るか？」

坂本が私に訊いた。

「コーヒーでもと言いたいところだが、こんな時間じゃ開いている店はないだろう」

徹夜明けなのに、眠気はまったくなかった。それに、中途半端に寝ると、夜、眠れなくなってしまう。

部長のときは、すぐに空車が通りかかったのに、日曜日の早朝のせいか、タクシーの姿がない。

坂本と肩を並べて、大通りのほうに歩いた。

「あの女、強いな」

「『銀座のお竜』と言われるだけのことは、あっただろ」

私は小さく笑った。大敗は喫してしまったが、私の気持ちはふしぎとサバサバしていた。

「おい、ここ開いてるぜ」

路地の角にある喫茶店のドアに「ＯＰＥＮ」の札が吊るされている。

坂本と一緒に店に入り、コーヒーを注文した。

「しかし、おまえの国士《コクシ》無《ム》双《ソウ》に、あの女が、發を積《カン》しなかったのには、正直驚いた」

たばこに火を点けながら、坂本が言った。

「あれが、俺の分岐点だったよ。もし上がれていたら、ガラリと流れが変わってたはずだ。リーチが失敗だったかな？」

私もたばこを一本抜き出して、坂本に笑みをむけた。

「誰だって、リーチを打つさ。もしおまえがリーチをかけなきゃ、俺がアッサリ上がってたよ。おまえのリーチ後、一発で危険牌《ハイ》を握らされて、下りちまったからな。結局、おまえが、トコトン、ツカなかったということだ」

「しかし、桜子のやつ、よくぞ見抜いたな」

悔しがるよりも感心して、私は言った。

「差し馬《ウマ》を握った――。その前に、おまえは何度も国士《コクシ》に挑戦していた――。たぶん、その二つが、彼女の勝負勘を刺激したんだ。おまえんとこの部長の台詞じゃないが、面白かったよ。また今度、あの女がいるときに誘ってくれ」

運ばれたコーヒーに口をつけ、ところで――、と坂本がニヤリと笑った。

「おまえ、あの、水穂という女の子とデキてるだろ？」

さすがにアルサロなんてものを営業《や》ってただけに、坂本は女の微妙な表情に鼻が利くのだろう。

「否定はしない」

笑ってうなずいた瞬間、ふと、おもいついた。水穂は、グアムに行くための旅行会社をもう決めたのだろうか。

店の赤電話から水穂に電話した。

出たのは佳代ママだったが、なにも言わずに、すぐに水穂に替わってくれた。

——今、帰ろうとしたところよ。マー君、どこにいるの？

「近くの喫茶店でコーヒーを飲んでいる。ところで、例のグアム旅行、もうどこかの旅行会社と話を進めているのかい？」

——数社と交渉してるわ。

「契約はしてないわけだ」

——一番安くて、感じのよいところにしよう、って話しているの。でも、どうして？

「とりあえず、ここに顔を出せよ。今、坂本社長と一緒なんだ」

喫茶店の場所を水穂に教えて、私は坂本の前に座り直した。

「これに、電話してたのか？」

坂本がニヤリと笑って、左手の小指を立てた。

「そうだ、じつは彼女、大学の広告研究会に入ってるんだが、その部活とやらで、来月、グアムに行くらしい」

「ほう。部活で海外旅行かい。さすがに、お嬢の多いA学院だけのことはあるな」

坂本が皮肉たっぷりに言って、コーヒーをすする。

「だが、今聞いた話では、まだ旅行会社は決まってないらしい」

「つまり、うちに任せよう、ってことか？」

そうは言ったが、坂本はさほどうれしそうでもなかった。

「それは、彼女との交渉しだいだな」

喫茶店のドアが開き、水穂が顔を出した。

「さっきは、どうも」

水穂が坂本に軽く会釈し、私と坂本の、どっちの席の隣に座ったらいいのか、と躊躇する。

「もう、バレてるよ」

私は笑って、水穂のためのスペースを横に作った。

「バレてる、って……？」

「きみらが、デキてる、ってことだよ」

坂本がアッサリと言って、水穂に笑みをむける。

「デキてる、だなんて、品のない言い方。でも、マー君、って、お喋りね」

私をひと睨みしたが、水穂の表情にはさほど怒ったふうはなかった。

コーヒーを注文し、で、なんなの？　と水穂が私に訊く。

「来月のグアム旅行、旅行会社が決まってないんだったら、この社長のところに任せたらどうだい？」

「安くしてくれる？」

水穂がズバリと坂本に訊く。

「儲けは要らんよ。こっちの原価でいい。なんせ、こいつの彼女じゃ、しょうがない」

坂本がぶっきら棒に言って、笑った。

「ほんとう？　今、二十三人集まってるの。じゃ、すべて任せるわ」

「よし、決まりだ」

これからは坂本を窓口にして話を進めたらいい、と私は水穂に言った。

27

月曜日、出社してほどなく、有村部長から内線電話があった。午後の一時から、一時間ほど時間を作ってくれ、という。

用件は訊くまでもなかった。例の企画書作りのことだろう。

一時に会社の玄関で待っている、と言うと部長の電話は切れた。

午前中は、リサーチ会社との打ち合わせで時間が潰れた。あの担当課長は、私が賄賂を断ったせいか、どこか気拙そうだった。

昼のチャイムが鳴る前に、私は社を出て、銀行に顔を出した。

水穂のグアム旅行の件は、すべて坂本と水穂に任せた。あとは私が水穂の分の旅行代金を坂本の会社に渡すということにして別れた。

水穂は、私と一緒にいたいようだったが、疲れている、と言って、断ってしまった。疲れを覚えていたのは事実だが、水穂に後ろめたさを覚えたからだ。なにしろ私は、桜子との勝負に負けて、ベティとの旅行を承諾する腹を括ってしまっている。

銀行から出たところで、そのベティとバッティングした。彼女は、人事部にいる先輩女子社員と一緒だった。

「あら、梨田クンじゃない」

なかなかベティは役者だ、私とのことを、これっぽっちも臭わさない。

「やあ、これから昼食かい？」

「そうよ、一緒に、どう？」

「じゃ、夏バテ防止に、鰻《うなぎ》でもご馳走してあげるか」

「ヤッタァ、ラッキィ」

ベティが、得意の、指先をパチンと弾く。

一緒にいる、ベティの先輩格の女子社員が呆気《あっけ》にとられた顔をしている。

路地にある鰻屋に入った。

「梨田クン、初めてでしょ。山路先輩よ」

席に座るなり、ベティが先輩女子社員を紹介した。

梨田です、と言って、私は彼女に小さく頭を下げた。

「知ってるわよ。藤沢さんが、お熱の男《ひと》でしょ？」

山路が笑って、茶化すような目で、ベティを見た。

「なんだい？　それ？」

私はトボけて、ベティを睨みつけた。

「いいのよ。ほんとうだから。山路先輩は、会社のなかで、唯一、わたしが信頼する人なの。だから、先輩にはなんでも喋っちゃう。でも、口の堅さは、アワビ並みだから、安心して」

店の従業員を呼んで、鰻重の松をベティが注文する。

「梨田クンがお金持ちなのも話してるわ」

ベティが笑って、同じものでいい？　と山路に訊く。

「それじゃ、あまりにも図々《ずうずう》しいわよ。わたしは、梅でいいわ」

「いいですよ。こうなりゃ、ヤケッパチだから」

私は山路に笑って、鰻重の松を三つ、注文した。

鰻の芳《かんば》しい匂いが、空腹を刺激した。なにしろきのうは、夕食にインスタントラーメンを食べただけで、ウィスキーを飲んでいるうちに爆睡してしまったからだ。

「ねぇ、梨田クン。きのうの朝経新聞の日曜版、見た？」

注文した鰻重を待っていると、ふいに、ベティが訊いた。

迷ったのは一瞬で、いや、と私は首を振った。

「聞いてないの？」

「なんのことだい？」

私は山路の目を意識しながらトボけた。

「ふ〜ん。それならいいの」

ベティはその話を打ち切った。

新聞にモデルとして掲載される話を、彼氏である私に、水穂がしないわけがない。きっとベティは、私がシラを切っているとおもったのだろう。

昼食時で、店はだいぶ混み合ってきた。鰻重がやっと運ばれた。

「いただきます」

ベティと山路の声が重なる。

私は黙々と箸を動かした。ベティと山路も、おいしそうに食べている。

だが私にはベティの心が透けて見えるようだった。おいしそうに食べながら、きっと新聞に出ていた水穂のことと、それに知らぬふりをした私のことを考えているにちがいない。

食事を終えると、お礼にお茶を奢るわ、とベティが言った。

時計を見ると、十二時半をすこし回ったところだった。

「仕事があるので、十五分か、二十分ぐらいしか時間がないけど、それでよかったら」

「けっこう真面目なのね」

ベティが笑って、それでいいわよ、と言った。

三軒隣の喫茶店に入った。全員がコーヒーを頼む。

「そうだ。梨田クンには教えちゃおう」

ベティが言った。

「うちの会社、この十一月に、赤坂に引っ越すのよ」

「へぇ〜。そうなんだ。まっ、俺は、どこだろうと、いいけどね」

いつかベティは、会社が赤坂に移るというような話をしていた。私は、山路を気にして、そのことを初めて耳にするような態度を装った。

「梨田クン、滑り込みセーフだったわね」

「どういう意味だい？」

「これからは経費が嵩《かさ》むから、途中入社が厳しくなるのよ」

「藤沢さん、それって、梨田クンに失礼じゃない。聞きようによったら――」

「いいんですよ」

私は笑って、山路の言葉を遮った。

「彼女の言うとおり、俺は不良社員だから。もし厳正な入社テストがあったら、俺なんて、間違いなく不合格さ」

しばらく雑談をして、一時十分前に、じゃお先に、と言って、私は腰を上げた。

会社の決まりでは、十二時から一時までが昼食の時間だが、それは決まりというだけであって、厳密に守る社員などいない。ベティたちは、もうすこし喫茶店にいるようだった。

28

会社に戻ったのは、一時丁度だった。ビルの入り口に、営業の木下の姿があった。

「よう」

木下が仏頂面を私にむけた。

「部長は？」

「先に行ってるそうだ。おまえを連れてくるように、と言われている」

木下が通りかかった空車を止めた。運転手に、広尾へやってくれ、と言う。

「この間会った矢木さんのプロダクション、広尾にあるんだ」

軽くうなずいただけで、私はなにも言わなかった。

「どうだい？　会社、だいぶ慣れたかい？」

「まあ、なんとか」

三十そこそこの木下の給料は、手取りで十万ぐらいのものだろう。しかし彼のスーツは、その一ヶ月分の給料が飛んでしまいそうなほどに高価そうな代物だ。

「おまえ、ゴルフは？」

木下が私を呼ぶ、おまえ、という表現に、私は少々カチンときていたが、それはおくびにも出さず、やったことすらない、と無表情に答えた。

菅田先輩の話では、広告会社の営業社員は、誰もが派手で、遊び好きとのことだ。それは佐々木を見ていればわかる。つまり、この木下も、典型的なそういうタイプなのだろう。

自分の給料以上の出費。それを補うには、三つの方法しかない。実家の援助か、金貸しから金を借りるか、それとも、職権を利用した裏の稼ぎか――。

木下がそのどれに該当するのかは、私にとってはどうでもよかった。

十五分ほどタクシーを走らせ、小奇麗《こぎれい》なマンション風の建物の前で、木下は車を止めるよう、運転手に言った。

私は黙って、木下の後につづいた。

建物のそばのニセアカシアの木から、蟬《せみ》の鳴き声が聞こえたが、私と木下が、建物に入るとき、ピタリと鳴き声が止まった。

五階建てだった。入り口のネームプレートの三階に「矢木プロダクション」の名が記されている。

エレベーターで三階に上がった。

木下が勝手知った顔で、フロアの一番奥の部屋のドアを開ける。

部屋の奥のソファに座っていた有村部長が立ち上がった。彼の隣には、例のヤギ面の矢木と、クリエイティブ局の竹内の顔もあった。

「よう。来たか」

部屋のなかの数台のデスクでは、何人かの若者たちが、額をくっつけるようにして、デザイン画の制作をしている。

「じゃ、部長。さっさと終わらせましょうか」

矢木が隣の部屋に、私たちを案内した。

どうやら矢木の専用部屋のようで、中央には円形の木製テーブル、窓際にはスチール製のデスクに白色のボード、そして壁一面には広告用のポスターや写真の類が多数貼られている。その何点かは、街角やテレビで私も見た記憶がある。

中央の円形テーブルを囲んで全員が座った。

「おい、木下。現物と資料を皆に配ってくれ」

有村部長に言われて、木下が立ち上がる。

すでに運び込んでいたようで、木下が部屋の隅のダンボール箱のなかから、箱状のスナック菓子と、バインダーで綴《と》じられた五組の書類を取り出して、全員に配った。

「ストライク・ジャック」。どギツい配色のパッケージのなかに、英文字のロゴが記されている。

「皆はもう見ているが、梨田は初めてだよな」

そう言って、有村部長が、「ストライク・ジャック」を手に取って、私に説明する。

「このスナック菓子は、コーンをキャラメルでコーティングした代物で、アメリカでは三十年ほど前に発売して以来、とても人気がある。スナック菓子だから、男の子でも女の子でも、食べてくれりゃ、どっちだっていいんだが、圧倒的に男の子に人気がある。それは、スポーツに関連してるからだ。野球を観戦しながら口に放り込む、バスケを応援しながら、あるいはアメフト、なんだっていい。つまり、屋外での消費を念頭に置いて開発された商品なんだ。今じゃ、大の大人だって、こいつを食っている。今後、日本で発売するのも、当然、その路線で展開するわけだ」

わかるか？　とでも言うように私を見て、有村部長は「ストライク・ジャック」をテーブルに置いた。

私はパッケージを開いて、中身を出してみた。ピーナッツに、チョコレート色の飴《あめ》をコーティングしたような、不揃《ふぞろ》いの粒の菓子だった。ひと粒、口に放り込むと、私にはいささか甘すぎる味が、舌先に広がった。

「アメリカ、って国は商業スポーツが盛んでいろいろな競技場がある。観衆も多くつめかけるしな。ところが日本では、せいぜいが野球ぐらいなもんだ」

有村部長が話をつづける。

「しかし、本国の広告コンセプトを変えるわけにはいかない。『アウトドア・スナック』。コンセプトはこれだ。広告のキャラには、有名野球選手を起用する。どうだ、この案は？」

いいんじゃないですか、と木下と竹内。矢木も同調する。

梨田はどうおもう？　と有村部長が訊いた。

「いきなり訊かれても……。まだ資料も見てませんし……」

「梨田の意見なんて、どうでもいいじゃないですか。もう、先方からの了解も得てるんですし」

木下が言った。

「そりゃ、まあ、そうだが」

有村部長が笑った。

話がわからず、私はキョトンとしていた。有村部長の説明では、この企画書作りは、プレゼンテーション用のものだ、と言っていたではないか……。

「こいつの口の軽さは、女に対する尻の軽さと一緒だな」

有村部長が、木下を睨みながら言って、苦笑交じりに、私に説明する。

「じつは、梨田。おまえには黙っとこうとおもったんだが、このプレゼンはデキレースなんだよ」

「デキレース？」

「そうだ。プレゼンとは名ばかりで、うちが契約を取ることは、ほぼ決まっている。むこうの宣伝部長とは話がついてるんだ。宣伝部長には、形というものが必要でな。プレゼンなしで、契約するわけにはいかないんだ。早い話が、プレゼンは儀式なんだよ。宣伝部長には、ずいぶんと金を使ったからな」

いくら企画書作りが初めてだって、ここまで言われれば、私にだってわかる。つまり、相手方の宣伝部長に金の攻勢をかけたということなのだろう。あるいは、契約を結んでから、裏金を捻出《ねんしゅつ》して、キックバックをするという手だってある。

官庁なら、汚職ということになるのだろうが、競争の激しい民間企業なら、道義的な問題は別にして、ナンデモアリだ。ただ、事が露見したときには、相手方の宣伝部長は、自社内では窮地に立つだろう。

「なるほど、そういうことですか……。つまり、そのことを知らなかったのは、このなかでは、僕だけだったということですか」

「まあ、そういうことだ。おまえにとっては初めての仕事だったし、恥をかかせたくなかった、ってことだ。ここにある資料の一部も、どんなコンセプトでいくかも、宣伝部長からの提供なんだ」

有村部長の顔は、どこか恩着せがましいものに、私の目には映った。

「そういうことだったら、なにも、僕がやらなくたって、誰にでもできるじゃないですか」

私は不服におもって言った。なんとなく、馬鹿にされてるような気がした。

「そんなことはない。木下には企画書作りなんて任せられない。こいつが得意なのは、接待と、オベンチャラだけだ。竹内は、制作の仕事で忙しい。となると、残るは、おまえしかいなくなる。頭も良さそうだしな。この資料を参考にして、今、俺が話したコンセプトを念頭に、企画書を作ってくれ。これからの勉強にもなる」

私は、ヤギ面の矢木に、チラリと目をむけた。

先日、有村部長の説明では、この仕事は矢木の会社へ下請けに出す、と言っていた。私が作った広告企画書は、「矢木プロダクション」の名義で、うちの社に戻されることになるだろう。

この仕事のすべての顚末を見てみたい気がした。

「わかりました」

私は、ひと言、言った。

まだ打ち合わせが残っている、という有村部長たちに頭を下げて、私はひとりで矢木の会社を出た。

マンションの外に出ると、ニセアカシアの木から、来るときに聞いた蟬の鳴き声がした。

そして私が足を一歩踏み出すと、また同じように、ピタリと鳴き声はやんだ。

蟬のやつ、この俺に警告でも発しているつもりなのだろうか。私は胸のなかで苦笑した。世の中は、表の顔と裏の顔で成り立っている。表の顔は、誰だって見ることができる。だが、裏の顔を見るのは、とても勇気が要るし、そして多くの場合、人はそれから目をそむけたがる。

世の中のすべてを見ろ――。砂押は私にそう言った。

前に進むしかないのさ。胸につぶやいて歩きはじめると、ふたたび蟬が鳴きはじめた。

夕刻、ベティから内線電話があった。

――梨田クン。鰻、ご馳走さまでした。会社、終わってから会わない？

昼間、食事とお茶をしたときには、先輩女子社員の山路がいたから、例の返事の件には、なにも触れなかった。たぶんベティは、あの返事を聞きたいのだろう。

いいよ、と私は答えた。瞬間、ベティのホッとしたような息遣いが、電話口から伝わってきた。じゃ、六時にハチ公前広場で、と言うと、ベティは電話を切った。

「いよいよ、降り立ったね」

隣のデスクの菅田先輩が私に声をかける。

「降り立った？」

「えっ、きみ、興味ないの？　人類にとって、歴史的な日なのに」

人類にとっての歴史的な日？

私が今、頭を悩ましているのは、二人の女の子をどうしようか、ということであって、人類の歴史などという大問題には程遠い。

「ほら、アポロ11号だよ」

菅田先輩が笑う。

そうか。五日前に、ケネディ宇宙センターから、アームストロング船長たちを乗せたアポロ宇宙船が打ち上げられた。人類史上初めてとなる月面着陸を試みるためだ。

発射は無事成功し、今朝、月着陸船「イーグル」が月面に着陸した。そして昼の十二時頃に、アームストロング船長が月面に降り立つようすがテレビで放映されたのだ。

「たしかに、すごいですよね」

私は菅田先輩に、笑ってうなずいた。

アポロが打ち上げられて全世界が熱狂しているとき、私は日本の小さな街の、小さなマンションの部屋で、小さな牌《パイ》を握って、博打麻雀にうつつを抜かしていた。

その間、この菅田先輩は、アポロ宇宙船の報道に、一喜一憂していたのだろう。

世の中にはいろいろな人間がいる。そしてたぶん、必要とされるのは、菅田先輩のような人間だ。

デスクを片づけ、後ろめたさを隠すように、じゃお先に、と菅田先輩に言って、私は腰を上げた。

29

夕刻の六時近くは、ハチ公前広場が一番人波で溢れる時間帯だ。

ハチ公の銅像のすぐ近くに立っているベティを見て、私は、オヤッとおもった。昼間会ったときは、ベージュの半袖のワンピースだったのに、今はノースリーブ姿だった。

「やあ」

声をかけると、ベティの口元から白い歯がこぼれた。

「残業なんて、なかったわよね？」

「そんなに忙しい身じゃないよ。退屈で、アクビが出てたぐらいだ」

この前の店でいいかい？　と私は訊いた。

「酔っ払いたい気分なんだ」

「なにか、あったの？」

「ルビコン川を渡ったんだよ」

「ルビコン川？」

「いや、なんでもない。忘れてくれ」

私はベティの先に立って、「のんべい横丁」のほうに足をむけた。

店には、二組の先客がいた。内ひとりは、先日もいた、あのクタびれた勤め人だった。

「一回、コッキリだとおもったのに、また来てくれたんだ」

店主のおばさんが、私とベティに笑みをむけ、カウンターの隅に座るよう、言った。

「わたし、ビール。梨田クンは？」

同じでいい、と言って、私はおばさんに注文した。

「昼間のときと、服装がちがうな」

「なにも言わないから、気づいてくれてないのかとおもった」

ベティが口元から赤い舌をチロリと出す。

「ワンピースより、ノースリーブのほうが刺激的でしょ？」

会社で着替えたのだという。

「刺激的かもしれないが――」

俺にとっては厄……、と言おうとしたが、すんでのところで言葉を呑み込んだ。

「しれないが……、なによ？」

「いや、なんでもない」

まさか、ベティと同じノースリーブ姿の桜子と麻雀を打って大敗を喫したなど、言えるわけがない。

「どうしたの？　きょうは、とても歯切れが悪いわね」

助け船を出してくれたのは、おばさんの置いたビールだった。

私はベティに、ビールを注いでやった。手酌しようとすると、ベティがビール瓶を取り上げて、私に注いでくれる。

「じゃ、乾盃」

「良い返事をもらえることに、乾盃」

ベティは笑みを浮かべたが、私を見つめる目は笑っていないように見えた。

「焼き鳥、適当に焼いてくれる？」

私はベティの目から逃れるように、ビールを半分ほど飲んでから、おばさんに言った。

梨田クン、さあ……。残りのビールを一気に飲み干して、ベティが言った。

「お昼に会ったとき、わたしにうそをついたでしょ？」

「なんの話だい？」

たぶん、新聞に載った水穂のことだろう。私は、空になったベティのグラスにビールを注いでやった。

「ほら、また、トボけてる。朝経新聞の日曜版のことよ。女の子だったら、誰でも大喜びで、自慢するわ。梨田クンが、知らなかったなんて、あるわけないじゃない」

「まあ、ね。でも、しかたないだろ。山路さんがいたし」

「つまり、新聞は見たのね？」

「ああ。見た」

私はアッサリと認めた。

「悔しいけど、あの子、きれいね。まるで、本物のファッションモデルみたいだった」

うれしい？　とベティが訊いた。

別に、と言って、私は首を振った。

「俺が新聞に出たわけじゃないし、ね」

「もしわたしが、あの子みたいに新聞に出ても、同じ感想？」

「その、ノースリーブ姿でかい？」

私はからかうように、剝き出しになったベティの肩口に目をやった。水穂とはちがって、ふくよかな肉づきをしている。

私はちょっと狼狽して、慌てて目を逸らした。

どうなのよ？　と訊くベティに、仮定の話には答えられないよ、と言って私は笑った。

「ハイ、お待ちどおさん」

おばさんが、焼き上がった焼き鳥の何本かを、私たちの前に置きながら、言った。

「いいねぇ、若い人たちは。いつもいつも、クタびれたオジサンを相手にしていると、気が滅入《めい》っちゃうから、これからもどんどん顔を出してよ」

「おい、バァさん。どこにクタびれたオジサンがいるんだい？」

隣にいる、あの常連客の中年男が混ぜっ返して笑う。

「人の話に入ってくるんじゃないわよ」

ピシャリと決めつけて、一杯いただいていい？　とおばさんが私に訊いた。

「どうぞ」

私はおばさんの差し出したグラスにビールを注いでやった。

「アンタ、どっちの子が本命なのよ？」

男みたいな飲みっぷりでビールを半分空けると、おばさんが私に訊いた。

「どっち、って？」

ドギマギしながら、私はチラリとベティを見た。

「ほら、この前三人で来たでしょ？　もうひとりの子も、とてもきれいなお嬢さんだったじゃない」

おばさんの訊き方はアッケラカンとしていて、嫌な気はしなかった。

「おばさん、好きよ。その竹を割ったような訊き方」

ベティが笑った。

「この子は、会社の同僚。あの子は、アルバイトの仕事をしに来た学生。それだけだよ」

私は焼き鳥を頬張り、煙に巻いた。

「あら、そうなの？　お嬢ちゃん、煮えきらない男には用心するんだよ」

おばさんは高笑いすると、カウンターの隅のもうひと組の客の話のほうに、矛先を変えた。

「じゃ、返事を聞かせてくれる？」

ベティが小声で私に訊いた。

「イエスだよ。でも、先はどうなるかわからないぜ。責任も持てない」

「第一関門、突破」

ベティが私のグラスに、自分のグラスをぶつけて、乾盃と言って笑った。

「乾盃となるかどうかはわからないぜ」

「いいのよ。わたしの問題だから」

ベティが空のビール瓶を揺すって、おばさんにお替わりを頼んだ。

「ねぇ、さっき、ルビコン川を渡った、と言ったけど、それって、わたしとのこと？」

有村部長との仕事の話を打ち明けるのにはまだ早い。ちがうよ、とだけ、私は言った。

「じゃ、なに？」

「いずれ、機会があったら話すよ」

「じゃ、もう訊かないわ」

それで、旅行のことだけど、とベティが目を細める。

「電車の時刻とかは、わたしが調べておくわ」

私は黙ってうなずいた。ルビコン川はベティの一件ではない、と言ったが、頭のなかには水穂の顔が浮かんでいた。

俺は最低の男だな……。正にルビコン川を渡ろうとしているじゃないか……。

私の表情を見て、迷いがあるんだったらやめて、とベティがつぶやく。

「迷っちゃないよ。俺もベティも、まだ若い。この先、なにがあるかわかるもんか」

私は迷いを振り払うように言って、ビールを一気に呷《あお》った。

「なぁ、ベティ。答えたくなかったら答えなくていいんだが、ひとつ訊いていいかい？」

「いいわよ。ひとつどころか、二つでも、三つでも」

「はたから見ると、ベティほど羨ましい環境で育てば、幸せこの上ないだろうとおもえるんだけど、ひょっとしてちがうのかい？」

チラリと私を見て、ベティがおばさんに、ウィスキーの水割りを頼んだ。俺も、と私は言った。

「経済的なことが羨ましい、というんだったら、そのとおりね。でも、羨ましい環境が幸せだとはかぎらないわ。わたし、自分の家が嫌いでたまらないの。理由は、おいおい話すけど、幸せか、って訊かれたら、そうじゃないわ。わたしが、元気そうに、明るく振る舞っているのは、いつか梨田クンが言ったように、自分にゲタを履かせているからよ。だって、そうしてたほうが、楽なんだもの」

ベティが、私の手をそっと握った。いつも見る明るいベティの表情とは裏腹に、その手はヒンヤリとしていた。

30

電話の音で目覚めた。

激しい頭痛の上に意識は朦朧《もうろう》としていて、ここがどこなのか、わからなかった。

大きなダブルベッド。薄いピンクの壁。鳴っている電話は、枕元の上にあった。

受話器を取ると、女の声がした。

——お連れさんが、八時に起こすように、とのことでしたので。

お連れさん？　頭痛をこらえて、どういうこと？　と私は訊いた。

——女性ですよ。午前二時ごろ入られて、お連れさんは、そのまま帰られました。

しだいに記憶が蘇《よみがえ》ってきた。昨夜、ベティと何軒か飲み歩いて、酩酊《めいてい》状態になってしまったのだ。

わかった、と言って、私は電話を切った。

たしか最後に行ったのは、道玄坂にある見知らぬバーだった。だが、それからの記憶は曖昧だった。

ラブホテルの一室。状況から考えると、酩酊した私を、ベティが連れてきたにちがいない。

ベティと寝た？　しかし私は、上着こそ脱いではいるものの、シャツもズボンも着たままだ。それに、今の女の話では、ベティは帰ってしまったようだ。

備えつけの冷蔵庫からコーラを出して一気飲みすると、しだいに意識もはっきりとしてきた。

服を脱ぎ、バスルームで冷たいシャワーを浴びて、しばらくじっとしていた。

鏡に映った私の顔は、前夜の深酒が残っていて、瞼も腫《は》れていた。

ベッドに座ってたばこを吸った。頭痛もようやく鎮まってきた。

ベティと最後はなにを話していたのだろう。まったくといっていいほど覚えていなかったが、彼女の泣き顔だけは、記憶の片隅にある。

服を着て、クロークで料金を払ってからホテルを出た。

夏の朝の日差しがまぶしい。何人かの人たちが、私を無視して通り過ぎる。

路地を歩くと大通りに出た。道玄坂だった。

目についた喫茶店に入って、コーヒーを頼んだ。

コーヒーをすすっていると、泣きながら言ったベティの言葉の断片が、おもい出されてきた。

——わたしは、連れ子なのよ。きょうだいたちとは血の繫がりがないの……。梨田クン。多くは望まないから、そばにいていいでしょ？

喫茶店を出て、会社のほうにむかった。

——ルビコン川、ってどんな川？　わたしも渡るわ。

会社のビルに入るとき、私は小さく嘆息した。

出勤簿チェックのデスクには、ベティが座っていた。

「おはよう」

昨夜のことなど忘れたかのような顔で、ベティが私の印鑑を渡した。

ありがとう、と言って、私は出勤簿に印鑑を押した。

その日、会社のデスクに隠しておいた「ストライク・ジャック」の資料をアパートに持ち帰って、丹念に目を通した。

資料は、スナック菓子の市場規模、参入企業、販売されている商品の一覧表とそれぞれの特徴や販売高などが記されていた。

どの資料もタイプ印刷されていて、外部の専門調査機関からの報告であることがわかる。

二度、目を通して、「ストライク・ジャック」の競合商品として、五つをピックアップした。どれも、そこそこに売れていて、「ストライク・ジャック」の販売を伸ばすには、その五つの競合商品のシェアに食い込み、新たなニーズを掘り起こす必要がありそうだった。

広告の企画書には、定型というものはない。しかし私は、下調べをしていた某社のチョコレート広告企画書を参考にすることにした。製菓という点では同じだし、販売ルートも競合商品の多さも似通っているからだ。

それから二日間、会社を終えると寄り道はせずにアパートに帰り、企画書作りに精を出した。

有村部長とその仲間のためなどというおもいは、これっぽっちもなかった。言ってみれば、広告会社に入ったからには――、という勉強みたいなものだった。そしてもうひとつ。つまらないものを作れるか、との私のプライドもある。

そうしている間、まるで互いを牽制し合っているかのように、水穂からもベティからも、なんの連絡もなかった。

完成した企画書は、自分ながら、なかなかよくできているとおもった。

そして週末の金曜日、清書した企画書を社用封筒に入れて、出勤した。

朝からの雨で、満員電車のなかの乗客の雨傘に妙に苛《いら》ついた。

出勤簿チェックのデスクに、ベティの姿はなかった。ラブホテルから出勤して以来のこの三日、人事部の他の女子社員がベティに替わって業務をこなしている。

「藤沢さん、どうしたの？」

「風邪で寝込んでいるみたい」

チラリと私を見て、その女子社員は興味なさそうな顔で、言った。

なんとなく私は、ホッとした。旅行は承諾したものの、まだ私のなかでは、水穂への後ろめたさが消えないでいた。もしかしたら、あしたの土曜日からの旅行は取りやめになるかもしれない。

十時すぎに、有村部長の席に内線電話をかけた。隣の菅田先輩を気にして、私の声は小さかった。

「できました。これから会えますか？」

じゃ、例の喫茶店でこれから、と言うと、部長はすぐに電話を切った。

社用封筒を手に腰を上げた私を見て、一瞬、菅田先輩が訝る顔をした。内線電話を使って社内の誰かと打ち合わせをする仕事など、まだ私にはないことを知っているからだ。

喫茶店に入ったとき、ちょっと嫌な気がした。窓際の席にいる佐々木に気づいたからだ。彼は、同期の男、二人と話し合っていた。

私に気づいた佐々木が小さな会釈を送ってきた。私もうなずき返し、まるで誰かを捜しに来たような顔で店内を見回してから、喫茶店を出てしまった。有村部長と、コソコソと話しているところは見られたくなかったからだ。

雨よけのために、近くのビルの庇《ひさし》の下で、有村部長が来るのを待った。

このところずっと晴天つづきだったのに、降りしきる雨が忌々《いまいま》しかった。今朝の満員電車で覚えた苛立ちが、またブリ返してきた。

角を曲がって小走りで来る有村部長を目にして、私は部長のほうに走った。

「これ、例の物です。見といてください」

私は社用封筒を部長に渡し、急用ができたので、と言って、振り返ることもせずに社のほうに駆け足で戻った。

私の胸のなかには、水穂に対するのと同じような後ろめたさが湧き上がっていた。

席に戻った私を見て、菅田先輩がまた訝る顔をした。

「忙しそうだね」

「チョット、頼まれ事があったんです」

笑って、私は軽くいなした。

「シャチのほうの仕事、もう一段落したんですか？」

菅田先輩と雑談はするが、互いの仕事のことはほとんど話さない。こんな質問をするのも、たぶんに、私の後ろめたさからだった。

「うん。なんとか間に合った」

そう言って、まるで良い話し相手ができたとでもいうように、菅田先輩が説明をはじめた。

房総半島の一角にできる海洋生物館らしい。オープンは十月。施工業者は、都内の観光業者とのことだった。

「シャチの搬入が、もうすぐ終了するんだ。今、営業と制作局が、大わらわだよ。僕の仕事は、もうほとんどやることがない」

菅田先輩の仕事は、その海洋生物館で収容することになる海の生物の資料と、交通機関などを分析することによって、来場者数を割り出す、というものだったらしい。

「うちの社の売り上げは、さしたる額ではないんだけど、これをキッカケに、アカウントは増えるかもしれないね」

もし私が社長だったら、こういう社員を大切にするな、とおもった。間違っても、有村部長をはじめとした、これまで知り合った社員などは願い下げだ。

「シャチ……、ですか……」

「そう、シャチだよ。動物は純粋でいいね。でもほんとうは、広い海で伸び伸びと泳がしておいてやりたいんだけど……」

「人間、って、欲のためには、なんでもやっちゃうんですね」

うん、と言って、菅田先輩は笑った。

分譲住宅のアンケート調査のための準備仕事は一段落し、当日の細々とした雑務の段取りもリサーチ会社に一任している。八月の中ごろのその実施日まで、当面、私のやるべき仕事らしい仕事はなかった。

私は松崎課長に、なにかすることはないですか、とお伺いを立てた。

「言ったろう？　この局は、それほど忙しくないって。それに、夏休みに入るこの時期は、特に暇なんだよ」

見てごらん、と言って、課長は局内にそっと目配せをした。

社員の半分ぐらいしかいなかった。その残っている社員も、本を読んだり、雑誌や新聞を広げている。

「仕事がないときは、雑学を身につけるというのも、この局では大切なんだ。外出してる連中だって、デパートをのぞいたり、ショッピング街をブラついたりしているよ。なかには、映画館やコンサート会場、イベント会場に顔を出しているやつもいるだろう。でもそれはそれで、決して無駄なことではないんだ。今の世の中がどうなっているのか、大衆の趣味や嗜好はどう変化しているのか、そしてこれからの社会はどこにむかおうとしているのか、そうしたことがわかるからね」

だからきみもそうしたらいい、と言って松崎課長は笑った。

たしかに課長の言うことにも一理ある。目の前の仕事も大事だが、社会を観る適切な目や知識を育《はぐく》まなければ、マーケティングなどという仕事はできないだろう。それに、なんといっても、私はまだ半人前なのだ。

私が課長に仕事の有無を訊ねたのは、やはり、有村部長のことでの後ろめたさが胸の底に横たわっていたからだ。

昼食を食べに行こうとしたとき、有村部長からの内線電話があった。

——いや、驚いたよ。とてもよくできている。やはり、俺の目に狂いはなかった。

「そうですか」

隣の席の菅田先輩の目を気にして、私はことさら、無表情に言った。

——すぐに、印刷して、体裁を整えたものにするよ。

今夜、身体を空けておいてくれないか、と有村部長が言った。飯でも食おう、と私を誘う。

「わかりました」

時間は七時。待ち合わせ場所は、渋谷駅前のショッピングプラザのなかの洋菓子店。短く指示すると、部長の電話は切れた。

初めて作成した広告企画書。それを誉められて悪い気がするわけがない。だが私の胸中は複雑だった。

社内で堂々と胸を張れるならまだしも、私がその企画書を作ったことを知っているのは、有村部長と、彼の取り巻き連中だけ。それればかりか、私の企画書は、矢木の会社の製作物として衣替えされてしまうのだ。

すこし憂うつな気分で昼食に出掛けようとしたとき、また内線電話が鳴った。今度は、ベティからだった。

——ねぇ、昼食、一緒に行かない？

「あれっ、風邪で寝込んでいる、って、聞いたけど」

――もう治ったわよ。さっき会社に出てきたの。

いいよ、と私は答えた。近くのイタリアンレストランでどう？　とベティが言う。

「会社の連中が大勢いるんじゃないか」

――ヘッチャラよ。別にレストランで、イチャイチャするわけじゃないんだから。

笑って、ベティが電話を切った。

会社を出ると、朝からの雨は、また一段と勢いを増していた。傘を差し、イタリアンレストランにむかった。

ふだんはさほど混む店ではないのに、この雨のせいか、店内はほぼ満席だった。それに、案の定、見覚えのある顔の会社の人間もけっこういる。

ベティはもう来ていた。窓際の良い席に座っている。

「よく、席が取れたね。しかも、ここ、一等席じゃないか」

「会社に来る前に予約しといたのよ。わたし、って、機転が利くでしょ」

ベティが大きな目をクルッと動かして、笑った。

「だって、あしたの打ち合わせが要るでしょ」

周囲をチラリと見て、ベティが小声で言った。

ランチメニューのなかから、私はAランチを、ベティはBランチを選んだ。

Aはボンゴレ、Bはカルボナーラがメインになっている。

店員の若い男の子に注文するとき、ベティが、ベティのBよ、と言うと、彼はキョトンとした顔をしていた。

「それで、あしたのことなんだけど——」

ベティが言った。幸い、隣のテーブルは、会社の人間ではなかったので、私はすこし楽だった。

「午後の二時に、八重洲の中央口で待ち合わせ。さすがに、会社から一緒というのもね」

ベティが笑い、もう切符は取ってある、と小さなバッグを片手で叩いた。

「何事にも抜かりはないんだな」

私の歓迎同期会のときもそうだったが、ベティの仕切りはいつも万全だ。

「ビジネスの基本は、キチンとした段取りと誠意よ」

「旅行はビジネスかい？　俺は、あしたはあしたの風が吹く派で、行き当たりばったり主義者なんだ」

風邪、ほんとうにもう治ったのかい？　と私は訊いた。

「高熱があったって、行くつもりだったわ。でも、もうだいじょうぶ。心配しないで」

窓の外に目をやると、激しい雨が路面を叩いていた。

「この雨、今夜で終わりだって。あしたは快晴、と天気予報では言っていた」

ベティが初めて、恥じらいの表情を浮かべた。

ベティとの昼食を終えてデスクに戻ると今度は水穂から電話がかかってきた。

「会社には、急用のとき以外、電話しないように、と言ったろ」

隣の菅田先輩も、他の社員もいなかったが、チョット、きつい口調で私は言った。後ろめたさが働いたからだった。

――ゴメン。グアム旅行の一件を報告しよう、とおもったんだけど……。

「今夜、家のほうに電話するよ」

まるで周囲を気にしているかのように、小声で言って、私は電話を切った。

グアム旅行のこともあるだろうが、たぶん水穂は、あしたからの土曜、日曜のすごし方を相談したかったにちがいない。

私の胸には、後ろめたさと一緒に、痛みもじわりと広がった。

31

午後は、松崎課長の助言に従って、資料室のデスクで、今年に入ってからの雑誌各紙を、気のむくままに読み漁った。

一月に、ソ連の宇宙船「ソユーズ」4、5号が世界初の有人宇宙船どうしのドッキングと乗員乗り移りに成功し、私が大嫌いな美濃部都知事が、都営ギャンブル廃止を発表した。「ソユーズ」は、異次元の世界のことで、正直私には、どうでもよかった。アメリカとソ連の、東西二大大国。数日前にアメリカが月面着陸を成功させたのは、面子《メンツ》と同時に、これからの戦争が、地上から宇宙へとステージを替える徴候とも言える。

私が少々ムカッ腹を立てたのは、主婦層に絶大な人気があるという、あのにやけた顔の美濃部都知事の都営ギャンブル廃止の件のほうだ。

清く正しく美しく？　冗談じゃない。そんな世界は息が詰まって、私など数秒で窒息死してしまうだろう。人間が人間の本能のままに生きたら、やがては人間は滅びてしまう。それはわかる。だが、害がない程度に、本能を遊ばせないと、人間は生きる意味を失ってしまう。それは、私の短い経験からの持論だった。

二月には、日本で初めて、タブロイド判駅売り夕刊紙「夕刊フジ」が発刊された。

都会の満員電車に揺られていると、まるでこの世の中には、白色レグホンしかいないのではないか、とおもえるほどに、白いYシャツ姿のサラリーマンだらけだ。この好景気によって、中流階級と呼ばれる層が急激に拡大している。

「オー、モーレツ」なんていう、セクシーコマーシャル、「ハッパ、フミフミ」なんていう、ナンセンスコマーシャルが大受けするのは、こうした時代背景からなのだろう。彼らが一日の勤めから解放されるのは、これまでの新聞とはちがった、硬軟併《あわ》せ持った、こういう情報夕刊紙からなのだ。

私は自分の感覚を働かせながら、かたっぱしから雑誌に目を通していった。

終業時間になったが、待ち合わせが七時と中途半端な時間だったせいで、私はそのままずっと資料室で雑誌を読みつづけ、六時半を回ってから、会社を出た。

雨は一向にやむ気配がなかった。ベティは、あしたは快晴だと言ったが、私の気分は益々重くなった。

約束の洋菓子店に、有村部長の姿はまだなかった。私が座ったテーブルは、くしくも、この前、水穂と待ち合わせをしたテーブルと同じだったので、それがまた私を憂うつにした。

十分ほど遅れて、ようやく有村部長が姿を見せた。ひとりだった。

「やあ、スマン。この雨で、道が混んでたんだ」

部長は席に座ることなく、私の伝票を取り上げて、行こう、と促した。

タクシーに乗ると、部長は、四谷の有名ホテルの名を運転手に告げた。

「フランス料理、食べたことがあるかい？」

車が走りだすと、部長が訊いた。

「いえ、一度も」

私はぶっきら棒に、首を振った。

「じゃ、経験しとくんだな。知ってて、損なことはない」

私は黙って、フロントガラスの雨滴を拭うワイパーの動きを見つめた。

フランス料理など食べたいとおもったことはないし、それを知らなくたって、損をするともおもえなかった。

「電話でも言ったが、企画書、ほんとうによくできていたよ。とても初めて書いたとはおもえなかった」

「会社にあった企画書を参考にしただけです。それに、部長の指示どおりに作っただけで、僕の独創的なアイデアなんて、なにひとつありません」

「その謙虚なところも気に入ったよ」

タクシーがホテルの玄関に横づけされた。

もう何度も利用したことがあるのだろう。部長は慣れた足取りで、エレベーターホールにむかった。

行き交う客は、誰もが私より年輩で、しかも、男はビシッとしたスーツ、女は女で、大人のファッションで身を包んでいる。

男同士で食事をするなら、寿司屋とか和食屋にすればいいではないか。フランス料理なんてのは、男と女とで来るところではないか。

エレベーターに乗る私は、すこし不満だった。

いかにも有名ホテル内にあるような店構えのレストランだった。造りやたたずまいには、格式が感じられる。

予約がしてあったようで、黒服に案内されて窓際のテーブル席に着いた。

テーブルには、三人分のセットがされていた。

怪訝な顔をする私に、部長が言った。

「じつは、もうひとり呼んでるんだ。おまえも知ってる女性だよ」

私の知っている女？　誰ですか、と訊くよりも先に、その人物がこちらのテーブルに歩いてくるのが目に入った。桜子だった。

「お久しぶり。お元気そうね」

薄色のサングラスを外し、私に小さく会釈をすると、桜子は空いている席に腰を下ろした。

有村部長に挨拶すらもしないのは、二人がそういう仲であることを表している。

「フレンチに、男、二人、ってのもどうかとおもったんで、呼んだんだ」

「それならそうと、先に言ってくれれば、僕は遠慮したのに」

まったくきょうは、朝から苛々《いらいら》しっ放しだ。私は露骨に、嫌な顔をした。

「お邪魔なら、遠慮しましょうか？」

腰を浮かせかけた桜子に、いいから、と言って、部長がなだめる。

「昨夜は、羽鳥常務と、彼女の店で羽目を外してしまった。そのせいで、彼女、今夜はお店を休んでしまったんだ。そのお詫《わ》びのつもりでね」

黙っていたのは悪かった、と言って、部長が私をとりなす。

「いいですよ。別に」

私は不快さを押し殺して、テーブルの水をひと口、飲んだ。

「ワイン、なにか、好きなのあるかい？」

「好きも嫌いも、生まれてこのかた、飲んだことのあるのは赤玉ポートワインぐらいですから」

部長が笑って、黒服を呼んだ。聞いたこともないワインを注文している。

「料理は、コース物でいいかな？」

「焼き鳥、と言いたいところですがね」

どうぞ、と部長に任せた。

「梨田さんて、どこにいても、自分のスタイルを変えないのね」

皮肉っぽい笑みを浮かべて、桜子が言った。

「スタイルをいくつも持つほどには、器用じゃないんでね」

貴女《あなた》とちがって、とつけ加えたかったが、部長の手前、さすがに控えた。

黒服が運んできたワインを見て、テイスティングは俺が、と部長が気取った口調で言う。

「じゃ、乾盃。いい仕事をしてくれたことにだ」

いい仕事？　不服だったが、私は黙って、グラスに口をつけた。

旨いもなにも、味などわかりはしなかったが、香りだけは、国産の安物ワインとは比べ物にならなかった。

「彼、俺が見込んだとおり、優秀だよ。将来、有望だね」

部長が、自慢げに、桜子に言う。

「麻雀の腕ばかりじゃなかったわけね」

「なにを言われても、うれしくないし、皮肉にしか聞こえませんね。ルビコン川を渡ってみたくなっただけですよ」

「ルビコン川？」

桜子が怪訝な顔をした。

「川のむこうの景色を見てみたかったんですよ」

私は部長の顔を見ながら、言った。

「なるほど……。ルビコン川を渡ったわけか」

ワイングラスを揺すりながら、有村部長がニヤリと笑った。

「賢いし、度胸もある。それに、社会の裏を瞬時に見抜く眼力も備わっている。これは益々、おまえを手放すわけにはいかなくなったな」

「どういう意味なの？」

桜子が話に割って入る。

「きみには無関係だよ。知る必要もない」

部長はピシャリと決めつけた。

桜子は不服そうな顔をして、窓の外に目をやった。

この雨のせいだろう、今夜の彼女は、長袖のワンピース姿で、一見、水商売風には見えない。しかし、そのワンピースの柄は、赤や黄色を基調としていて、やはり、ふつうの世界の女性とはどこか異なる。

黒服が前菜らしき物を運んできた。慇懃な口調で、食材についての説明をしていたが、私には興味もなかったし、だいいちチンプンカンプンで、なにを言っているのかもわからなかった。

桜子は、こういう席には慣れているのだろう。フォークを使う姿は、なかなか堂に入っている。

「どうだい？　たまにはこういう店で食べるのもいいだろう」

得意げに言う部長を無視して、私もフォークを使った。

俺には、妹がひとりいるんだ――。部長が唐突に切り出した。

「その妹が、去年の暮れに、結婚したいと言って、俺に相談に来た。話を聞いてみると、その相手というのは、三流の大学を出て、名もない会社に勤めている男だった。俺は妹に、一週間、毎日俺と一緒に行動をして、それでも決心が変わらないようだったら、好きにしろ、と言ったんだ」

部長が舌を湿らせるように、ワインを口にした。

「その一週間、俺は妹を連れて、今の東京では一流と言われる店ばかりで食事をした。そして食事のあとは、やはり一流の、生バンドの入っている豪華なキャバレーやクラブなどにも連れて行った。金に糸目はつけずに、ね」

空になった部長のワイングラスに、桜子がワインを注ぐ。話に興味を覚えたのか、彼女の目は妖しく光っていた。

「恋愛するのは、大いにけっこう。しかし、この世の中には、上を見たらキリがないような世界がある。それを知らずに、貧乏な男と結婚して幸せになれる自信があるか？　そう妹に訊いたんだ」

「それで？」

桜子が訊いた。

「妹は男と別れたよ」

なんのために、部長がこんな話をしたのか。はっきりしている。私に聞かせるためだ。つまり、俺と一緒に行動すれば、この社会の上の世界を見させてやる、と言いたいにちがいない。

人間の幸せは金がすべてである、とでも言いたげな有村部長の話に、私は反吐《へど》を吐きたい気分だった。

幸福感などというものは、個人によってそれぞれなのだ。

葱《ねぎ》のスープ、オマール海老のロースト、和牛のフィレ、フォアグラ――。次々と出てくる料理は、どれも私が初めて味わう代物だった。

「どうだい？　旨いだろ？」

優越感に浸った顔で、部長が訊く。

「肩の凝る味ですね」

私の返答に、桜子が声を出して笑う。

旨いか？　と訊かれれば、たしかに旨い。しかし楽しくない席での食事では、その旨さも半減してしまう。

さほど食欲はなかったが、私は黙々と、ナイフとフォークを動かした。残しては、店に申し訳ないとおもったからだ。

「羽鳥常務が、どうしてもおまえと、また麻雀をやりたいそうだ。この三人に常務を加えたメンバーで、どうだ？」

ワインを飲みながら、部長が訊いた。

「やってもいいですけど、部長とお竜さんが一緒なのは、遠慮しときます」

「なぜだい？」

「お二人、もう、ふつうの仲じゃないんでしょ？　僕の主義としては、そういう卓では麻雀はしないことにしてるんです」

「ずいぶんと、ズケズケ、物を言うね」

部長が苦笑した。だが、怒っているふうではなかった。

「貴方《あなた》、失礼ね」

顔を赤くした桜子が、キツい目で私を見た。

「だいじょうぶですよ。僕は口が堅いから」

私は柳に風で、受け流した。

「ほんとうに、おまえは面白いやつだ。おまえらの同期のなかでは、異色な存在だな」

食後のコーヒーが運ばれてくると、桜子がトイレに席を立った。

「で、今夜の用件は、なんだったんです？　食事というのは、口実でしょ？」

私は部長に、あからさまに訊いた。

「いい企画書を作ってくれたお礼だよ」

そう言って、部長がスーツの内ポケットから、白い封筒を取り出して、私に渡した。

「なんですか？　これ」

「アルバイト代だよ」

「アルバイト？」

封筒のなかをたしかめると、万札が十数枚入っていた。

「今さら説明する必要もないだろうが、今度の仕事は、社内の正規の仕事ではない。きみは、矢木クンの会社の手伝いをした。だから、矢木クンから、預かった」

「貰えませんね。僕は、矢木さんの会社でアルバイトをしたつもりはありません。部長が、やれ、と言ったから、やったんです」

「なら、きみから、矢木クンに返せばいい」

「部長から返してください」

「駄目だね。外部発注には、外部発注のルールがある」

部長は、頑として封筒を受け取ろうとはしなかった。

トイレから桜子が戻ってくると、私は用事があると部長に言って、レストランを後にした。デキてる男と女。それも、ホテル内での食事。いつまでも長居するほど、私は朴念仁《ぼくねんじん》ではない。

いつの間にか、雨はやんでいた。どうやらベティが言っていたように、あしたは晴れるのかもしれない。

アパートに帰ってから、水穂の部屋に電話した。

「急な出張で、あしたから二日ほど、大阪に行くことになったんだ」

やましい気持ちが伝わらないかどうか、心配だったが、すんなりとうそがつけた。

――そうなんだ。仕事が忙しいマー君は、好きよ。気をつけて行ってらっしゃい。じゃ、今夜はもう寝なくちゃね、と言うと、水穂はあっさりと電話を切った。

もっとスネろよ、と言いたかった。なにも知らない水穂に対して、私は胸のなかで、ゴメン、と謝った。

32

翌朝、窓を開けると、雲ひとつない青空が広がっていた。その青空が私を、落ち着かない気分にさせた。

出勤の準備のためにスーツを着たとき、内ポケットに収った白い封筒に気づいた。

封筒の白さが、まるで私を嘲笑《ちょうしょう》しているかのような、会社への背信の金。正しく私は、ルビコン川のほとりに立っているのだ。

外部発注のルール？　つまり部長は、おまえも一蓮托生《いちれんたくしょう》、俺たちの仲間なのだ、と言いたいのだろう。

封筒をテレビの下に隠して、部屋を出た。

ただでさえ、仕事らしい仕事がないのに、土曜日の半ドンともなると、尚更だ。

私はまた、資料室にこもって、いろいろな雑誌をチェックしながら時間を潰した。

昨年の三月、アメリカの時の大統領ジョンソンは、ベトナム戦争での北爆の停止、自らの引退を宣言して、次期大統領のニクソンに、戦争の苦悩を引き継いだ。そして、ニクソンは、アメリカ軍の撤退を国民に約束し、この七月の初めに、軍の第一陣がサイゴンを出港した。

アメリカという国は勝手なものだ。自由と正義を旗印に他国を戦乱の渦に巻き込み、そして自国の都合で、サッサと軍を引き揚げてしまう。

だがその一方で、地球上の片隅で、弱い立場の人たちが何十万人、何百万人という単位で命を落としているのに、先進国であるアメリカや日本は、どんどん経済成長を果たしている。

その経済成長を背景に、日本の広告費も、年々、二十パーセント近い伸びを示し、今年は七千億近い市場規模へと拡大している。

世界は混沌《こんとん》としているのだ。東京の片隅の小っちゃな広告代理店に勤めながら、若い女の子の問題で悩む私など、それこそチッポケな存在なのだ。そのおもいが、私の気持ちを若干、和らげもしてくれた。

ベティとの約束は二時だったが、それよりも三十分早く、東京駅に行った。

なにしろスーツ姿の上に手ぶらで、替え着の類だって、なにも用意していないのだ。

大丸デパートで、夏物のTシャツや下着、それと小さなカバンを買って、それらをなかに詰めた。

二時丁度に、八重洲中央口に行くと、すでにベティの姿があった。

たぶん、会社で着替えたのだろう。まるで麦わら帽子みたいな、ツバの広い白い帽子に、白のノースリーブ、パンツも白という、白一色のいでたちだった。

大勢の人たちが行き交うなかで、ベティのその姿は、いやが上にも目立つ。

ふつうの女性がそんな格好でいると、周囲から浮いてしまうものだが、やはり育ちのせいなのだろう、ベティは様になっている。

「やあ、ヘップバーン」

私はベティの背後に近づき、彼女が得意とする指パッチンをした。しかし、彼女みたいに、小気味好い音はしなかった。

「みたいでしょ？　どう、似合ってる？」

「うん。まぁ、まぁ、かな」

「なによ。精いっぱい、キメてみたのに。拍子抜けするじゃない。それに、なによ、そのシケた指の音」

こうするのよ、と言って、ベティが指を器用に弾く。パチン、とキレの良い音が響いた。

「なるほど。あまり品の良くない特技だけど、品の良い音がする」

「梨田クン。これ好きじゃないの？　だったら、もう二度としない」

「なんだい、それ？　まるで、俺好みの彼女になる、とでも言いたいのかい？」

「悪い？」

笑ったベティが、言い忘れてたけど、まさかお昼ご飯なんて食べてきてないでしょうね？と不安そうに訊いた。

「食べてない。電車で駅弁でも食べたほうがいいだろ」

「駅弁、必要なし」

ベティが笑って、形の良い、やはり白の小さな旅行カバンを叩いた。

「今朝、早く起きて、お弁当を作ったのよ。ベティ様の手作りを味わえるなんて、光栄におもいなさいな」

「それは、どうもありがとう」

ベティが時計を見た。「あまぎ」の発車時刻は、十五分後だという。

ベティに切符を渡された。一等車だった。

「きみんところの別荘に世話になるのに、電車代まで払わせるわけにはいかないよ。これは俺が払う」

「セコいこと言わないの。わたしの招待なんだから、黙ってついてらっしゃい」

指を鳴らそうとしたが、ベティが照れ笑いを浮かべて、その指先をカリリと噛んだ。

そのしぐさが愛らしく、私はおもわず、目をそむけた。

33

土曜日のせいだろう、車内はほぼ満席だった。

指定席番号をチェックして、ここよ、とベティが指差す。

二人掛けのシートの窓際にベティを座らせた。

「きみの予想どおり、快晴になった。まさか、テルテル坊主なんてブラ下げたんじゃないだろ？」

「あら、どうして知ってるの？」

ベティが帽子を脱ぎ、窓の吊るしに掛けた。白い帽子は、まるでここに二人がいることを教えているかのように、目立つ。

「終点の下田までは、どのくらいかかるんだい？　一度も行ったことがないんだ」

「二時間半よ。丁度いい時間に着くわ。窓から見える夕陽、とてもすてきなんだから」

ベティが弾けるような笑みを浮かべる。

電車が走りはじめた。

普通電車とはちがって、特急「あまぎ」の座席は、ゆったりとしていて、しかも一等車だ。

快適な揺れだった。

品川をすぎたあたりで、ベティが旅行カバンのなかから、花柄模様のハンカチで包んだ重箱を取り出した。

「けっこう、女の子っぽいんだな」

「当たり前じゃない。まだ二十三歳よ」

ベティが重箱を開けた。

ノリでくるんだおにぎりが四つ。それに、牛肉とゴボウの煮物、卵巻、カマボコ、焼き魚にお新香。

「こりゃまた、豪勢だな。全部、きみが作ったのかい？」

「大変だったんだから。今朝は五時起きだったのよ」

車内販売の台車が来たので、冷たいお茶を二つ、私が買った。

ベティが、重箱を包んでいたハンカチを私の膝に掛けようとした。

「俺はいいよ。それより、きみのその白い服のほうが心配だ」

私はベティの膝に、花柄模様のハンカチを広げてあげた。

「梨田クン、って、やさしいのね。女の子には、誰にでも、そうなの？」

「悪いやつほどやさしいんだよ。本性を隠すためさ」

「その言い方、まるで、『カサブランカ』のボギーみたい」

ベティが声を出して笑った。

弁当は、お世辞抜きにおいしかった。どれも、家庭の味がする。

「久しぶりだな、こういうの」

卵巻をひと口頬張り、私は言った。

「女の子と旅行するのが、ということ？」

「いや、弁当の味だよ。家庭の味がする」

「久しぶり、って、いつ以来」

チラリと、ベティが私を見た。

「大学に入学して、学生寮に入った。それ以来だよ」

ベティが訊いているのは、ちがう意味であることはわかっていたが、私ははぐらかした。

「トボけるんだから。おふくろの味なんて、訊いてないわ」

十九歳の秋に、香澄と知り合って、すぐに同棲生活をはじめた。

当時の香澄は、役者になるために、小さな劇団に所属していたが、芝居の稽古《けいこ》のない日には、彼女が必ず手料理を作ってくれた。しかし私がそれを食べるのは、二回に一回ぐらいのものだった。私の日常は、学業などはそっちのけでの、酒と麻雀の日々で、アパートに帰ってくるのは、深夜遅くか、翌朝だったせいだ。

そして香澄との同棲生活は破綻《はたん》し、彼女は心を病んで、自ら命を絶ってしまった。

箸を動かす私の脳裏に、元気だった当時の香澄の姿が浮かび、私はおもわず涙ぐんだ。

「ご馳走さん。とてもおいしかったよ」

食べ終えると、ベティに涙を気づかれぬよう、冷たいお茶を飲んだ。

電車が相模《さがみ》川の鉄橋を渡りはじめた。

「梨田クン、この川を渡ったところが故郷なんでしょ？」

「ああ」

「たまには帰ってるの？」

「まったく。俺は勘当同然の身だからね」

「しょうがない親不孝者ね。元気な顔ぐらい見せてあげるものよ」

「人には、いろいろ事情がある。ベティだって、家庭のことを訊かれるのは嫌だろ」

「そうね」

アッサリとベティは引き下がった。そして河口の先に広がる海に視線を泳がせる。その横顔は、これまでとは打って変わって、悲しそうだった。

いつの間にか、ベティは眠りはじめていた。私の肩に、頭を寄せてくる。弁当を作るのに、五時起きをした、と言っていたが、もしかしたら、もっと早く起きていたのかもしれない。

私の肩にしなだれかかるベティの頭髪から、彼女の健康的な、若い女の子の匂いがした。

水穂の匂いとは、どこかがちがった。水穂の匂いのなかには、一抹《いちまつ》の不健康な香りと、それが為《ため》に、男の欲情をそそるようなところがある。しかし、ベティのそれには、そうした香りがまったくなかった。

もしかしたら、育ちのちがいなのかもしれない。そんなことを考えているうちに、私もいつしか、眠りの底に引き込まれてしまった。

「梨田クン。着いたわよ」

ベティの声に、目覚めた。

「まったく、図々しいんだから、わたしの肩に、頭なんかのせちゃってさ」

口を尖らして言うベティに、私は苦笑を洩らした。

「ごめん。きみは、安眠枕のような女の子だよ」

まったく――。ベティが白い歯を見せて、窓の横に吊るした白い帽子を被り直す。

駅の改札を出ると、さすがに温泉観光地だけあって、旅館やホテルからの出迎えの車と、法被《はっぴ》姿の従業員が大勢いる。

そのなかから、六十すぎの老人がベティに走り寄ってきた。

「お嬢さん。お疲れさまでした」

老人が柔和な目で、私を見た。

「梨田クン、紹介するわ。こちら、吉田さん。別荘の管理をしてくださってるの」

「梨田です。お世話になります」

少々面食らいながらも、私は老人に丁寧に頭を下げた。ベティは、管理人がいることなど、なにも私に説明してはいない。

こちらです、と言って、吉田が駅前に駐《と》めてある車のほうに、私たちを案内する。車はクラウンの高級車だった。

「あらっ、これじゃないのにして、って言ったのに」

ベティが不服そうな顔をした。

「まあ、そうなんですが……。わたしには、あれはどうも照れ臭くて。別荘のほうで、乗り換えてください」

吉田は車のキーをベティに渡し、どうぞ楽しい週末を、と言うと、私たちに頭を下げて、バス停のほうに去ってしまった。

「どういうことだい？　迎えに来てくれたんじゃないのかい？」

「車を届けてもらったのよ。梨田クン、運転できるんでしょ？」

「いや」

免許は取ってない、と私は言った。

「やっぱり、梨田クン、って、今どきの若い世代とはちがってる。同期の男の子で、車の免許を持ってない子なんていないわ」

「じゃ、尻尾を巻いて帰ろうか？」

「バカね。そこが良いところなんじゃない」

笑ったベティが、乗って、と私に言うと、運転席に回った。

車を走らせはじめると、ベティが言った。

「この前、あの子とフォルクスワーゲンに乗ってたけど、じゃ、あのときもずっと彼女が運転してたの？」

「そうだよ。俺は、とんだお邪魔虫、ってところだな。女の子の運転で、助手席に座っているのは、正直、とても居心地が悪い」

「梨田クンの弱点、見つけたわ」

ベティが、クスッ、と笑った。

「別荘、遠いのかい？」

「真っすぐ行けば、二十分もかからないわ。須崎の御用邸、知ってる？」

「聞いたことはあるが、どこにあるのかは知らない」

「相模灘《さがみなだ》に面した外浦湾のほうよ」

巧みなハンドル捌きで、ベティが街なかの道路を走らせる。

「それも、知らない」

「知らなくてもいいわ。きれいな所よ」

「ところで、この車じゃないほう、って……？」

「この車、オジむさいでしょ。もう一台、車があるのよ。派手好きな、姉の物だけど」

フェアレディよ、とベティが言った。

フェアレディZ？　ニッサンのスポーツカーで、若者たちに圧倒的な人気がある。もっとも、それを持てるのは、裕福な、ごくかぎられた若者たちだけだ。

「だって、こんな車でドライブしたって、面白くないでしょ？　姉に借りを作るのは癪《しゃく》だけど、きょうあしたは、目を瞑ることにしたの」

「ふ〜ん」

別荘に、フェアレディ。やはりベティは、大会社の社長の娘だ。これまで私がつき合ってきた女とは、すべてがちがう。

海が見える道に出た。

「もう、近いのかい？」

「ちがうわ。遠回りしているの。ここは、下田港のむかい側。外浦湾は、この裏手になるの。もうすぐ、日没になるから、どうせなら、きれいな夕陽がきれいに見える所を通って行きましょ」

半島の先に、下田港灯台があるという。

「まだ、お腹、空いてないでしょ？　食事や温泉は、そのあとにしましょう」

そろそろ六時になろうとしているが、やはり東京よりは西で、空はまだだいぶ明るい。

「たばこ、吸ってもいいかい？」

「いいわよ。いちいち、許可なんて取らないで。梨田クンらしくもない」

ベティが笑った。

たばこに火を点け、ベティに訊いた。

「きょう、こっちに来ているのは、家族の人たちは知ってるのかい？」

「母は、ね。でも、父やきょうだいは知らないわ」

「お母さん、俺が一緒だということも？」

ベティがチラリと私を見た。

「教えてはいないけど、たぶん、ボーイフレンドと一緒ではないか、とおもってるんじゃないかしら。誰と行くのか、訊かれたけど、答えなかったから。これまでは、なんでも正直に話していたし。でも、いいのよ、どうおもわれたって。わたしもう、物わかりの良い、いい子チャンでいるのはやめたんだから」

しばらくして、ベティが海岸沿いの窪《くぼ》みに車を止めた。そして、私を促して、車外に出た。眼前に、大海原が広がっている。海からの風は、日中の暑さの名残りか、まだ温かかった。

「ねっ、きれいでしょ？」

ベティが、大きな目を細めて、西の方角に視線を泳がせる。

地平線の彼方は茜《あかね》色で、今正に、夕陽が沈もうとしていた。

「ここに連れてきてあげたのは、学生時代の女の友だち数人だけよ。男の人は、梨田クンが初めて」

「それは、光栄だね」

「そうよ、光栄とおもいなさい。きょうという日から、わたしは翔《と》び立つんだから。その覚悟で、梨田クンを誘ったのよ。でも誤解しないで。梨田クンの許に翔び立つんじゃなくて、ひとりの女性として、社会に翔び立つという意味だから」

わたし、五年後を目処《めど》に、会社を辞めるつもりなの、とベティが言った。

「五年後に会社を辞める？　辞めて、どうするんだい？」

ちょっと驚いた。まさか、ベティがそんなことを考えているなど、おもいもしなかった。

「あとで、ゆっくり話すわ」

そのとき、水平線に浮かぶようにして輝いていた真っ赤な太陽が静かに沈んだ。

「ほら、昼間、あんなに輝いていた太陽だって、沈んでしまう。人生は一度きりだし、若さだって、瞬時のものよ。同期の男の子たちは、そのことに気づいていない。例外は、梨田クンだけね」

「俺だって、わかっちゃいないよ」

「理屈はいいのよ。感覚的にはわかってるでしょ？　だからわたし、梨田クンのことを好きになったんだとおもう」

ベティが私に腕を絡めてきた。

日が落ちたせいで、急に周囲が薄暗くなってきた。風もすこし強くなってきている。

車を止めてたたずんでいるのは、私とベティの二人だけだった。

私に腕を絡めるベティの腕が震えているようにおもえた。

ベティに目をやると、私を見つめる彼女の大きな目は心なしか、涙ぐんでいた。その目を閉じ、彼女が唇を突き出す。

私はベティの身体を引き寄せ、唇を軽く合わせた。腕同様、彼女の唇も震えていた。

この前、ベティは男に抱かれたことなどないと言った。彼女の唇の震えと香りは、それがうそでないことを教えている。

そっとベティの身体を離した。

「翔び立つための踏み台になってもいいよ。俺でいいんだったら」

無言で、ベティが私の胸に顔を埋めた。私はベティの腰に手を回して、力いっぱい抱いてやった。私の胸のなかには、これまでにはなかったような彼女への感情が芽生えていた。

運転席に戻ったベティは、恥じらいを含んだ表情を浮かべ、黙って、車を発進させる。

「この前、営業局への異動願を出すつもりだ、と言ってたけど、つまり、先を見据えてのことなわけだ」

「まあ、そういうことよ。今のうちの社内体制、そう長くはつづかないとおもう。政変が起きたときが、チャンスね」

「政変？　地獄耳のベティの許には、そんな情報が流れてきてるんだ」

笑ってうなずいただけで、ベティはなにも言わなかった。

「そこが、須崎の御用邸よ。うちの別荘は、この先五分ほどの所よ」

ベティが指差した先を見ると、樹木で覆われた邸宅が、街灯の明かりのなかにボンヤリと浮かんでいた。

34

ほどなくして、石垣塀で囲まれた大邸宅の門の前に着くと、ベティが車を止めた。

その邸宅のたたずまいは、砂押が療養生活をしていた、あの葉山の保養所とどこか似ていた。

「着いたわ。ちょっと待ってね」

運転席から降りたベティが、門の鍵を外して開ける。

玉砂利と芝生で分けられた敷地内には、三本の夜光灯が光っていて、その先に、二階建ての豪邸が見えた。

運転席に戻ったベティが、敷地のなかに車を滑り込ませる。

すぐ左が車庫になっていて、そこにはブルーのフェアレディZが置かれていた。

「誰かいるのかい？」

二階建ての豪邸の玄関にも、二階にも明かりが点っている。

「いないわ。明かりを点けているのは、用心のためよ。暗いと、空巣に狙われるかもしれないでしょ」

降りて、とベティが言った。

車を降りると、ベティはフェアレディZの横にクラウンを駐めた。

「すごい別荘だね。正直、これほどだとは想像していなかった。御用邸にも負けないよ」

それは、率直な私の感想だった。

「わたしが初めてここに来たのは、五歳のときだったわ。そのときは、目を白黒させるほど驚いたものだったけど、今では、馬鹿みたいな代物だとおもっている。無駄、この上ないわ」

まるで、この別荘を恥じるかのように、ベティが笑った。

玄関の鍵穴にキーを差し込み、入って、とベティが私を促す。

外観は鉄筋造りだが、家の内部の床や壁はすべて木製で、そのせいで、しっとりとした空気が漂っている。それに、よけいな装飾品の類はなにもなく、壁に掛けられた数点の絵画が、趣味の良さを表していた。

「梨田クン、着替えるでしょ？　二階の部屋を使って」

ベティに案内されて、階段を上がった。

「ここが客用の部屋なの」

四つある部屋のひとつのドアを、ベティが開ける。

カーテンで仕切られた大きなダブルベッド。部屋の中央には、テーブルとソファ。壁際には、洋酒棚が置かれている。

「ふ～ん。ホテルのスイートルームみたいだな」

「スイートルーム、使ったことあるの？」

ベティがいたずらっぽく笑った。

「そんな身分じゃないよ。金にあかせて、そんな所を使う人間を、成り金というんだ。スイートルームを使える人間は、それなりの格というものがないとね」

ベティが笑って、指をパチンと弾こうとしたが、慌ててやめた。

「じゃ、下で待っている」

恥ずかしそうに言うと、ベティは部屋から出て行った。

買ったばかりのカバンを開けて、買ったばかりのTシャツと綿の半袖《はんそで》シャツを取り出して、着替えた。

私は柄物が嫌いで、どちらも、白一色のシンプルな物だ。

ちょっとおかしくなった。きょうのベティの服装も白一色だ。これでは二人で並ぶと、まるで幽霊か、看護師と病人のカップルみたいではないか。

窓に寄ってみた。

外は薄闇に包まれはじめていたが、そのなかで明るく光る三つの夜光灯が、芝生の緑を浮かび上がらせている。

ベティは、五歳のときに、初めてここに来た、と言っていた。きっとそのころに、お母さんが今の父親と再婚したのだろう。

芝生で遊ぶベティの姿を想像してみたが、似合っているようでもあり、似合っていないような気もした。

階下に下りると、階段の足音を聞きつけたのか、すぐ左手の部屋から、ベティが顔を出した。

「梨田クンも、白ずくめじゃない」

ベティが笑った。

「きみのは、高価な白、俺のは安物の白だよ」

「馬鹿ね。白というのは、すべての価値を否定する色なのよ。自分で、価値の色をつけるために存在してるんだから」

「同い年にしては、なかなか気の利いたことを言うね」

招き入れられたのは、だだっ広《ぴろ》いリビングだった。

部屋の中央には、漆塗《うるし》りの木製の長テーブル、壁際にはグランドピアノ、そしてその反対の壁際には、暖炉《だんろ》までがしつらえてある。

「コーヒーを淹れておいたわ」

長テーブルの隅に置かれたコーヒーカップから、芳しい香りが漂ってくる。

「いや、驚いた。まるで、王侯貴族のリビングみたいだ」

「怯《ひる》んだ？」

ベティが笑った。しかし、その言葉には、自慢げなところは、なにも感じられなかった。むしろ、自虐的だった。

「学生時代の活動家に、この世の中には階級がある、と声高に叫ぶやつがいたが、うなずけなくもないよ」

私も笑って、コーヒーをひと口、飲んだ。味といい、香りといい、とびっきりの旨さだった。

「階級なんて、ないわ。階級がある、と勘違いしている人たちがいるだけよ。お金持ちと、とても貧乏な人たちのなかに、ね。例えば、うちの義父《ちち》。だから、お金にあかせて、こんな別荘を造っちゃうのよ。人間が生きてゆくのには、こんなもの、必要ない。心が貧しいから、お金を誇示したがるの」

「それ、親父さんに、言ったことあるかい？」

「言うわけないじゃない。だから、わたしは家を飛び出すのよ」

たしかに、人は見かけによらない。

ふだんは、とても明るくて快活なベティだが、心の奥には深い屈託を抱えているようだ。

「吉田さんが、いろいろな食材を買い揃えて冷蔵庫に入れてくれているの。梨田クン、どこかの料理屋に行こう、と言ったけど、作ってほしいのなら、このベティ様が、腕を振るうわよ」

「魅力的な提案だけど、早起きで弁当を作らせた上に、夕食までじゃ、あまりに気の毒だ。今夜は、外に食べに行こう」

「わかった。じゃ、帰ってから、ベティ様お手製のおつまみで、お酒を飲みましょ。ピアノの演奏添えよ」

「添えかね。まるで、フランス料理のメニューを見てるようだ」

口にした瞬間、昨夜の有村部長と桜子との会食をおもい出し、私は少々、不快な気分になった。

「梨田クン、フランス料理屋なんかに、行くんだ？」

「たとえ話だよ」

私ははぐらかした。

「じゃ、行きましょ。どうせなら、海沿いのお店がいいわね」

コーヒーカップを片づけると、ベティが玄関にむかう。

ベティに言われて、別荘の外で待った。

エンジン音。さっきのクラウンとは、明らかに音がちがう。

ブルーのフェアレディZが車庫から出てきた。いつの間にか、オープンカーに変身している。

門を閉めたベティが、乗って、と私に言う。

「ふ〜ん。これが、噂のフェアレディか」

助手席に座ったが、なんとなく落ち着かなかった。

ベティがアクセルを踏み込むと、出足よく、フェアレディが発進した。

オープンカーにしたせいで、海沿いの風が頬をかすめてゆく。

「どう？　気持ちいい？」

「そりゃあ、ね。でも、若干、面映《おもは》ゆい」

「そういう正直な感想を言えるところが、梨田クンのいいところよ」

「どこにむかってるんだい？」

「白浜海岸のほうに、当てもなく。ここがいい、というお店が見つかったら、言って」

風のせいだろうか、ベティが大きな目を細めて、車の運転をしている。しかしその横顔には、さほど楽しそうな色はなかった。

右手の真っ黒な海上を、時々、灯台の灯りがなめるように走ってゆく。

ふしぎな女の子だな、と私はおもった。こんな恵まれた環境から飛び出そう、などと考える同世代の女の子はいないだろう。

しかし、ベティの横顔には、凜《りん》としたところがあって、その覚悟がうそでないことが伝わってくる。

「今の店にしよう」

たった今、通り過ぎた店がよさそうだった。ベティがスピードを出すから、見えたのは一瞬だったが、店頭にはガラス張りの生《い》け簀《す》が置いてあった。

「了解」

巧みなハンドル捌きで、ベティが車をUターンさせた。そして、店の前の駐車場に、フェアレディを駐めた。

「オープンカーじゃ、いたずらされちゃうんじゃないか」

「そのときは、そのときよ。どうせ、姉の車なんだし」

アッケラカンと言って、ベティがサイドブレーキを引く。

一瞬見えたのは、やはり生け簀だった。なかには、サザエやアワビが底にへばりつき、鯵《あじ》や鯛が泳いでいる。

店に入ると、若い女性従業員が、気を利かせたつもりか、二階の窓際からだと、遠い海面に灯台の灯りが走るのが見えますよ、と勧めてくれた。

35

客席は、二、三割しか埋まっていなかった。たぶん、昼の観光客が目当てなのだろう。

こういうお店では、全身白ずくめのベティは、やはり人の目を引く。何人かの男客が、私たちのほうに、好奇の目をむけてきた。

従業員の勧めた、二階の窓際の席に座った。

「梨田クン、ビール？」

「うん。しかし、ベティは運転しなくちゃいけないから……」

「ヘッチャラよ。酔っ払い運転でつかまったら、ツイてないだけのこと。それとも、わたしの酔っ払い運転が怖い？」

「一度、死にかけたし、もう怖いもんなんて、俺にはないよ」

「死にかけた？　なにがあったの？」

ベティは、自分のことを正直に話してくれている。そのお返しではないが、なぜ私がお金を持っているのか、話してもいいような気がしていた。

「おいおい、話すよ」

さっきの女性従業員が注文を取りに来た。

お品書きをベティと見ながら、適当に注文した。

サザエの壺《つぼ》焼き、アワビの刺身、鰺のたたき、コチの薄造り。

お品書きの末尾に、ネギヌタを発見し、それも追加した。

ビールが運ばれてきた。

「乾盃」

ベティがハシャいだ声で、私のグラスに自分のをぶつけた。

海風に当たったせいか、ビールの喉越しが、ことの外《ほか》、気持ちよかった。

そのとき、窓の下のほうで、子供たちの声と一緒に、パチパチという音がし、閃光《せんこう》が走った。

「ベティ、ほら、花火だよ」

身を乗り出して見るベティの腕に、私の腕が触れた。

「わたし、花火も、梨田クンも大好きよ」

聞こえるか聞こえないかのような声で、ベティがつぶやく。

ベティは、開け放った窓から身を乗り出すようにして、しばらくじっと、花火を見ていた。

その横顔は、さっき来るときに見せた、さほど楽しげでなかった表情とは異なって活き活きとしていた。

「童心に返ったみたいだね」

「ちょっと、ね」

照れたように笑って、ベティは身体を元に戻した。

「ずっと見ててもいいよ」

「花火は、終わりまで見るものじゃないわ。終わった瞬間が、わたし、嫌いなの。悲しくなるから」

「夏の物は、みんな、そうさ。だから、秋がくるんだよ」

「梨田クン、って、見かけによらず、詩的なのね」

「ガサツ、一辺倒じゃないことがわかってもらえて、うれしいよ」

注文した料理が運ばれてきた。女性従業員が、サザエの壺焼きはもうすこしお時間が、と言う。

ベティが、ウィスキーの水割りを頼んだ。

「お車、だいじょうぶですか？」

店から言われているのかもしれない。彼女が心配そうに訊く。

「俺が飲むんだよ。面倒臭いから、二つ、三つ、いっぺんに持ってきて」

私は助け船を出した。

彼女が退がると、私は言った。

「ベティ。水割りは、三杯までな。俺の命はどうでもいいけど、もしなにかあったら、きみを愛する人たちに、顔向けができない」

「やさしいのね。益々、好きになっちゃう。梨田クンのほうは、どう？」

「いつも、ストレートに訊くね」

私は苦笑し、ベティのちがう一面が見えた気がして、動揺しているよ、と言った。

「動揺、って？　好きになった、ということ？」

「まあ、そうだな」

もう一度苦笑し、さあ食べようぜ、とはぐらかすように、ベティに料理を勧めた。

「わたし、ね……。これを覚悟していたの」

ベティがアワビの刺身を、ひと切れつまみ上げて、上目遣いに私を見る。

「なんだい、それ？　どういう意味だい？」

「あら、知らないの？　有名な台詞があるじゃない」

「磯《いそ》のアワビの片想い……？」

うなずいたベティが、つまんだアワビを口に入れて、カリリと噛んだ。

「レモンのような音がしないわ」

「レモン？」

「そうよ。智恵子になったつもりなんだけど」

「高村光太郎？」

レモンとアワビ。私はおもわず、笑ってしまった。

しかしその反面、自分の心が急激にベティに傾いてゆくのを自覚して、すこし狼狽もしていた。

漁港を控えた海の幸は、どれも新鮮でおいしい。しかも生け簀から、たった今、取り出したばかりなのだ。

会話も忘れて、私は箸を動かしては、お酒を飲んだ。

ふと、気づくと、ベティはそんな私をじっと見つめていた。

「どうした？　食べないのかい？」

「なんとなく、幸せな気分。梨田クンが、あまりにもおいしそうに食べるので」

「俺は、湘南の海っぺりで育ったから、魚には目がないんだよ。もし、別荘が山のほうにあったら、きっと誘いは断っていたね」

「なによ、それ。わたしより、魚のほうが魅力的というわけ？」

「かもしれない」

ベティがふくれっ面をした。

「『智恵子抄』のなかに、ふくれっ面の智恵子なんて出てこなかったぜ」

「そうね」

笑ったベティが機嫌を直して、箸を取る。

「ところで——、会社内のゴタゴタなんて、正直、俺にはどうでもいいことなんだけど、そんなに風雲急を告げるほど、怪しげなのかい？」

「まあ、ね。どっちも、どっちだけど」

「どこの、どっちもと、どこの、どっちものことだい？」

「言ったじゃない。松尾専務と本社筋のことよ。会社を興《おこ》したときは、広告業界に顔の広い松尾専務を、三顧の礼で迎え入れたんだけど、この好景気で、業績が飛躍的に伸びると、今度は、専務が邪魔になりはじめてしまった。前にも言ったけど、外様大名というのは、辛《つら》いものよ。でも、専務にも問題があるわ。ワンマン体制で好き放題にやってしまったから、本社筋から目をつけられてしまったのよ」

「例の怪文書の一件かい？」

いつかベティが教えてくれた。松尾専務はその職権をふりかざして、外部に制作プロダクションを作り、私腹を肥やしている……。

それが事実なら、有村部長も同じようなことをやっているということだ。

「そうよ。今度、赤坂に会社が移転することは話したけど、たぶん、その直後に、専務の首のすげ替えが行われるとおもう。首切りされるのは、専務だけじゃないわ。専務の息のかかった何人かも、同じ運命のはずよ」

「有村部長というのは、専務のお気に入りなのかい？」

「あの人は、狡猾《こうかつ》な男《ひと》よ。誰かと心中するなんてことはしないわ。その時々に、自分にとって有利とおもえる人につくだけよ」

ウィスキーの水割りを飲み、でも、どうして？　とベティが訊いた。

「どう、ってこともないよ。社内で知ってる上司といえば、うちの局長を除いたら、あの部長だけだから、訊いたのさ」

私は後ろめたさを隠して、コチの薄造りを口に放り込んだ。

薬味のもみじおろしの酸っぱさは、私の気持ちを表しているようだった。

サザエの壺焼きが運ばれてきた。

これ、忘れてました、と言って、例の女性従業員が、ネギヌタの小鉢を置いた。

「梨田クン、この前も『のんべい横丁』で、これを食べてたけど、よっぽど好きなのね」

ベティが笑った。

「じつは、俺が、というより、俺が『師匠』と呼んでた、ある老人が好きだったんだ」

「師匠？　なんの師匠なの？　それに、好きだった、って……」

「そうだよ。その人は、この間、亡くなってしまった。なんの師匠かというと、人生の師匠だよ」

「人生の師匠？　梨田クンに、そんな人がいたんだ」

私はネギヌタを、ひとくち口に入れた。

小野部長からは、大阪時代のことは社内では内緒にするように言われたが、ベティにはいいような気がした。

隣の席に顔を出した女性従業員に、水割りをもう三つ持ってきてくれるよう頼んでから、私は言った。

「ベティは、人事部にいるから、俺の履歴書には目を通しただろ？」

ベティがうなずく。

「小野部長には話してあるんだけど、社内では内緒にしておくよう、と言われてしまった。でも、ベティは特別だから、俺のヨタ経歴を正直に、話しておくよ」

私は水割りで舌を湿らせて、S電機を辞めてからの出来事を、話した。

ベティは、ただでさえ大きな目をさらに大きくして、興味津々という顔をして聞いている。

「それで、梨田クン、お金持ちなんだ……」

「そう。どこの馬の骨ともわからない俺が、大金を持っている理由が、これでわかっただろ？」

「初めて梨田クンを見たときから、ふつうの人じゃない、とおもってたけど、そこまで無鉄砲だとは……。それで、さっき、一度死にかけた、と言ったのね」

私は周囲を見回してから、シャツをたくし上げた。

「ほら、これが、そのときの勲章だよ」

そう言って、私は腹部の、梅干しのような傷跡をベティに見せた。

「ふつうじゃないわ」

ベティが呆れ顔で、首を振る。

「これでも、まだ、俺のことが好きだ、と言えるかい？」

「益々、好きになったわ。梨田クンは、自分の人生を生きている。その善《よ》し悪《あ》しは別にしてね」

「そんな立派なモンじゃないよ。自分の人生を生きてるのかもしれないけど、自分流の哲学を持って、生きてるわけじゃない。流れに身を任せて、生きてるだけさ。そんな俺のことを、病葉《わくらば》、だって言ったのが、師匠だよ」

「病葉？」

ベティがつぶやいたとき、窓の外の遠くのほうで、灯台の灯りが、なめるように海面を走った。

私はベティに、砂押との出会いから、亡くなったときのことまでを、淡々と語った。

「師匠は、命の消えかかった床に横たわって、俺にこう言い遺したんだ……」

おめえなら、戦争を終えてからの日本がどう変わっていくのか、それを肌で感じながら生きていけるとおもったからだ。勉強やって、エリートの道をまっしぐらに歩むやつには興味がねえんだ。世の中の裏の裏まで知り尽くす野郎にしか、な。おめえは、好きに生きろ。人間の本質なんてのは、表の世界にはありゃしねえ。ゴミゴミした底辺の世界に転がってんだ……。

「俺は、病葉《わくらば》だから、いずれ腐葉土となって消えるそうだ。腐葉土には、腐葉土なりの、役立つことがある――、それが師匠が俺に遺してくれた言葉だよ」

「重い言葉ね……」

ベティが水割りを、飲み干した。

「重いけど、俺にとっては、軽くもなった。肩の力が抜けたんだよ」

六つ持ってきてくれた水割りグラスは、すべて空になっていた。その空のグラスが、テーブルに、並んでいる。

通りかかった女性従業員が、グラスを下げてくれた。

「もう、三杯」

彼女に言うと、一瞬ベティの顔をうかがうように見たが、彼女はなにも言わずにうなずいた。

「大学を卒業してからの、履歴書には書いてない歩みは、これですべてだよ。どうだい？　さすがに、腰が引けただろう？」

「わたしを遠ざけようとしても、無駄よ。わたしの人生は、わたしのものだから、そういうことは、梨田クンではなく、わたしが決める」

「好きにするさ」

酔いも手伝って、私はいささか投げやりな口調で言った。

「迷惑？」

「言ったろ？　俺は流れのままにしか生きないって。だから、その流れのなかに迷い込んできたものだって、抵抗なく受け入れてしまう。そこには、道徳心も倫理観も、なにもありはしない」

「それで、いいわ」

ベティが白い歯を見せた。

「じゃ、今度は、わたしの話」

新しい水割りが、三つ、運ばれてきた。

そのひとつを手に取り、ひと口飲んでから、ベティが言った。

「わたしの母は、今の父とは再婚。これは教えたわよね。わたしが四歳の冬のときのことよ。小さいときから、イジめられて育ってきたわ。七つ年上の兄と、五つ年上の姉の二人に、ね。義父は、それを見ても、わたしに手を差し伸べてはくれなかった。だから、いつの間にか、わたしの身体には、イイ子ちゃんで生きてゆく知恵が身についたの――」

ベティが呷るように、立てつづけに、ふた口、水割りを喉に流し込む。

ベティの話はつづいた。

「中学生、高校生のときには、家を飛び出したくてしかたなかった。でも、我慢した。母の

 こともあったけど、早い話が、打算ね。だって、家を飛び出したって、経済力なんてないから、不良少女になるのが関の山でしょ。大学までは、仮面を被って、イイ子ちゃんで押し通して卒業することに決めたの」

「なるほど……」

うなずきながら、私は水割りを口に運んだ。

「それで、うちの会社には、親のコネを使わずに、ふつうに入社試験を受けて入ってきたわけだ」

「父は怒ったわ。広告屋なんてのは、実業の世界じゃない、芸者の世界だと言ってね。父は、私が銀行とか商社とか、そういう企業に入って、結婚してくれればいい、とおもってたみたい」

ベティが茶目っ気タップリに、赤い舌をのぞかせた。

私はおもわず視線を逸らした。こんなしぐさをするときのベティは、ゾクッとするほどエロティックに見えてしまう。

「わたしが広告屋を選んだ理由は、たったひとつ。将来の独立を見据えてのことよ」

「独立？　つまり、自分でなにかしよう、と考えているのかい？」

「そうよ。誰の世話にもならずに生きてゆくには、それしかないじゃない。でも、女の力で独立するとなると、自《おの》ずと限界があるし、なにをしたらいいのか、それを見極めたかった。その点、広告屋ほど役に立つ業種もないわ。いろいろな企業と接触できるし、世の中の仕組みだってわかる。銀行になんか勤めたら、お金の計算とお茶汲み仕事で終わっちゃうわ」

「一緒だな」

「一緒？　なにが一緒なのよ」

「俺に、うちの会社を紹介してくれた、例の師匠だよ。彼も、ベティと同じことを言って、ここで働いて勉強しろ、と勧めてくれたんだ」

「じゃ、やっぱり、梨田クンも、いずれは辞めるつもりなんだ」

ベティが三杯目の水割りを空にした。そして、置かれている新しいグラスに手を伸ばす。私は止めなかった。ベティが酔っ払って車の事故を起こしても構わないような気分になっていた。

たばこに火を点けながら、私はベティに訊いた。

「それで、なにをやったらいいのか、目星はついたのかい？」

うん、とうなずき、ＰＲやイベントを企画したり実行したりする会社を興すつもりよ、とベティが言った。

「父にその話をしたら、また激怒されたわ。わたし、父からお金を貰った、と言ったでしよ？　あれは、父の、わたしへの手切金みたいなものよ」

ベティの義兄は父親の会社に勤め、義姉のほうは、すでに結婚しているという。

「遺産分与はしない、これで好きにしたらいい、と言って、通帳を渡されたの」

ちょっと迷った顔をしたあと、二千万よ、とベティが言った。

ベティは私に、有村部長から金を借りてはいけない、もし必要なら貸してあげると言ったことがある。つまり、その金なのだろう。

「わたしという女性《おんな》も安いわね。二千万というわけ」

笑ったベティの顔は寂しそうだった。新しい水割りを、小さく首を振って飲む。

「たしかに安いな。お義父《とう》さんも、見る目がない」

「ほんとうに、そうおもってくれる？」

「ほんとうさ」

私はベティのグラスに、自分のをぶつけた。澄んだ、いい音がした。

「じゃ、そのお金を、将来の独立のために使おう、と考えているわけだ」

「そう。だから、失敗は許されないの」

私はたばこを吸いながら、窓の外に目をやった。

遠くの暗い海上に、ポツン、ポツンと明かりが見えた。漁火《いさりび》かもしれない。

あの、はるか彼方に、砂押が行きたがった小笠原諸島がある。しかし結局、その夢を果たせないまま、彼は逝ってしまった。

「なあ、ベティ」

私はベティに顔を戻して、言った。

「俺も、その夢に乗せてもらえないか？」

「どういう意味？」

「東京に帰ったら、ベティの口座に、一千万を振り込むよ。将来の独立のために、蓄えておけばいい」

ベティが、大きな目をさらに大きくした。

「正気なの？」

「正気じゃないかもしれない」

私は、笑った。

「借用書なんて要らないし、なんの制約もつけない。ベティが好きに使ったらいい。もし失敗しても、返してくれ、なんてことも言わない。でも、そうだな……。もし成功したら、そのときには、どこかでおいしい食事を奢ってくれる、という利息ではどうだい？」

「馬鹿げてるわ。独立はまだ先のことだし、計画だってなにも、できてないのよ」

「いいんだよ。俺が持ってるお金なんてのは、そういうふうに使ったほうがいいんだ。俺は、デタラメな人間だから、放っておいたら、あっという間に散財してしまうに決まってるからね」

「わたしと梨田クン、まだ、男と女の間柄でもないのよ」

ベティが顔を赤らめた。

「今夜、なるんだろう？　でも、言っとくけど、男と女の間柄なんて、どうでもいいんだ。きみという人間を信用したからさ」

私を見つめるベティの目は潤んでいた。やおら立ち上がり、帰ろう、と私に言った。

帰りのベティの運転は、来るときよりも数段慎重で、スピードも出さなかった。

「これじゃ、まるで木炭車みたいだ。スポーツカーが泣くぜ」

「駄目よ。わたしの初めての、有力なスポンサーを、危険な目になんて遭わせられないわ」

言ったきり、ベティは黙ってしまった。

オープンカーに吹き抜ける海沿いの風は、潮の香りを含んでいて、とても心地好かった。

夜空には、丸い月が、顔を出している。

十五分もしないで、別荘に着いた。

来たときと同じように、ベティは門を開け、車庫に車を入れ、そして玄関の戸を開けたが、終始無言だった。

36

玄関のドアを閉めると、いきなりベティが私の首に両手を回した。目を閉じて、唇を突き出す。

私はベティと唇を重ねた。抱くベティの身体は、小さく震えているように感じた。

ベティの舌が絡まった。私はベティの舌をおもいっきり吸った。

水穂とはちがう味がした。元気さと、寂しさが同居しているような、複雑な味だった。

ベティの胸の隆起が、私の胸に伝わってくる。私は右手で、そっと、その隆起を愛撫《あいぶ》した。

乳首が尖って、硬い。ベティの心臓の音がてのひらに感じられた。

「梨田クン、上に行こう……」

喘《あえ》ぐような声で言い、ベティが身体を離す。

手を繋いで、もつれるような足で階段を上がった。

客用の私の部屋に入ると、ベティが電気を消す。

もう一度、立ったまま抱き合った。今度のキスは、さっきよりも激しかった。

私の体内の血は、我慢できないほどに、駆け巡っていた。

ベティの白いノースリーブを脱がしにかかる。下着にも手を掛ける。ベティは、私のするがままに、任せていた。

私も服を脱いだ。全裸になって、ベティを抱き直した。私の硬直した下半身が、ベティの下腹部を直撃した。瞬間、電流が走ったように、ベティの身体が震えた。

ベティがキスをしながら、私の硬直したものを、てのひらで触れ、そして包み込んだ。とても、温かいてのひらだったが、どこかぎこちない。

私はベティを抱いたまま、大きなダブルベッドのほうに歩んだ。

ベッドにベティを横たえ、白い隆起に唇を這《は》わせた。ベティは、硬直した私のものを包むてのひらを離そうとはしなかった。

「てのひらより、唇のほうがいい」

小さく耳元でつぶやくと、ベティはすぐに意味を解したようだった。身体を起こし、私の硬直した分身に、ちょっと唇を当て、それからおもいっきり、口に含んだ。

口に含ませたまま、ベティを押し倒し、身体のむきを変えた。私の目の前には、ベティの黒々とした翳《かげ》りがある。その翳りを押し開き、私はベティの香りのする蕾《つぼみ》に舌先を伸ばした。

ベティの下肢は、小刻みに痙攣《けいれん》していた。私を含むベティの口から、声にならないような喘ぎが洩れる。そのたびに、私の分身に歯を立てる。

ベティは男性経験がないと言った。口の使い方から、間違いなくそうにちがいなかった。私はベティの緊張を解くように、やさしく、丁寧に、舌先を使っての愛撫をつづけた。しだいに、ベティの喘ぎ声が大きくなる。私の快感は、腰から脳の芯《しん》までせり上がってきていた。

身体のむきを変え、ベティの口に、私の舌をすべりこませた。そして、私はもう一度、ベティの胸の隆起に、そして下腹部にむけて、舌先を伸ばしていった。

ベティの下肢を開いたとき、彼女は恥ずかしさを隠すように、両のてのひらを広げて、顔を覆った。

硬く、いきり立った分身をベティのそこに当てると、彼女はすこし腰を引いた。構わずに突き進んだ。彼女の腰が逃げようとした。私は彼女の肩を押さえ、逃げる腰を引き寄せた。

ベティの全身に痙攣が走った瞬間、私の分身は温かく包まれた。顔を覆っていた彼女のてのひらは、いつの間にか、白いシーツを握り締めている。眉間《みけん》には、苦しさを耐えるような表情が浮かんでいる。

挿入したまま、ベティの苦しさが和《やわ》らかな表情に戻るまで、私はじっとしていた。

しだいに、ベティの下肢からこわばりが消え、口からは小さな喘ぎが洩れはじめる。

「痛いかい？」

ベティの耳元に口を寄せ、小さく訊いた。

ベティが首を振り、私の首に両腕を巻きつけた。

私はすこしずつ、腰を動かした。私の首に巻きつけたベティの腕に力が入る。

水穂を初めて抱いたときとはちがって、私の分身は痛いほどに締めつけられていた。しかし、その痛さは、驚くほどに快感を揺さぶる。快感は、私の腰の動きを速くした。

私の首に回したベティの腕は、しがみつくようになっている。

激しく腰を動かし、絶頂を迎えようとした瞬間、私は分身を引き抜いた。ほとばしった私の白い精が、ベティの波打つ腹部と黒い翳りに飛び散った。

荒い息を吐きながら、私はベティの身体に全身を投げ出した。下腹に、飛び散らした自分の精の感触が広がった。

ベティの髪を指先でやさしく梳《す》きながら、軽くキスをした。

「わたし、よかった？　ふつうの女の人と変わらなかった？」

訊くベティの目尻には、涙の痕跡《こんせき》があった。

「完璧《かんぺき》だよ。翔んだかい？」

「うん。翔んだ。梨田クンに、翔ばしてもらった……」

小声でうなずき、ベティが初めて笑みを洩らした。

37

風呂には温泉が引かれていた。一緒に入ろう、とベティを誘ったのだが、彼女は顔を赤らめて首を振った。私が入浴中に、おつまみの用意をしておくという。

浴場は六畳もありそうな広さで、しかも大理石張りだった。石でできた湯船の端から、適度な温度の温泉がひっきりなしに流れ込んでいる。

ベティを抱いているときには、水穂のミの字も浮かばなかったが、湯船に身体を浸しているうちに、しだいに、後ろめたさが頭をもたげてきた。

水穂は、私が出張すると言った言葉を信じ切っていた。もし、今度の一件を知ったら、深く傷ついてしまう。

しかたがないんだ。俺はまだ若いし、ふつうのやつらとちがって、自己中心的で、モラルにも欠けた男なんだ。

言い訳をするように胸でつぶやき、私は勢いよく、湯船のなかに頭ごと身体を沈めた。

風呂を出ると、いつの間にか、右手の棚に、男物の白い浴衣《ゆかた》と、女物の薄い赤色をした浴衣が置いてあった。

浴衣を着てリビングに顔を出した。テーブルの上には、何品かの小鉢《こばち》とウィスキー、それにグラスが用意されていた。

「どう？　お風呂だけは、捨てたものじゃないでしょ？」

まだ恥ずかしいのか、キッチンから顔を出したベティは、私をまともに見ようとはしなかった。

「まるで、ここにある物は、すべて俗の権化とでも言ってるように聞こえるね。お邪魔させてもらっているのに、それじゃ、申し訳ない」

「いいのよ。わたしがここに来るのも、今夜が最後。とてもすてきな想い出になったわ」

お風呂に入ってくるから先に飲んでて、と言うと、ベティはバスルームのほうに消えた。

ウィスキーのグラスを手に、グランドピアノの蓋《ふた》を開けた。指先で鍵盤《けんばん》を叩くと、重厚な音が室内に響いた。

その音が、金沢の永田《ながた》の家でのことをおもい出させた。

ピアニストを目指していた永田は、裏の竹藪《たけやぶ》で指の神経を痛めたことによって、その夢を断念し、私と同じ大学に入学した。そして留年中に知り合った、ストリッパーのルミと一緒に実家に帰って、酒造メーカーを引き継いだ。ルミが病気で亡くなるちょっと前、永田は私とルミの前で、ピアノを弾いてくれた。

永田にとってのピアノは、ルミの次に大切な物だった。しかし、このリビングにあるピアノは、富の象徴としての価値しかない。

たぶんベティは、幼いころからの義きょうだいのイジメ同様、こうした匂いを嫌悪しているのだろう。

それは裏を返せば、彼女の純粋さの表れでもあり、ひとりで社会に翔び出そうという、源にもなっているにちがいなかった。

ウィスキーを飲んでいると、ベティが戻ってきた。

薄赤い浴衣は、湯上がりで上気している顔に、とてもよく似合っていた。

「すごく可愛いよ。また、新しい魅力を発見してしまった」

「梨田クン、ったら、口が上手いんだから」

椅子に座ろうとしたベティを引き寄せて、キスをした。

ベティのうなじから、温泉のほのかな香りに混じって、女性特有の匂いがした。その匂いは、さっき抱いたときとは、ちがって感じられた。

そのせいだろうか、一時間ほど前に果てたばかりなのに、もう私の分身は奮い立っていた。

浴衣の下に指をすべりこませると、ベティは下着をつけていなかった。

茂みを指先で愛撫しながらキスしつづけた。ベティが腰を落としそうになった。

「駄目よ……」

ベティが喘ぎながら、全身をよじらせる。

「駄目なもんか。こういうのは、果てしないんだ」

ほら、と耳元でつぶやいて、ベティの手を取って、熱くなった分身に導いた。

「明るいわ……。消して……」

「誰が見てるわけじゃない。俺とベティだけの世界だ」

私はベティを抱いて、ソファに、にじり寄った。そしてベティをソファに横たえて、彼女の浴衣の裾《すそ》をそっとたくし上げた。

ベティが首を振りながら、両のてのひらで顔を隠す。

さっきベティを抱いたあと、彼女は赤い染みのついたシーツを、恥ずかしそうに丸めていた。だからもう、ソファを汚す心配はない。

私はベティの黒々とした茂みを割って、今度は一気に貫いた。瞬間、ベティがのけぞり、激しく私に抱きついてきた。

一度堰《せき》を切った欲望は、もう止まらなかった。さっきとはちがって、私が腰を使うと、ベティもそれに応える。

「もう、駄目……。翔んでる……」

ベティの喘ぎに、私はそのまま射精していた。私の胸も、ベティの胸も汗ばんでいた。汗ばんだベティの胸が大きく鼓動を打っている。

「なかで……。しちゃったの……？」

「ごめん。我慢できなかったんだ」

水穂ではなく、今度は香澄のことをおもい出してしまった。香澄が心を病むようになったのは、流産したことがキッカケだった。

「最低だな、俺は……」

「最低なんかじゃない。梨田クンは、わたしにとっては、最高よ。それを決めるのは、わたしだわ」

ベティが荒い息を吐きながら、身体を起こし、乱れた浴衣を元に戻した。

ベティが用意してきたアイスバケットのなかから、二つのグラスに氷の塊を落とした。

カラン、というその乾いた音は、部屋の空気に、とても似合っていた。

「あのね……、変なこと、言っても嫌いにならない？」

ウィスキーを注ぐベティが、恥ずかしそうに顔を赤らめる。

「いいよ。なにを言っても、嫌いにならない」

私はベティに、笑みで応えた。

「初めてのときもよかったけど、わたし、二度目のさっきは、すごく感じちゃったの」

「おめでとう。翔んだんだよ」

私は乾盃するように、ベティのグラスに、自分のグラスをぶつけた。氷の塊がゴロンと動き、なかのウィスキーが飴色の模様を作った。

「そうなんだ……。わたし、翔んだんだ」

つぶやくベティの白い喉元《のどもと》は、まださっきの余韻を残すように、ピンク色に染まっている。

並べられた小鉢のなかには、いろいろな料理が入っていた。

タコとキュウリの酢の物、ゴボウのキンピラ、ヒジキの煮物、温泉卵に、山芋《やまいも》の擂《す》りおろしまである。

順番に、すこしずつ、食べてみた。どれも、とてもおいしい。

「ベティ様のお手製のおつまみ、と言ったけど、なるほど、自慢に値するね」

「お酒のおつまみだもの。誰だって、できるわ」

そうは言ったが、ベティはうれしそうだった。

「さっき、ピアノを叩いたでしょ？」

「ああ、ちょっと懐かしかったんでね。でも、音の重厚さに驚いてしまった。ピアノ、って、こんな音がするんだ、とおもってしまったよ」

「スタインウェイだもの」

「なんだ？　それ」

「バイオリンのストラディバリウスみたいなものよ。三千万ぐらいしたらしいわ」

さりげなく言ってから、懐かしかった、って、どういうこと？　とベティが訊いた。

「相場で勝った話をしただろ？　そのときに、俺と一緒に相場を張った大学の先輩がピアノが好きだったんだ」

私は永田のことを、かいつまんで説明した。

そういえば、永田と奈摘《なつみ》の結婚話は、その後どうなっているのだろう。夏ごろには式を挙げるから、顔を出すように、と言われている。

「ピアニストを目指していた男《ひと》とは、比べ物にならないけど……」

ベティが、私を窓の近くに誘った。

窓から見える夜空には、丸い月が輝いていた。

ベティがピアノの前に座った。音をたしかめてから、弾きはじめる。

私も知っている、ベートーヴェンの「月光」だった。謙遜《けんそん》が嫌味とおもわれかねないほどの腕前だった。

きっと今、ベティは翔んでいるのだ。夜空の月を見つめる私は、なぜかホッとしていた。

38

下田から帰った私は、すぐにベティの口座に一千万を振り込んだ。

通帳の記載を見て、妙な気持ちに襲われた。最も多いときの残高は、四千二百万ほど。麻雀で七百万近くを勝ったときだ。それから一ヶ月もしないで、残高は三千七百万になっている。今度は麻雀で負けて、五百万を下ろしたからだ。

それからも、数十万単位での、金の出し入れがある。私の手取りの給料は十万にも満たないから、やはり異常というべきだろう。

四千万の大台から三千万の台へ、そしてベティへの送金を済ませると、二千万の台の残高になってしまった。

不浄な金は、まるで羽が生えたように飛んでゆく、と言うが、正に地で行っている。

しかし、惜しいという気持ちは、まったくなかった。それよりも、焦りを覚えた、というのが、正直な気持ちだった。

ベティは、私と同い年の女であるにもかかわらず、将来、自分がなにをすべきかの目標を持っている。それに反して、この私ときたら、なんの指針もない。

下田からの帰りの「あまぎ」のなかで、ベティは、これからは彼女のほうからあれこれ誘うことはやめる、と言った。すべて、私に任せるという。その理由は、私の自由を拘束するようで嫌だから、と彼女は説明した。私にとっては願ってもない申し出だったが、ちょっと物足りなさを覚えたのは、身勝手というものだろう。

その日の夜、水穂から電話があった。初めての出張、どうだった？　と訊く。可もなく不可もなく、まあまあだったよ、と答える私の胸のなかは、後ろめたさでいっぱいだった。

お礼を言うの遅れたけど、グアム旅行の費用、ありがとう、と水穂が言った。

いいんだよ、罪滅ぼしみたいなものだから、と私は言った。

罪滅ぼし？　なんの？

ほら、仕事が忙しくなって、なかなか会えなくなっただろ？

私は狼狽を隠して、シラッとした声で言った。

なんだ、気にすることなんてないのに、と水穂が明るい声で笑う。そして、そうそう、と補足した。今度のグアム旅行には、添乗員として坂本が同行してくれることになったという。旅行会社の社長がじきじきについてきてくれるなんて、とてもラッキー。あの男《ひと》、とてもお金持ちだから、旅行がとても楽しみよ。

それはよかった。せいぜい集《たか》ってやるんだな。きょうは疲れているから、もう寝るよ。近いうちにまた会おう、と言って、私は電話を切った。

坂本が水穂たちの旅行に同行する？　たぶん彼も、夏休みのつもりなのだろう。

私は寝酒のウィスキーを飲みながら、有村部長から渡された、現金入りの白封筒を手に取って、しげしげと見つめた。あした、有村部長に会うことになっている。私は、ひとつの提案をするつもりだった。

39

有村部長が待ち合わせ場所に指定したのは、先日フランス料理を食べたホテルの二階にあるバーだった。

約束の八時に顔を出すと、すでに部長はカウンターで飲んでいた。その隣に座っているのは、制作会社社長の矢木だった。

「先日は、どうも。いい企画書でしたよ」

矢木が私に愛想笑いを浮かべ、じゃ私はこれで、と言って腰を上げた。

矢木が消えると、まぁ座れよ、と言って、有村部長が矢木のいた席に顎をしゃくった。

「ここで、クライアントとの打ち合わせがあったんだ」

好きなものを飲んでくれ、と部長が言った。

私はバーテンに、バランタインの水割りを頼んだ。

「なるほど。金を持ってるやつは、飲むものも垢抜けてる」

笑った部長が、で、話というのはなんなんだ？　と私に訊いた。

私はスーツの内ポケットから、部長に貰った金の入った白封筒を取り出した。

「これ、俺が渡したやつじゃないか」

白封筒の中身をたしかめると、部長が不機嫌な顔をした。

「返す、っていうのか？」

「交渉しだいでは」

「交渉？　俺に交渉しよう、ってのかい」

部長が不機嫌な顔を更に歪めて、ブランデーを飲んだ。

「あれこれ訊くのはやめますよ。僕も子供じゃないんで」

置かれたバランタインの水割りに、ひとくち口をつけてから、私は言った。

「条件が二つ、あります」

「条件？　なんの条件だ？」

「この金を受け取る、です」

「ほう……。妙なことを言う。まあ、いい。その条件とやらを聞いてみようじゃないか」

「人事部にいる、藤沢めぐみ。ご存じですよね？」

「藤沢？　あいつがどうした？」

有村部長が訝る顔をした。

「あいつ、僕と同期なんですけど、近ごろ、彼女とよく話をするんです」

「なんだ、つき合ってるのか？」

「まさか。彼女は大企業の御令嬢ですよ。気が合って、飯を一緒に食ったり、酒を飲んだりする仲、というだけですよ」

「ふ〜ん」

鼻を鳴らし、疑わしそうな目で私を見ながら、それで？　と有村部長が訊く。

「彼女、お嬢育ちですが、チャラチャラしてる他の女子社員とちがって、一本筋の通った子です。それに、ヤル気もあるし、賢い。もったいない、とおもうんですよ」

私はバランタインの水割りグラスを揺すりながら、有村部長の表情をうかがった。

「なにが言いたいんだ？」

「彼女、営業への異動を希望してるんです」

「俺に、異動の手助けをしろ、というのか？」

「端的に言うと、そういうことです」

「あいつに頼まれたのか？」

「ちがいますよ。僕がこんな話をしていることすら知りません」

「つき合ってもないのに、なんでそこまで、あいつの肩を持つ？」

「言ったでしょ？　会社にとって、もったいないからですよ」

　私はバランタインをひと口飲んだ。

「おまえ、駆け出しの新人社員のくせに、目線は、まるで会社を背負《しょ》って立つ管理職みたいだな」

「正直、会社が潰れようが潰れまいが、どうでもいいです。部長にも覚えがあるでしょ？　若いときは、自分のやりたい気持ちは抑えられないものです。僕と同世代ということもあって、彼女に同情しているだけです」

「おまえなら引き受ける、と言ったはずだ。女は戦力にならん」

　有村部長がたばこに火を点けた。

「僕は営業には行きませんよ。広告業全体の知識もまだ身についていないのに、今、営業に行けば、使いっ走りで終わっちゃいますから」

じつは、ここからが二つ目の条件です、と私は言った。

「当分の間は、今のマーケティング局で、勉強をしますよ。でも、あまり仕事らしい仕事もないので暇でいけません。それでですね——」

私はまたバランタインの水割りで、舌を湿らせた。

「もしほんとうに、今回作った企画書が部長のお眼鏡に適《かな》ったのなら、これからもドンドン仕事を回してくださいよ。実践が一番の勉強になりますから」

「なるほど。それが、二つの条件というわけか」

たばこをくゆらせながら、有村部長が思案するように、目を細めた。

「もし、俺が断ったら？」

「答えは簡単です。このお金は要らないし、部長との縁も、これっきり、ということです」

「じゃ、『ほめっこクラブ』に入るか？」

「入りはしませんけど、同等の扱いをしてくれてけっこうです。毒食らわば、皿までですよ」

「毒？」

突然、有村部長が声を出して笑った。

40

翌日、別の銀行に口座を作り、有村部長から渡された十五万を入金した。今後、部長から貰う金は、すべてこの口座に入金して蓄えておくつもりだった。

銀行の赤電話から、金沢の永田に連絡を入れてみた。

電話に出た男が、社長、電話ですよ、と声をかけている。

家業の老舗《しにせ》酒造メーカーを引き継いで社長に納まった永田。従業員が「社長」と呼ぶ声は、もう彼がいっぱしの経営者となっていることを私に教えた。

どちら様？　訊く永田の声までが記憶にある彼の声とはどこかちがうように感じてしまった。

「社長。俺ですよ」

——おう、梨田か。なんだ、なにも連絡を寄越さずに。結婚式の招待状も送れずに、弱ってたんだぞ。

「すこし落ち着いてから、とおもってたんですよ」

——つまり、落ち着いたわけだ？

永田が笑った。

「落ち着いたと言えるか、どうか……。では、ここに、招待状を送ってくれますか」

私は下北沢のアパートの住所を教えた。

「これ、赤電話からなんで、いずれまた、かけ直しますよ。詳しくは、そのときに。それで、結婚式はいつなんです？」

――八月十六日だ。田舎というのは、お盆で故郷に帰ってくるやつが多いからな。

八月十六日？　その日は、例の分譲住宅のアンケート調査を実施する日だ。まさか、任されている私が、仕事を放り出して休むというわけにはいかない。

しかし私は、なにも言わずに、じゃ、また、と言って、電話を切った。

会社を出るとき、松崎課長には、午後は社会勉強してきます、と断ってきた。

社会勉強？　そんなものはなにもない。有村部長との話はついたが、それがかえって、私の気持ちを苛つかせていた。

結局、有村部長は、ベティの一件を承諾した。この十一月に、会社が赤坂の新社屋に引っ越すのを境に、大幅な人事異動があるらしい。そのときに、ベティを営業に異動させる、とのことだった。

私は部長に、この件はベティに教えぬように、との約束も取りつけた。

たぶんこれからは、部長経由で、いろいろな仕事が私に舞い込む。つまり私は、部長の私腹肥やしに、手を貸すことになるのだ。

銀行を出ると、夏の太陽が降り注いでいた。

年々、暑さが酷くなっているが、今年の夏は、特に暑く感じる。

ルビコン川をとうとう渡ったか……。

私は胸でつぶやき、空車に手を上げた。

新宿で、見ず知らずの人間を相手に麻雀を打つ。今の心境では、唯一、それがふさわしいようにおもえたからだ。

下田の旅行以来、ベティとは一度も会っていない。

彼女の口座に一千万を振り込んだとき、お礼の内線電話が一度かかってきたことがあるだけだ。そのときの彼女の口調には、私からの誘いを期待する無言のメッセージが込められていたが、私はあえて、無視した。

会って食事をし、酒を飲む——。これまでのベティとの間柄だったら、それで、さよなら、のひと言で別れられる。しかし彼女とは、もう一線を越えて、男女の仲になってしまった。酒を飲んだあとに、どうなるかはわかり切ったことだ。

ベティのことは好きだし、私はそれを拒むほどの道徳家でもない。だが、さすがに水穂に後ろめたさを覚えた。まず水穂に、謝罪といたわりの気持ちで会ってから、というのが私の正直な心情だった。

その水穂と、土曜日の夕刻に会った。

待ち合わせの喫茶店に入ってきた彼女の姿を見て、私はおもわず目を見張ってしまった。

水穂の髪型は、学生らしさを漂わせた、サラリとしたセミロングだったのだが、すこし茶色に染めて、しかもウェーブをかけている。

着ている服も、シースルーで、まるで雑誌のモデルをおもわせるほどに華やかなものだった。そればかりか、薄いサングラスまで掛けている。

「どう？　似合ってる？」

口元に、ニッコリと笑みを浮かべ、私の前の椅子に腰を下ろすなり、水穂が訊いた。

「似合ってはいる。しかし、どういう心境の変化だい？」

周りのテーブルからの視線を感じて、私は小声で言った。

「わたしぐらいの年齢の女の子は、ちょっと見ない間に、どんどん成長するのよ」

私のほうに顔を近づけ、女としてね、と水穂がささやくように言った。

「なるほど……。俺が放ったらかしにしてた、とでも言いたいのかい？」

まぁね、と言って、水穂がソーダ水を注文した。

「黙ってたけど、じつは、いろいろとあったのよ」

「恋をした、とか?」

「嫌なやつね、マー君、って」

すねた顔をしてから、水穂がサングラスを外す。

「じつは、新聞に出て以来、二つのモデル事務所から、スカウトがあったのよ。マー君に、その相談をしたかったの」

「ふ～ん、モデル事務所、ねえ」

「なによ、ほんとうなんだから」

「うそだなんて、言っちゃいない。俺がモデル事務所のスカウトマンだったら、やはりミホをスカウトするよ」

それは、お世辞でもなんでもなかった。今の水穂の姿は、そんじょそこらのモデルにも決して引けを取らないように見える。

「食事に行こう。話はそこで聞くよ」

水穂に注がれる周囲からの視線が気になって、私は腰を上げた。

「原宿の鉄板焼き屋さんがいいわ」

「わかった」

化粧室に行く、と言う水穂に、店の外で待っている、と言って、私はレジにむかった。喫茶店を出たとき、おもわず私は背をむけた。こっちに歩いてくるカップルを目にしたからだ。佐々木と、水商売風の若い女だった。

「よう」

佐々木の声がし、肩を叩かれた。

「おまえか……」

初めて気づいたように、私は軽く応えた。

「ここで会えるとは、ラッキーだった。じつは、昼ごろ、おまえを捜しに、マーケティング局をのぞいたんだ。でも、もう帰ったあとだった」

連れの若い女から離れるようにして、佐々木が喫茶店の陰に私を連れて行った。

「なんか、用だったのか？」

「有村部長から聞いたよ。『ほめっこクラブ』に入ったんだって？」

「入るなんて、言っちゃいない。部長が勝手にそうおもったんだろ。それを言いたくて、わざわざ俺を捜してたのか？」

「いや、そうじゃないんだ。ホラ、ご覧のとおり、今夜、あの子とデートなんだ。でも、軍資金不足でな。仲間になったおまえに、ちょっと借りよう、とおもったんだ」

そのとき、喫茶店から出てきた水穂が見えた。

水穂も佐々木に気づいたようだ。露骨に嫌な顔をしている。

「いくらだ？」

仲間と言われたことに腹を立てていたが、さっさと佐々木たちには消えてほしくなっていた私は、ぞんざいな口調で訊いた。

「十万。今度の給料日に返すよ」

「待ってはやらんぜ」

十万の金など、どうでもよかった。もし水穂が一緒でなければ、貸すことすらもしなかっただろう。

財布から十万を数え出して、佐々木に渡した。

「悪いな。恩に着るよ」

金を収った佐々木が水穂に気づいたようだ。

「あの子と、またデートか。しかし、見るたびにきれいになるな、あの子」

「誰といようと、俺の勝手だろ。だけど、ペラペラと喋るのは、男の流儀に反するぜ」

「なんだ？　藤沢に喋ったことを怒ってるのか？」

「怒っちゃないさ。流儀に反する、と言ってるだけだ」

じゃあな、と言って、私は水穂のほうに身体をむけた。

「あの男《ひと》に、お金を貸したの？」

立ち去る佐々木たちを見ながら、水穂が不機嫌そうに訊いた。

「貸しやせんよ。くれてやったのさ」

行こう、と言って、私は水穂を促した。

41

土曜日の夜のせいか、鉄板焼き屋は、混んでいた。かろうじて、カウンターの隅の席が二つ空いていた。

「やっぱり、ね」

水穂が、したり顔で席に腰を下ろす。

「なにが、やっぱりなんだ？」

ビールを注文して、私は水穂に怪訝な顔をむけた。

「姉が言ったのよ。マー君は、ラッキーボーイかもしれない、って」

「俺がラッキーボーイ？　未《いま》だかつて、そんなことを言われたことはないな。しかし、どうしてだい？」

「純平の一件は、大ごとにならずに丸く収まったし、わたしのモデルの件だって、マー君と知り合って道が拓《ひら》けたし。それに、姉の銀座のお店、マー君があそこに顔を出すようになってから、大繁盛なんだって。それで、例の大阪での相場の話、姉に教えちゃったのよ」

悪かった？　と水穂が訊く。

「喋っちゃったのなら、今さら、どうこう言ったって、しょうがない。でも、あまり、人には知られたくないんだ」

「ゴメン。でも、姉にだけだから許して。それで姉ったら――」

水穂が私の耳元に口を寄せ、マー君はアゲチンかもしれない、なんて言うのよ、と小声でつぶやく。

「ふ～ん。アゲチン、ねぇ……」

ふつうの声で反復すると、水穂が顔を赤らめて、慌てて私の太腿《ふともも》をつねった。

たしかに、今の私はツイている。大阪を出奔して以来、悪いことはなにひとつとして起きていない。

佳代ママの言うこともそうだが、私は砂押の知遇を得たし、職も得た。そればかりか、水穂とベティという、若いすてきな女の子とも知り合えた。順調すぎて、怖いくらいだ。

ビールと一緒に、大根おろしのいっぱい入った器が置かれた。

「まあ、なんだかよくわからんけど、とりあえず――」

ビールで乾盃した。

アワビに海老にホタテ、それと、野菜も焼いてね、と水穂が、もんぺ姿の女性従業員に注文する。

「なんだ？　海の幸シリーズか？」

「モデルになるんだったら、食事には気をつけなくちゃ。これ、事務所の人に言われたの」

「ふ〜ん」

私は、わざとステーキを注文した。

「それで、モデルの一件の相談、ってのは？」

私はビールを飲み干して、訊いた。

「二つの事務所、姉が調べてくれたんだけど、どちらもマァマァで、信用できそうなところらしいの」

「それで？」

私はビールを注ぎ足した。

「ひとつは、ファッション系の事務所。もうひとつは、雑誌やテレビでの仕事をメインにしてるらしいの」

「それで？」

私はビールをまた、喉に流し込んだ。

「なによ。それで、それで、の生返事ばかり。興味がないの？」

水穂が口を尖らせる。

「そんなことはないさ。しかし、相談の内容を聞かないことには、答えようがない」

ステーキとアワビの焼ける香ばしい匂いがしはじめた。

私は箸先で、ステーキの焼き具合をたしかめた。

「ステーキのほうが興味があるみたい」

水穂がまた口を尖らせる。

「どっちも同じぐらい興味があるよ」

「わたしの話とステーキの焼き具合が一緒だというの？」

ムッとした顔の水穂に、冗談だよ、ととりなして、私は話のつづきを促した。

「きょうのこの服はね——」

水穂が着ているシースルーの服の袖を指先でつまんだ。

「三日前に、ファッション系の事務所に呼ばれたときに、プレゼントとして貰ったのよ。フアッションショーで、一度、使っただけなんだって」

「その髪型も貰ったのかい？」

私は水穂の、ウェーブのかかった茶髪に目をやった。

「すぐに、そうやって茶化すんだから。このヘアスタイルは、そのときに居合わせたヘアーアーチストからの助言よ。どう？　似合ってる？」

「似合ってるよ。でも、女子大生というより、もう完全にプロのファッションモデルに見える」

「それって、誉めてるの？　ケナしているの？」

「誉めてるのに決まってるじゃないか」

焦げるぞ、と言って、私は焼き上がったアワビを、水穂の器に入れてやった。そして、ステーキを自分の器に取った。

正直なところ、水穂の服にも、彼女の髪型にも、私の関心はさほどなかった。というより、ファッションやヘアスタイルに、異常なほど執着を見せる女の子を、どちらかというと、苦手にしている。

死んだ香澄は、お洒落ということに対しては、まったくと言っていいほど、無頓着《むとんちゃく》だった。

彼女は服装にはほとんどお金を使わなかったが、彼女が何気なく着る服は、とても彼女に似合っていたし、彼女の飾らない性格がとても色濃く滲んでいて、そんな彼女を私は愛したのだった。

なみなみと盛られた大根おろしに浸して食べるステーキは、適度に油分が落とされて、とてもおいしかった。

水穂も、満足げな表情で、アワビを口に入れている。

「つまり、そのファッション系の事務所に籍を置くことに決めたわけだ？」

私はビールを飲み、水穂に訊いた。

「まだ、決めてない。だから、マー君に相談したかったのよ」

「そんなこと、俺に相談したって、しかたがないだろう。俺は、その世界のこと、なにも知らないんだぜ」

水穂がアワビを食べ終えたのを見て、もんぺ姿の従業員が、海老とホタテを同時に、鉄板の上に置いた。そしてその脇に、モヤシとニラの混じった、タップリの野菜も添える。

水穂が私の隣にいるカップルのほうに、チラリと目をむけ、あとで話すわ、と言った。

隣のカップルは、二人共三十前後の男女だったが、私たちが入ったときから、チラチラと水穂を観察していることに、私も気づいていた。

「わかった。じゃ、ともかく、食うことに全力投球といこう」

私はステーキを食べ終えると、ガーリックライスを注文した。

この店のガーリックライスは、絶妙な味付で、私のお気に入りの一品だ。

「それ、わたし食べないからね」

水穂がすました顔で言う。

「別に、強制はしないよ。でも、大好物だったじゃないか」

「炭水化物は太るんですって。これも、言われたのよ」

「ふ〜ん。そうかい。せいぜい、ガリガリになるといいや」

「ヒドい、言い方ね」

水穂が私の耳元に口を寄せ、愛が感じられない、と言って、私の太腿を強くつねった。

これから先、食事に行くたびに、これは駄目、あれは駄目などと言うのだろうか。ついこの間まで、焼きうどんに舌鼓を打っていた水穂はどこに行ったのだろう。私はちょっとばかり、ウンザリとした気分になっていた。

42

それから半時間ほどかけて食事を終え、店を出た。

表通りにむかう私たちの後ろから、駆け足の靴音が聞こえた。

振り返ると、さっき隣にいたカップルの男のほうだった。

「なにか？」

私が怪訝な顔で訊くと、お連れさんの女性にちょっと、と言って、男が名刺を水穂に差し出す。

「私、赤城といいます。『ギャラント・プロモーション』をご存じですか？」

水穂が戸惑いながら、うなずく。

「ギャラント・プロモーション」というのは、有名歌手やタレントを多く抱える大手芸能プロダクションで、私もその名は知っていた。

「すみません。盗み聞きしたわけではないのですが、隣でしたので、お二人の会話を、つい聞いてしまいました。私は、うちの新人発掘部門の担当でして、もしよろしかったら、近いうちに一度、ゆっくりとお話しさせていただく機会をくださいませんか？」

水穂は顔を赤らめたが、満更でもない表情を浮かべている。

私はわざと、赤城という男と水穂の二人に距離を置いて、たばこを吹かしながら、話が終わるのを待った。

これは水穂個人の問題であり、私は無関係だ、とのおもいが強かったからだ。

しかし、と私は内心驚いていた。新聞に水穂の写真入りの記事が掲載されただけで、二つの事務所からスカウトの話が舞い込み、今度は、タレントスカウトの人間が目を光らせている街として有名な原宿で、声をかけられた。

わたしぐらいの年齢の女の子は、ちょっと見ない間に、女性として、どんどん成長するのよ、と水穂は言った。

あるいはそのとおりかもしれない。初めて水穂を見たときは、可愛い子、というだけの認識だったが、もしかしたら、カメラの被写体になり、そして私という男によって初めて女となったことで、急速に大人の女性としての魅力が開花しはじめたのかもしれない。あるいは、そのことに気づかないのは、私だけなのかもしれない。

話が終わったようで、男が店のほうに帰ってゆく。お邪魔しました、ぐらいの挨拶はあってもよさそうなものだが、男にとっては私など眼中にないのだろう。

「話はついたのかい？」

私はたばこを落とし、靴先で火を消した。

「うん。でも驚いちゃった。まさか、あの『ギャラント・プロモーション』から声をかけられるなんて」

「ミホが、それほど魅力的になったということだよ。なんせ、俺は、アゲ……」

私は言葉を濁した。

「そのとおり、マー君は、アゲチンなのよ」

水穂が私に腕を絡め、来週、彼に電話することにした、と言った。

「しかし、ミホをスカウトして、どの分野で使おう、っていうんだい？」

「なにかの企画があるんです、って。来週、聞かせてくれるそうよ。どう？　マー君も、鼻高々でしょ？」

「バカバカしい。俺は関係ないよ」

「あら、そうなの？　やせ我慢しちゃって。ふつうの男なら、自分の恋人が芸能プロダクションにスカウトされたら、喜ぶとおもうけど」

「俺がふつうの男じゃない、と言ったのは、ミホ、おまえだぜ」

時刻は九時近くになっていた。

伊東の温泉で一線を越えて以来、水穂とのデートは食事をしたあとに、どこかで酒を飲み、そして最後にはラブホテルの門をくぐるというのが定番のコースになっていた。

しかし、ベティと下田に行ったことの後ろめたさが未だに尾を引いて、今夜は、なにかの口実を作って、早々とアパートに帰るつもりだった。

だがそんな清い考えは、いざ実際に水穂と会ってしまえば、なんの意味もなかった。

ホテルで話のつづきを聞くよ、と言うと、水穂は待っていたかのように、うなずき、私に絡める腕に力を込めた。

空車を止めようとすると、水穂が言った。

「ねぇ、マー君。今夜はラブホテルじゃなくて、ちゃんとしたホテルがいいわ。高い窓から、東京の夜景を見たいの」

「いいよ」

咄嗟《とっさ》におもい浮かんだのは、有村部長から二度呼ばれた、四谷のホテルニューオータニだった。

タクシーに乗って、ニューオータニに、と運転手に告げた。

急に、水穂が不機嫌な顔になった。黙り込む。

「なんだい。ミホが言うからそうしたのに、不満なのかい？」

私は運転手の耳に届かぬよう、小声で言った。

「マー君。何度もそこを使ってるんでしょ？　誰と行ったの？」

そういうことか。バカバカしい。

「残念ながら、都内のシティホテルに泊まるのは、人生で初めてだよ」

「だって、言い方、とても慣れていた……」

「この会社に入って、仕事の打ち合わせで、二度使ったことがあるだけさ。食事とバーでね。それも、あまり良いシチュエーションじゃなかった。できたら他のホテルにしたいぐらいだ」

「ほんとうに?」

水穂の顔から不機嫌な表情が瞬時にして消え、私の手を握ってくる。

この調子では、もしベティとのことが知られたら、どうなるかわかったものではない。そう考えると、すこし憂うつな気分になってしまった。

ホテルに着き、タクシーを降りてから、私は言った。

「先に俺がフロントに行って、部屋を取るよ。ミホは遠くにいて、俺がOKのサインを出したら、知らぬ顔をして俺のあとにつづいてエレベーターに乗るといい」

「どうして、そんな面倒臭いことをするの?」

「だって考えてもみろよ。ラブホテルだったら人に見られることはないが、ここじゃ、大勢の人の目に晒されてるんだぜ。俺は見られたって一向に構わないけど、ミホは困るだろ? ミホの大学は裕福な学生が多いから、家族連れで使っている可能性だってある。それに……」

「それに……、なによ?」

「今夜のミホは、とても目立つ。将来のスターの卵に疵《きず》をつけてもいかんだろ？」

半分冗談のつもりで言ったのだが、その瞬間、私の背に妙な電流が流れた。

麻雀をしていて、危険牌《ハイ》を摑まされたときに流れる、あの電流とどこか似ていた。

フロントに顔を出した。

最上階のフロアで、ワンルーム欲しい、と言うと、フロントマンが首を振った。

「予約がありませんと……、それに十五階は人気ですので、当日の空室というのは、まずありません」

「では、他のフロアで」

またフロントマンが首を振った。

周囲に目をむけると、大半の人が四十代以上で、二十代の半ばにもならない人間なんて、私くらいのものだった。ひょっとしたら、値踏みされているのかもしれない。

ここでアッサリと引き下がっては、広告屋失格だ。これは、部屋を確保するためのプレゼンテーション、とおもうことにした。

「じつは私、こういう者なんですが――」

私は名刺入れから、名刺を一枚抜き出して、フロントマンに渡した。入社して以来、この名刺を使ったことなど数回しかない。

フロントマンが、名刺と私とを見比べた。

「じつは、あそこの女性——」

私は柱の陰に立つ水穂を指差した。

「彼女、うちの大切なクライアントの娘さんなんです。こちらのホテルから見える夜景がすばらしいので、ぜひ一度、と頼まれていたんですが、私のミスで、予約を取り忘れてしまってたんですよ」

デポジットなら、要求どおりにお支払いします、と言って、私は頭を下げた。

「いや、そういうことではなく……」

フロントマンの態度が明らかに変化した。

「そこを、なんとか……。私の重大責任になってしまうんです」

「ちょっと、お待ちを」

フロントマンが、後ろにいる上司らしき人物と相談してから、むき直った。

「わかりました。幸い、十五階に、ひとつキャンセルが入りましたから、そこをご用意いたしましょう」

デポジットとして、五万円を要求された。

「ありがとうございます」

「いえ。どうぞ、当ホテルからの夜景をご堪能《たんのう》ください。もしよろしかったら、十七階のラウンジバー『ザ・スカイ』からの眺めもすてきですので、そちらもどうぞ」

宿泊者カードに記入してデポジットを払うと、ルームキーを渡された。

こちらを見ている水穂に、ＯＫのサインを送った。

エレベーターに水穂と一緒に乗った。

「やはり、格式のあるシティホテルは、ラブホテルとは勝手がちがうな。ちょっと苦労したよ」

水穂のことを大切なクライアントの娘、と出まかせを言ったが、もし彼女がきょうのようなファッションではなく、水商売風の女性に見えたら、私の作戦は空振りに終わったかもしれない。

しかし、フロントマンに説明するために水穂を指差したとき、この私ですら一瞬、自分のうそがほんとうのようにおもえるほど、彼女の存在は光って見えた。

人気のあるホテルというのもうなずける。ツインのルームは、広くて、窓から見える東京の夜景は、ネオンが眼下に輝いていて、とても美しい。

考えてみれば、これまでにつき合った女とは、いつもラブホテルばかりで、こういうシティホテルに泊まるのは初めてだった。

「マー君、感激。東京って、こんなにきれいな都会だったんだ」

窓の外に広がる夜景に見とれながら、水穂がつぶやく。

「正直、俺もビックリしたよ。俺なんて、学生時代から、新宿のゴミゴミとした街の片隅ばかりうろついてたんで、こんなにきれいだとは想像もしていなかった」

「わたし、もう、ラブホテルなんか、嫌よ。マー君、これからはこういうホテルにしましょ」

「いつもは、嫌だね。たまに来ることで、身も心も洗われるんだ」

砂押は、世の中のことを、なんでも見て経験しろ、と言った。

夜景はたしかにきれいだが、それは上辺《うわべ》だけのことで、夜景の下に眠る実の社会のことなど、なにも教えてはくれない。

「そんなこと言ったって、わたしはこっちのほうが好き」

ねっ、いいでしょ？　と水穂が媚《こ》びるような目で、私を見る。

なるほど、と私はおもった。水穂は、急激に大人の女へと進化しているのだ。ついこの間までの水穂は、私に対して、こんな目で見るようなことはなかった。

私は水穂を抱き寄せて、キスをした。

香水などには無頓着な私だったが、水穂の香りは、いつもとはちがうような気がした。

水穂が舌を絡めてくる。二、三度、それに応えたが、私は水穂から、そっと身体を離した。

「どうしたの？」

私を見つめる水穂の瞳は濡れていた。

「夜は長いよ。今、ミホを抱いたら、眠ってしまう。さっき、フロントマンが教えてくれたんだが、この上の十七階に、『ザ・スカイ』という名称のラウンジバーがあるらしい。そこからの眺望がすばらしいと言うんだ。せっかくだから、行ってみよう。今夜のミホはすてきだから、他の客の注目を浴びるぜ。モデルは、人に見られて、ナンボ、の仕事だろ？」

「わたし、そんなに、きれい？」

「ああ、ゾクッ、とするほどにね」

「マー君。大好き」

水穂が、もう一度、私に軽くキスをし、じゃ、そこに行こう、と言う。

私は、ネオンの輝く夜景に目をやった。

キラキラと輝く、そのネオンの海が、この間、ベティと行った下田の夜空の星と重なった。ネオンの海は、人工の輝き。夜空の星は、自然の輝き。正直、どちらも美しい。

たぶん私は強欲なのだ。どちらの美しさも欲してしまっている。

43

「ザ・スカイ」は、週末の土曜日ということもあるのだろうが、とても混んでいた。

窓際のテーブル席はいっぱいで、空いたら座らせてほしい、と頼んで、カウンター席で待つことにした。

「なにか、柑橘《かんきつ》系のカクテルを」

水穂がバーテンに注文する。私は、バカのひとつ覚えのように、バランタインの水割りを頼んだ。

客席を見回すと、めかしこんだ女性客がかなりいた。その大半は二十代の半ば以上だが、今夜の水穂は、彼女らと同等、いやそれ以上の輝きがあるようにおもった。

「チョッとした大人の気分ね」

「チョッとしたどころか、ミホは十分に大人だよ」

水穂のカクテルグラスに、水割りグラスをぶつけて、乾盃した。

「それで、さっきの話だけど、相談、っていうのは？」

私はたばこに火を点けながら、訊いた。

だった。


「テーブル席に移ったら話すわ」

水穂が私の隣の客のほうを見て、言った。どうやら、聞かれたくないらしい。

しかたなく、今月のグアム旅行の話をした。結局、参加者は、二十三人になったとのことだった。

「しかし、なんで、急に坂本が行くことになったんだ？」

「あの男《ひと》、マー君とわたしのことが羨ましくなったんだって。恋人探し、みたいよ」

「なるほど。あいつ、アルサロなんて営業《や》っていたから、水商売の女には飽き飽きしてるんだろ。ミホんところの女子大生だったら、きれいな子が大勢いるはずだしな。むろん、ミホ以上はいないけど、ね」

「口が上手いんだから。でも、その誉め言葉、好きよ。だから、わたしを大切にしなさい」

しばらく話をしていると、テーブル席に案内された。

部屋の窓からの夜景もすばらしかったが、ここからの夜景のほうが、ゴージャスに感じられた。それはたぶん、大勢の着飾った客のせいにちがいない。何事にも、背景が重要なのだ。

カクテルと水割りのお替わりを頼んでから、さっきの話を持ち出した。

「じつは、姉にも相談したんだけど、断られちゃったのよ」

「断られた？　なにを？　お姉さんが、ミホの頼みを断ることなんてあるのかい？」

　水穂は常々、姉の佳代のことを、姉というよりも、親みたいなものだと言っている。

「この服は、貰ったけど、一流のモデルとして認知されるまでは、持ち出しも覚悟しなければならないらしいの。私服もそうだけど、アクセサリーとかなんとか、いろいろ、ね」

「なるほど……。俺に、その援助をしてほしい、と？」

「そうなの。駄目？」

　水穂が、また媚びるような目で私を見た。

　言いたくなかったら言わなくてもいいけど、と断ってから、私は訊いた。

「なぜ、お姉さんは、ミホへの援助を断ったんだい？　銀座のクラブに、あの麻雀屋。経済的には、十分すぎるほど余裕があるだろ」

「マー君も、嫌なの？」

　水穂が不満げな顔をした。

「そういうことじゃない。お姉さんが、なぜ断ったのか、その理由を知りたいだけだよ。だって、姉ひとり、妹ひとりの関係だし、お姉さんにとっては、ミホは子供みたいなものじゃないか」

「そうよ、ね。マー君が疑問におもうのは、当たり前よ、ね。わたしだって、断られたときは、ショックだったんだから」

カクテルに口をつけ、迷いをふっきるかのように水穂が言った。

「姉がわたしに言ったことを、そっくりそのまま話すわ」

水穂はわたしの子供のようなもの。だから社会人として一人前になるまでの面倒をみようと心に決めた。そして、そのとおりに、食べることや住む所、着る物にも不自由はさせなかった。大学に行く学費までも面倒をみた。でも、それ以外のことでは、もうわたしに甘えては駄目。自分の人生に必要なお金は、自分で稼ぎなさい。

「姉は、ね。わたしを連れて東京に出てきてからは、身体を張って生きてきたと言うのよ。銀座のお店を出すために、好きでもない男にも抱かれたって。わたしが嫌っている姉の今の愛人、あの男には、困ったときに何度も助けられたんです、って。人の目なんか、関係ない。それが自分の生き方なんだから、なにも恥じていない、って……。そう言ったとき、姉は、初めてわたしの前で、涙を流したわ」

話す水穂の目にも、うっすらと涙が浮かんでいる。

「わかった。ミホ、もういいよ」

私はバランタインの水割りを飲みながら、銀座のほうに目をやった。

あの煌めくネオンの下には、佳代ママの人生が横たわっている。いつだって、輝くものの下には、暗い影が眠っているのだ。

「わたしは、姉のような人生は嫌。わたしは社会の表で、輝くような生き方をしたいの。でも、学生の今のわたしでは、どうにもできない。わたしは、ステップアップしたいのよ」

「そんなに、モデルという仕事に、心魅《ひ》かれているのかい」

「チャンスのような気がするの。上手くいくのかどうかはわからないけど、せっかく巡ってきたチャンスだから、全力でぶつかりたい」

水穂の口調は必死だった。

ベティはいずれ、イベント企画の会社を立ち上げるという。この水穂も、自分の挑戦する人生のとっかかりを摑もうとしている。

私はベティの異動願を叶えてくれるよう有村部長に言ったときの自分の台詞をおもい出していた。

「あるやつに、俺はこう言った。若いときは自分のやりたいことを抑えるのは無理だ、とね」

私は水穂に笑みを投げた。

「わかったよ、ミホ。今度会ったときに、通帳を渡すよ」

「通帳を？」

水穂が目を瞬かせる。

「そんな大金を頼んでるんじゃないわ、わたしが必要なときに……」

「勘違いするなよ」

私は笑った。

「俺の全財産の入った通帳を渡すんじゃない。使うつもりのない金を蓄《た》めておこう、と新たに別の口座を開いたんだ。残高だって、十五万しかないよ。でも、これからは時々入金がある。そのお金は、ミホが好きにしたらいい」

今回の広告企画書の報酬は十五万だったが、これからも時々、有村部長は私に内職仕事を依頼するだろう。

水穂は、人生のステップアップをしたい、と言った。私も部長に頼まれる仕事をこなしていくことで、ステップアップしていくだろう。

金の性質はどうあれ、私は部長に、毒食らわば皿まで、と宣言したではないか。

「マー君、そのお金って、どういうお金なの？」

水穂が訝るというより、不安そうな表情を浮かべた。

お姉さんと同じ種類のお金だよ、と言おうとしたが、私は笑いで誤魔化した。

「そんなことは、ミホは知らなくていい。部活の広研では教えてくれないだろうが、広告会社というのは、裏の裏があるんだよ」

この話はこれでおしまいだ、と言って、私は空のバランタインのグラスを、黒服の従業員に振ってみせた。

私も水穂も、何杯もお替わりして、よく飲んだ。

水穂の呂律も怪しくなった。

わたしねぇ、ずっとコンプレックス抱いて生きてきたんだ……。姉の仕事が恥ずかしくて、友だちにもうそをついてきた。資産家と結婚した姉が、わたしの面倒をみてくれてるんだって……。わたし、って卑怯よね。姉を恥じるんだったら、大学なんか行くべきじゃなかったのよ。わたし、って最低。でも、目標が見えたから、わたし、絶対に成功してみせる。マー君のためにも、ね……。

私はもつれる足で、酔っ払った水穂を抱きかかえるようにして、部屋に戻った。

ベッドに入ると、水穂が私に抱きついてきた。

「今夜は、なにもしない。もし、ミホを抱いたら、金で抱いたような気になる。ミホを娼婦《しょうふ》になんて、できないだろ？」

ふと気づくと、水穂は深い眠りに落ちていた。

44

金沢の永田から、結婚式の招待状が届いた。

電話では失礼なので、私は彼に、近況を伝えるのと同時に、結婚式の当日は、絶対に外すことのできない仕事のスケジュールが組まれているので出席できない、奈摘さんを幸せにしてやってくれ、いずれ後日、金沢に顔を出す、との祝福と謝りの交じった手紙を書いて送った。

給料日、佐々木から内線電話がかかってきた。借金の十万円の返済を待ってくれという。

駄目だね、と私は一蹴《いっしゅう》した。

十万円など、どうでもよかったが、佐々木のような男は、最もムカつく。

飲む打つ買う、の遊びは好きにしたらいい。現に、この私がそうだ。しかし私は、そうした金は、自分の才覚なり、身体を張って稼いでいる。だが彼は、そのツケを他人に回しているだけだ。

親のコネで入社し、社内で徒党を組み、遊泳術を駆使しながら、会社という組織で生き延びようとする。私からすると、彼のような生き方は、唾棄《だき》すべきものであって、なにひとつとして共感できる点はない。

ここ数日、私は苛々していた。連日の猛暑のせいばかりではなかった。

永田は着実に己の生活を築いているし、ベティや水穂は、彼女らなりの人生の指針らしきものを摑みかけている。しかし、私ときたら、さほど面白くもない、いやむしろ退屈と言ってもいいような会社員生活を送りつづけている。

夕刻、資料室で経済雑誌のチェックをしていると、その佐々木が顔を出した。

金を返しに来たのかとおもったが、ちがった。謝るどころか、開口一番、彼はこう言った。

「おまえにとっての十万など、どうでもいい金額だろ？　デカい麻雀で稼いでいるし、竹内に聞いたところでは、内職にも手を染めはじめたそうじゃないか」

「なるほど。今度は、その手か。そっくり同じ台詞を、有村部長の前で、言ってこいよ。そうしたら、借金はチャラにしてやる」

どうやら佐々木は、そう言えば私が怯むとでもおもったのだろう。今度は顔を蒼白《そうはく》にして、泣き落とし口調で、返済を待ってほしい、と頭を下げた。

「金は返さなくていい。でも、おまえは金以上の借りを俺に作った。この貸しは、いずれなんらかの形で返してもらうよ」

私は佐々木に、まるで蠅《ハエ》を追い払うように、手を振った。

私の苛々は、益々つのってしまった。

きっと佐々木は、この手の借金をあちこちで重ねているにちがいない。小金で振り回される人生。これほど惨《みじ》めなものはない。

そのとき、広げている経済雑誌の記事が目に入った。これからの日本経済についての特集だった。

銀行に金を眠らせていてもしかたない。株にでもしておくか。ふと、私はそうおもった。

坂本から電話があった。水穂たちのグアム旅行の仲立ちをしてくれたお礼に、食事を奢ってくれるという。

約束の六時に、坂本の会社に顔を出すと、彼はノーネクタイの、三十代半ばに見える男と一緒に待っていた。

坂本が私に男を紹介した。

「デューク山畑さんだ」

「デューク？」

「彼は、日系二世でね。ロスアンゼルスで、いろいろなビジネスの仲介業をやっている」

どうも、と言って、山畑が愛嬌のある笑みで、私に頭を下げた。

坂本は私のことを、表の顔は広告会社のサラリーマンだが、裏の顔はギャンブラーだ、と笑って、山畑に紹介した。

「グアムには、俺も彼も同行するが、その足で、俺たちはロスにむかう。でも、彼女たちのことは心配するな。うちの他の社員が面倒をみるから」

「心配なんかしていない。水穂に聞いたんだが、グアムに同行するのは、恋人探し、のためらしいじゃないか」

「おまえが羨ましくなってしまった。スレッカラシの水商売の女ばかり見てきていると、女子大生、ってのが、やたらと新鮮に映る」

「わかってないな。きょうび、素人の女のほうが怖いぜ」

坂本に連れて行かれたのは、赤坂にある料理屋だった。

小部屋に陣取った。

乾盃のあと、私は訊いた。

「ロスアンゼルスに行くのは、新しいビジネスのためかい？」

「まあ、そうだ。まだやるとは決めてないんだが、旅行業にも水商売にも飽き飽きしてしまった。リトル・トーキョー、って知ってるだろ？」

「知ってるというほどじゃないが、聞いたことはある。ロスアンゼルスにある、日本人街だろ？」

「そうだ、デュークの事務所は、そこにある。彼が日系人相手のビジネスをしないか、と言うんだ」

「なるほど」

うなずきはしたものの、海外でのビジネスの話など、私にとっては遠い世界のことで、どうにも、ピンとこなかった。

黙って聞いていた山畑が、横から、たどたどしい日本語で説明する。

ロスアンゼルスのあるカリフォルニア州は、面積ひとつとってみても、日本よりも広く、そこには推定で、三十万人以上もの日系人が住んでいるという。その日系人を相手にして、通信販売網を作りたいのだ、と言った。

「ドルの威力は絶大ネ。通信販売網ができれば、ビッグビジネスになるネ」

「でしょうね」

しかし、坂本はなぜ、この山畑を同席させたのだろう。ビジネスの話よりも、むしろ、そちらのほうに私は疑問を持った。食事に誘ったのは、水穂のグアム旅行のお礼と言ったではないか。

日本のお刺身、最高ネ、と言って、山畑が箸を動かす。

坂本が言った。

「おまえ、いつまでもサラリーマンをやるつもりじゃないんだろ？　おまえには似合わんよ」

「わかってるさ。でも、世の中のことも満足に知らない青二才に、なにができるというんだ？　今は経験を積むしかないのさ」

私はビールを飲みながら、首を振った。

「ロスに行って、もし面白いと踏んだら、俺はその通信販売網作りのビジネスに乗り出してみよう、とおもっている。すべてを畳んでな」

「すべて、って、大阪のアルサロも、旅行業もか？」

「そうだよ」

アッサリと坂本はうなずいた。

「俺たちのようなハグレ者が、ビジネスに乗り出そうとしたら、隙間ビジネスしか可能性はないんだ」

「隙間ビジネス？」

「そうだ、隙間ビジネスだよ。今の社会は、もう、大資本、大企業が牛耳ってしまっている。そういうデカい資本や企業が参画しているビジネスに、新たに立ち入ろうとしたって無理だ。いつか話しただろ？　旅行業なんてのも、そのクチだ。どう立ちむかったって、大手に勝てるわけがない。独り立ちしようとして、誰もが最初に考えるのは、手っ取り早い、飲食業や水商売の世界だ。そりゃ、上手くいったら、食いブチぐらいはどうにかなる。しかし、しょせんはそれまでのことで、ビジネス、なんて名にも値しない仕事だよ。俺はステップアップしたいんだ」

坂本が私の目をのぞき込む。

ステップアップ？　坂本もまた、水穂と同じ台詞を口にした。

それで？　と私は坂本に先を促した。

「入念に下調べはするが、もし俺がやると決めたら、どうだい？　ひと口、乗らないか？」

「金を出せ、と？」

「まあ、そういうことだ。俺は、おまえを気に入っているし、おまえとなら、一緒にやってもいい、とおもっている」

正直なところ、一瞬、心が動いた。だが私は首を振った。

「どうやら、俺は買い被られているようだな。おまえが想像するほど、俺は金なんて持っちゃいないよ。俺が動かせるのは、せいぜいが、ちょっと大きなレートの麻雀を打つぐらいの金額だ。ビジネスに乗り出すには程遠いほどのな。それに、俺は、人が持ち込んだ話は、あまり信用しない。失敗したら、悔いが残るからな」

「そういう慎重なところも気に入ってるのさ。まあ、いい。すぐに、という話でもないんだ。俺が一度調べて、見込みがありそうだったら、そのときにまた話すよ」

私は盗み見るように、チラリと、山畑の顔をうかがった。

たどたどしい日本語を話す日系二世。私がこれまでに遭遇したことのない人種であることは間違いない。

45

水穂がグアムに旅立った日、私は下田に旅行して以来、初めてベティを食事に誘った。

忘れられたのかとおもった、と彼女はすこしふくれぎみに言ったが、すごくうれしそうだった。

「連日、まったく暑いわね。ダウンしないように、スタミナ料理、食べましょう。出資してくれたお礼に、わたしが奢るわ」

「まさか、ヘビやサソリじゃないだろうな？」

「そんなもの食べさせるお店、どこにある、っていうのよ。クジラよ」

「クジラ？」

「そう。わたし、クジラ、大好きなの。小さいころ、給食でよく食べさせられたでしょ？　周りの女の子たちは、硬くて筋張ってて、臭くて、と言って嫌ってたけど、わたしは歯を鬼にして食べたわ。臭い、と言うけど、わたしは、あの独特な、ケモノみたいな匂いも好きなの。クジラを食べると、元気バリバリよ」

一方的に言ったあと、ふと気づいたように、梨田クンはクジラ、嫌いじゃないわよね？　とベティが訊いた。

「心配ない。好きだよ。給食で、あれを食べて育ったせいで、硬くて筋張った、ケモノみたいな人間になった」

歯だって、ほら、鬼みたいだろ？　と言って、私は歯を剥き出しにしてみせて笑った。

私はベティの、こういう飾らない、サバサバとした性格が好きだった。彼女と話していると、心が和らぐ。

ベティに連れて行かれたのは、道玄坂にあるクジラ料理の専門店だった。

若い人たちで、けっこう賑《にぎ》わっていた。

クジラのスキ焼きに、尾の身の刺身に、あと、竜田揚げも、ね。そうそう、タップリのおろしニンニクとショウガ、も忘れないでね。

ベティがテキパキと注文する。

「なるほど。スタミナがつきそうだ。臭さもね」

「でしょ？　梨田クンを臭くしておくのは、わたしの作戦でもあるのよ。他の女の子が近づかないように、ね」

ビールを飲みながら、クジラ料理に舌鼓を打った。この暑さのせいで、冷えたビールは旨かったし、クジラの味は、小さいころをおもい出させてもくれた。

「そうそう。梨田クンに報告があるのよ」

ベティが大きな目を動かし、うれしそうに言った。

「二日前に、小野部長に呼ばれたの。本社が赤坂に移転するのを機に、わたし、どうやら営業に異動になりそうよ」

「へぇ〜。それはよかった。有村部長の難関も突破できたんだ」

「それが妙なのよ。小野部長の話によると、むしろ有村部長のほうから、積極的な働きかけがあったんですって。どんな風向きの変化なのかしら」

「きっとベティの、社内的な評判が良かったからだよ。評判も実力さ」

とりあえず、おめでとうの乾盃だ、と言って、私はベティのビールグラスに、自分のをぶつけた。

ベティの異動の件は口外しない、と有村部長は約束した。私が裏で、部長と取引をしたことは洩れる心配はないだろう。

しかし私は、部長という男を、ちょっと見直した。口先だけの男ではない。それに実行力もある。社内での彼の実力を見るおもいがした。

「あまり、いい話題じゃないけど……」

ベティがスキ焼きの箸を動かしながら、すこし暗い顔をした。

「二週間ほど前に、立花部長が、突然亡くなったことは知ってるでしょ？」

「ああ、離れ小島にいたって、それぐらいの噂は流れてくるよ」

マーケティング局というのは、他の部署との接触が薄い。だから、社内の動きはほとんどわからない。しかし、営業の立花部長が急逝したことは、私も知っていた。人事部からの訃報の回覧を見たからだ。

「表向きは、病死ということになっているけど、じつは自殺だったらしいのよ」

「ふ～ん。まだ、五十歳ぐらいの若さだったろ？」

「そうなのよ。部長、この八月で退職する予定で、退職金の大半も前借りしていたのよ。退職したあとに、長野のほうで、ペンションを開く予定だったらしいの。家も売り払い、全財産をその計画に注ぎ込んでたみたい。でも、悪いやつに騙されて、スッテンテンになっちゃったようなの」

「それで、自殺した?」

「すごい愛妻家で、奥さんと一緒に、ガス自殺したみたい。でも、こんなことを言ってはいけないけど、お子さんがひとりもいなかったことがせめてもの救いね」

ベティがため息をつき、箸の動きを止めた。

「世の中には悪い人間がいるのね」

ベティの異動の話がこんなに早く進んだのは、もしかしたら、その件で、営業局の体制組み替えが図られたからなのかもしれない。だからベティは、暗い顔をしているのだ。

「恵まれた環境にいながら、寸借詐欺まがいのことをして生きてるやつもいるというのにな」

「誰のこと?」

「いや、つい、口が滑った」

さすがに、佐々木のことだなどと言えない。

私は笑って、誤魔化したが、そのときなぜか、佐々木の顔ではなく、坂本が紹介した、デユーク山畑の顔が浮かんだ。

「じつは、知り合いに、旅行会社の社長がいるんだが——」

私は、あのときの話をベティに聞かせた。

「それで、梨田クン、その話に乗るの？」

「乗るわけないだろ。自分で身体を張って失敗したのなら諦めもつくけど、他人の話に乗るのは、どうも、ね」

ビールを飲み干して、私は言った。

「これは、俺のすくない経験から考えたんだが、世の中の善人階級の下には、三つの人種がいるね。ロクデナシとワルとクズだよ」

「その、三つ。どうちがうの？」

「ロクデナシは、この俺だよ。でも、俺は、ワルやクズじゃない。これ、答えになってるかな」

私は笑った。

そしてその夜、私はベティを抱いた。

この作品は二〇一三年一月小社より刊行されたものです。

浮《う》かぶ瀬《せ》もあれ

新《しん》・病葉《わくらば》流《なが》れて

白川道《しらかわとおる》

平成26年4月10日　初版発行

発行人――石原正康
編集人――永島賞二
発行所――株式会社幻冬舎
〒151-0051東京都渋谷区千駄ヶ谷4-9-7
電話　03(5411)6222(営業)
03(5411)6211(編集)
振替00120-8-767643

印刷・製本―中央精版印刷株式会社

装丁者――高橋雅之

幻冬舎文庫

ISBN978-4-344-42181-3　C0193　し-14-21

幻冬舎ホームページアドレス　http://www.gentosha.co.jp/
この本に関するご意見・ご感想をメールでお寄せいただく場合は、
comment@gentosha.co.jpまで。